Luz en el claustro

Diana Coronado

EDICIONES
BATULE

Luz en el claustro
© Diana Coronado, 2021
dianacoronado.mx

1ª edición: Editorial Edelvives, 2016
2ª edición: Ediciones Batule, 2021

Arte de portada y libro: Yadira Martínez

Ediciones Batule, 2021
Ciudad de México, México
batuleediciones@gmail.com

ISBN: 978-607-29-2741-4 (impreso)
ISBN: 978-607-29-2762-9 (digital)

*Esta obra se imprime bajo demanda y está disponible en versión digital.
Buscamos ser eficientes y reducir nuestra huella en el medio ambiente.*

Índice

A Damián

Entonces el claustro se convierte en un refugio
para la mujer. La que no fue comprendida por
los suyos, la que veía peligrar su honor por
desear la soltería, la que había quedado viuda,
en fin, todas las que deseaban un lugar de
tranquilidad y paz y tener… todas llegaron a
los monasterios a sumarse a los centenares de
jóvenes que habían ingresado a los claustros
por la más pura vocación.

JOSEFINA MURIEL,
Conventos de monjas en la Nueva España

¡Oh claustro solitario! yo amo con dulzura
Tus muros, tu Santuario, tu jardín soñador,
¡Todo lo tuyo arroba mi alma hasta la Altura!
¡Todo lo tuyo amo, todo, hasta el rigor!

DEIFILIA O MADRE MARÍA GUADALUPE,
PRIORA DEL CONVENTO DE SANTA MÓNICA
Mi claustro

Ojalá que llueva café en el campo
Peinar un alto cerro de trigo y mapuey
Bajar por la colina de arroz graneado
Y continua el arado con tu querer

JUAN LUIS GUERRA,
Ojalá que llueva café

Prólogo

En el mes de agosto de 1821 se sirvieron por primera vez los chiles en nogada adornados con los colores de la bandera trigarante: verde, blanco y rojo. El platillo fue ofrecido por las religiosas del Convento de Santa Mónica en el gran evento que se organizó para recibir al General Iturbide y el Ejército de las Tres Garantías en la ciudad de Puebla de los Ángeles. Esta fecha es ahora considerada como el aniversario de la consumación de la independencia de México. Como es natural, en doscientos años la receta de los «chiles bañados en salsa de nuez» se ha alterado, adaptándose a los tiempos, gustos y necesidades de los comensales, pero ha mantenido la decoración tricolor original utilizando el perejil, la nogada y los granos de granada. Su prestigio también se ha visto modificado, tanto que su invención se ha convertido en leyenda, su fama es internacional, y se ha consagrado como el platillo de temporada más esperado en el centro del país. Más allá del mito, los chiles en nogada son uno de los principales representantes de la cocina poblana colonial.

La historia relatada en este libro es producto exclusivo de mi imaginación. Sin embargo, las descripciones de la época, la localidad, los eventos y los guisos se apegan a las investigaciones académicas que realicé durante más de dos años, el mismo tiempo que me tomó escribirla. Cuando me topé con preguntas para las que todavía no había una respuesta histórica, di las resoluciones que estimé más coherentes.

Algunas veces mi imaginación avanzó con mayor rapidez que mi capacidad de indagar, ese fue el caso para elegir el nombre de uno de los personajes principales. Laura apareció en mi mente en el mero instante en que comencé a imaginarla y a escribir su historia, fue más adelante que me hicieron notar que había elegido un nombre fuera del siglo. Intenté varias veces cambiárselo, pero al hacerlo era como si una impostora quisiera tomar su lugar. Al final resolví conservarlo, porque ella, al igual que el nombre, es de pensamiento demasiado moderno para su época. La segunda licencia es acerca del papel en los conventos. Éste se restringía para usos específicos y sólo para las monjas profesas a las que se les encomendaba escribir. Quizá porque la escritura es mi medio favorito para expresarme, no pude dominar el impulso de utilizarlo como medio de expresión para uno de los personajes.

Por último, esta novela fue concebida en un momento paradójico de mi vida, por ser hermoso y arduo a la vez, donde la dicha de haberme convertido en madre se contraponía con una profunda sensación de enclaustramiento. Durante el proceso de dilucidar las peculiaridades de la vida conventual del siglo XVIII, en específico de la ciudad de Puebla y de las Recoletas de Santa Mónica, fue de gran inspiración conocer y reflexionar sobre la historia conventual del país, el papel de los monasterios femeninos como alternativa para el crecimiento intelectual de las mujeres, la dedicación de las religiosas para la creación de la literatura gastronómica, y darme el gusto de evocar los deliciosos sabores de la cocina tradicional de México.

Luz en el claustro

Despertó de un suspiro. La noche estaba negra, de luto. No lograba recordar si se había dormido llorando o había comenzado a llorar mientras dormía. Con los dedos palpó el rastro de las lágrimas secas desde los ojos hasta detrás de las orejas. Quizá había sido una pesadilla. Se llevó una mano al cuello, la cruz de oro seguía ahí. Otra vez comenzó a llorar. Las gotas resbalaban siguiendo los caminos conocidos. Isabel se acomodó de lado para encarar la pared invisible por la oscuridad y tocar el muro con un dedo. Comenzó a hablar con una voz ahogada, casi muda, una voz que no parecía la suya. Al mismo tiempo fue deslizando la yema por la pared. Su murmullo dictaba, pero el dedo apenas lograba seguir el hilo de sus palabras:

«Hoy murió Clara. Hoy murió Clara. Hoy murió Clara. Podría repetirlo hasta el amanecer en el intento de creerlo. Hoy murió Clara y no puedo más. Estoy perdiendo la cordura. Te escribo en la pared palabras que no existen. Estoy enloqueciendo. No lo lograré. ¿Dónde estás, Laura? ¿Dónde estás ahora que me siento perdida? Caigo en espiral y en el fondo no logro ver la luz.

«Hoy se fue Clara y yo me quedé aquí buscando en mis rezos, confiando en la Virgen, sosteniéndome de la fe. Laura te necesito. Te necesito más que nunca. Hoy murió Clara y con ella sus gritos. Los lamentos se escuchaban llenos de miedo, de angustia. El diablo nos visitó, llegó encima de una nube y se fue con el silencio. Luego nos sorprendió la lluvia. No hay torrente que pueda limpiarme.

«Hoy murió Clara. Hoy murió la música. Hoy se marchitó una diminuta flor amarilla escondida en el refectorio. Hoy se cerraron unos ojos verdes para siempre. Hay tanto que no puedo decirte, hay tanto que quiero decirte. Necesito tirarme de rodillas y gritar hasta perder el sentido. Sacarme los ojos para dejar de ver su hermoso cabello en mi recuerdo. Taparme los oídos para dejar de escucharla. Desgarrarme la piel para que la sangre sea la mía. El recinto se está haciendo pequeño y yo voy a ahogarme en la fuente y tú no volverás.

«Quisiera que nunca hubiera llegado Clara y tú no te hubieras ido. Quisiera dejar de pecar con mis pensamientos y encontrar la penitencia que me ayude a limpiar la culpa. Debo rezar, debo creer, debo esperar las decisiones del Señor. Clara ya no existe. Lo único que me quedan son estas tenues palabras que tú no leerás.

«Bienaventurados los que lloran porque ellos serán consolados. Necesito llorar. Necesito consuelo».

Isabel dejó de escribir en la pared. Sollozaba. Estuvo un rato así hasta que pudo calmarse. A tientas encontró la vela. Al prenderla, la llama apareció como un rayo de esperanza en medio de la negrura. Dos gotas resbalaron por sus mejillas hasta perderse en los pliegues de la ropa. Isabel se limpió los ojos con el dorso de la mano, pero las lágrimas continuaron brotando. Tomó el rosario de madera, se hincó en la baldosa fría y comenzó a orar. La llama dibujaba una sombra larga sobre la pared. El murmullo de los rezos se difuminaba en la oscuridad de la noche. En un rato la vela se extinguió y las plegarias fueron la única luz atravesando la penumbra.

Laura

Laura ingresó al convento un par de semanas después de la fiesta de San Agustín. En el arco del vano de la entrada de la iglesia aún se vislumbraban los restos de adornos de flores. Miró los pétalos marchitándose, cayendo en la cuenta de lo que estaba a punto de hacer. Al bajarse del carruaje para entrar por la puerta lateral le dolían los brazos por la intensidad con la que apretaba los puños. Sintió un repentino mareo y con delicadeza se sostuvo del muro.

El adiós fue como un día nublado, sin viento y sin lluvia. Laura bajó la mirada para esquivar el gesto de desconsuelo de sus padres y no llorar. Los abrazos fueron apretados y tristes, llenos de un cariño truncado. Un dejo de duda envolvió a Laura por un instante, logrando espantarlo con los recuerdos, pero la decisión estaba tomada, no podía retroceder.

La noche anterior su madre le había ayudado a alistarse, con gran esfuerzo la mujer mantuvo el buen ánimo, hablándole a su hija de cualquier cosa como si al día siguiente fuera a seguir con ellos. Le regaló un rosario y un Cristo para que la acompañaran en sus horas de oración.

En un inicio Laura pensaba que sería más difícil explicárselo a ella, por robarle el sueño de tener un nieto. Al final fue con su padre con el que no conseguía sacar las palabras y cuando lo hizo, por primera vez en su vida lo vio llorar. Se lo anunció una cálida tarde mientras daban un paseo por la hacienda, las hortensias floreaban y Laura se quedaría mirando el ramo de diminutas flores para tomar valor. Al hablar las explicaciones caerían sobre los arbustos como rocío. Se escuchaba decidida, aunque algo en su pecho tiritaba de frío. En aquel momento sí lo había mirado, pero él a ella no. Ese hombre de manos grandes y ojos como los suyos no entendía la decisión, el momento, el porqué. Su tono no era reprobatorio, sólo azul como las hortensias. «Si eso es lo que quiere...», resonaría la respuesta de su padre, igual que el sonido de la puerta al cerrarse detrás de ella.

Cuando terminaba de limpiar su cuarto se encontró con un libro olvidado en un cajón. *Le Chat Botté* se leía en la portada con letras grandes acomodadas formando un arco. Debajo del título estaba la ilustración de un gato vestido con sombrero de pluma, saco con botones de bronce y unas botas oscuras que le llegaban al tobillo. Al verlo Laura regresó a ser una niña. Se vio acomodada en las piernas de su padre para escuchar el cuento. Por años miraría las ilustraciones con deleite sin poder entender el idioma en el que estaban descritas. Tuvieron que pasar muchas tardes de estudio para leerlo de corrido. Su padre entonces se lo relataba traduciéndolo al castellano. Ella le pedía que lo contara en francés y escuchaba las divertidas vocales que lo hacían poner boca de pato.

Ese fue el primer libro que le regalarían y de ahí su interés se fue alimentando hasta crear casi una obsesión. Recorría la biblioteca revisando cuál tendría la fortuna de salir del librero. Al elegir uno, lo abría despacio buscando una dedicatoria, un nombre, una fecha, la capital de una ciudad. Quería revelar la historia de ese tomo. ¿A quién había pertenecido? ¿Dónde lo habían comprado? ¿Cuándo? Pasaba las hojas abriendo las puertas de un mundo ajeno, fuera de ese cuarto y esa hacienda, con letras que construían ciudades y gigantes y originales ideas.

Su padre se sentía orgulloso de ver en Laura a una joven inquieta y de opiniones claras. Las lecturas las comentaban, algunas veces las discutían. La avidez de su hija reflejaba lo que él había sido en su juventud, antes de salir de España, cuando tomó la herencia de la abuela y se fue a viajar por el continente leyendo lo que le caía en las manos. En sus andanzas iría a aprender otros idiomas, otros modos, otros pensamientos. Aquella curiosidad lo impulsó a tomar el barco al Nuevo Mundo, embriagarse con las novedades de esa tierra de volcanes y, pocos años después, encontrar a la mujer que en secreto llevaba buscando toda su vida. Con apariencia de sevillana, pero con un ardor en la piel que él atribuía a la picante sazón de la comida, la madre de Laura encantó al recién llegado. Se casaron a los tantos meses de conocerse e hicieron fortuna juntos, con la dote de una y el trabajo del otro compraron tierras, asentaron una hacienda, criaron caballos y sembraron frutos en la tierra y en su futuro. Lo único que faltaba en aquella casa era un hijo.

Pasaron muchos años y con las esperanzas perdidas llegó la noticia del embarazo. Por fin tendrían un heredero encargado de la riqueza por la que habían trabajado. La vida, en cambio, les mandó a una hija y el padre se habría de sentir desencantado de no haber tenido un hijo varón. Luego del parto, la madre de Laura ya no tenía ni la edad ni las condiciones para intentar tener otro hijo; a sus veintisiete años se tuvo que resignar con una familia pequeña y a dejar a su marido con las ganas de un descendiente que mantuviera el apellido. Entonces, el hombre español decidió educar a su hija con la misma voluntad que lo hubiera hecho con un hijo, lo cual le rendiría inesperadas recompensas e incontables satisfacciones. Cuando Laura era apenas una niña su evidente ingenio le ganó el corazón, invadiéndolo de ganas de enseñarle hasta lo que no se esperaba que supiera una dama. Poco a poco su noción acerca de las limitaciones de una mujer fue disolviéndose con el talento de su hija para aprender francés, la tenacidad para cuidar a los animales, el interés por llevar las cuentas. Sin proponérselo había formado a una joven independiente, llena de ideas alejadas de la convención y con una voluntad firme. Se la imaginaba con un futuro notable, capaz de llevar la hacienda por sí sola cuando ellos estuvieran demasiado viejos para hacerse cargo. Lo que olvidó considerar en sus planes fueron las disposiciones de Laura. No había manera de prever de dónde vendría la flecha que la sedujo y él no pudo hacer nada para arrancársela del corazón.

Al recibir la noticia, intentó pasar el mayor tiempo posible con su hija, pero la partida fue mucho antes de lo imaginado y no terminaron de leer el siguiente libro que habrían de discutir juntos. La segunda sorpresa fue la elección de Laura, un hombre terrenal no la encerraría de por vida, podrían continuar sus charlas y caminatas. Por eso cuando su hija le habló de ofrecer su vida a Jesús, el hacendado tuvo que hacer a un lado las muchas reservas y consolarse en lo que había llegado a ser uno de sus principios: ella era libre de hacer lo que quisiera, porque así la había criado. La decisión de recluirse lo inundaba de un profundo sentimiento de fracaso. «Al menos voy a seguir leyendo», le había dicho Laura a modo de justificación. Cuando regresaron de dejarla en el convento su padre se sentó en el estudio de nuevo a llorar. Descorazonado tomaría el libro que habían estado leyendo y lo despojaría del separador para nunca terminarlo.

A partir de entonces sólo releyó los textos que alguna vez debatieron, en el intento inútil de mantener vivos los ecos de sus voces en los recodos de la biblioteca.

Al cerrar la puerta de la celda Laura se sintió tan triste como los árboles al quedarse sin hojas. La garganta le ardía por el esfuerzo de contener el llanto. Caminó hacia la única ventana de la pequeña habitación y sus ojos se entretuvieron mirando la fuente del patio. Era octagonal, decorada con mosaicos de talavera de color amarillo y de flores azules en un fondo blanco. En cada lado los dos distintos azulejos se acomodaban de manera ondulante como olas en el agua. Era hermosa. El chorro en el centro se comenzó a ver nebuloso y una lágrima le mojó la mejilla.

La entristecía el recuerdo de la fuente de su casa, con la que había mojado sus manos y refrescado su cara. Sentada en el borde, alguna vez, se atrevería a meter los pies y empaparse la falda. Sintió un pasmoso miedo, era el comienzo de una nueva vida: sin padres, sin casa, sin comodidades, sin intimidad. Con la manga del hábito secó la gota solitaria. Era muy tarde para llorar. Debía probarse merecedora de la divina gracia de Jesús. Le quedaba la fe, su única y última esperanza para llegar a la salvación, porque ella, mujer ignorante e incapaz, sólo había sabido tirarse al abismo más profundo. Se hincó lentamente en el piso para abrir el baúl con sus pertenencias. La mano le temblaba y las venas azules sobresalían bajo su tez pálida. En una hendidura de la madera un pequeño pedazo de la moneda se descubría. Sus dedos sacaron ágilmente el objeto de plata sucia. Laura lo sostuvo en el centro de su palma, parecía un astro, los dedos dibujando los rayos que emanaba. ¿Cómo podía ser tan liviano para el brazo, pero tan pesado para la conciencia? La moneda mostraba en el centro dos columnas sobre las olas del mar que delimitaban el fin del mundo. Parecían dos amantes arrastrados por la corriente del deseo, navegando hacia otras tierras para estar juntos. Eso había visto ella en la imagen acuñada hacía tantos años, pasada por una y otra mano hasta llegar a la suya gastada y en forma de amuleto. La depositó en el borde de la ventana y mirándola sin verla sintió un enorme odio hacia ese objeto tan banal, la última cosa tangible recordándole su más lastimoso error.

Su padre fue el primero en ver la moneda. La tenía encima de la mesa de la terraza cuando ella se acercó a conocer al recién llegado del Viejo Mundo. Los dos hombres charlaban acerca de reyes, maravedíes y destinos. El invitado la miró antes de que su padre se percatara de su presencia y regalándole una sutil sonrisa arqueó el bigote. Lo presentaron como su primo Fernando. Laura no ponía atención al recuento del árbol genealógico para explicar por qué eran parientes, se mantenía ocupada intentando no sonrojarse frente a esos ojos de los que no se lograba librar. Le mostraron el real con las columnas, el agua y el escudo en el anverso. A ella le pareció como cualquier otro de los que recibían o gastaban. Su padre repitió la historia de cómo fue de las primeras hechas a mano en el nuevo continente y encontrada por casualidad por su primo en una ciudad de Europa. Para el joven aventurero había sido una señal del destino de ir en búsqueda de riqueza al otro lado del Atlántico y, con aquella misión guardada en el bolsillo, habría de atravesar semanas y años, mares y montañas para llegar a la rica tierra de indios. Fernando en una tarde cautivaría a su tío lejano, quien veía con agasajo a su sobrino dando el mismo paso que él al ir a forjar su destino en el Nuevo Mundo. El hacendado no dudó ni un momento en ofrecerle trabajo y alojamiento al visitante, abriéndole las puertas de su casa, sin prever que su hija también dejaría emparejadas las ventanas de su alma con la esperanza de que entrara sigiloso a robarle el corazón.

Laura fue encomendada para enseñarle a Fernando los detalles de la administración de la finca. Con el pretexto del parentesco le concedieron la libertad de pasearse sola con el hombre. Ella con agrado se tomó el tiempo de revelarle cada detalle y no olvidar visitar ninguno de los solitarios rincones del lugar, y fue en ellos donde por accidente sus hombros habrían de tropezar, o sus ojos nerviosamente sonrieran, o se tomaran de la mano para ayudarse a saltar una zanja. El primer beso, en cambio, se lo dieron en la espaciosa cocina. Dispensando a la servidumbre Laura puso a hervir leche. No era una casualidad que cuando los primos estaban juntos la cocinera no se aparecía cerca del fogón. Esa tarde platicaban de cualquier cosa pretendiendo no jugar al cortejo, ella se inclinó para pararse de la mesa y él pronto se incorporaría para humedecerle los labios con los suyos. Ella se quedó a medio camino entre pararse o volverse a sentar, una lengua intrusa le impedía moverse. Ninguno cerraría los ojos.

Se besaron en el granero, en la biblioteca, en el establo, al pie del riachuelo. Él dispuso la paciencia para conquistarla utilizando la galantería aprendida en el Viejo Mundo. Ella cedió a la caballerosidad y la cortesía, aunque lo que la enamoró fue el discurso apasionado sobre la libertad y la razón, las horas de mirar y leer juntos la enciclopedia que él trajera en su valija, el argumento de aprender con lo vivido. Él le contaba de sus andanzas por Inglaterra y Francia, de los libros de Voltaire y le recitaba poesía en los dos idiomas. Laura quedaba refrescada después de sus pláticas. Las novedosas ideas se acumulaban en su cabeza generándole preguntas que él le ayudaba a responder. Por cada respuesta nacían nuevas dudas hasta volverse insaciable, como lo era con los libros. En las cenas familiares ella hubiera querido que sus padres se retiraran y así, quedarse más tiempo conversando con él hasta que los sorprendiera el amanecer.

Fernando, a pesar de su reserva, no logró resistirse al modo tan atento en que Laura lo escuchaba. La joven criolla, tan distinta a las otras mujeres que había conocido en Europa, lo hacía sentir cómodo y ser él mismo, dejaba de actuar para cumplir con las necesidades de la situación. Junto a ella podía dar rienda suelta a su monólogo del pensamiento y el raciocinio sin censura. Su interés lo hacía sentir seguro y en un lugar donde quería estar. Pero aquel inocente sentimiento le sabía a problemas, mucho más delicados de los que había salido huyendo del otro lado del mar. Cuando había pasado una semana sin dejar de pensar en el pudoroso escote de Laura se preocupó. Años antes, apenas siendo un mocete, se había enamorado y el despecho lo orillaría a la bebida y a las mujeres de burdel. De eso quedaba una alusión en la memoria y la certeza de no quererlo repetir. En especial ahora que había llegado tan lejos, con la oportunidad de hacerse una buena reputación y un patrimonio. Pero en el amor no se puede usar la razón de la que él tanto hablaba. Las semanas pasaron y día a día regresaba a buscar la sonrisa tierna, la cálida atención, el largo y perfecto cuello de Laura. Por las noches sudaba deseando el cuerpo oculto de la joven, en sus sueños aparecía desnudo y dispuesto para él. En más de una ocasión fue a la ciudad a desahogar sus impulsos en los prostíbulos, pero a la mañana siguiente la anhelaba aún más. Lo trastornaba la curiosidad de asomarse debajo de los ropajes poco ceñidos, los escotes altos y las faldas largas. Caminando detrás de ella no podía quitar sus ojos de la nuca, de fascinarse con las vértebras que sobresalían cuando la joven miraba al piso. Siempre llevaba el cabello recogido y él se desvelaba ideando formas de soltarlo y hundirse hasta despeinarlo.

Laura, en cambio, se preguntaba qué era lo que ese hombre de tanto mundo veía en ella. Aunque tenía uno que otro pretendiente, Fernando le parecía demasiado atractivo y con la posibilidad de elegir a cualquier mujer mucho más hermosa que ella. Pero al estar juntos las dudas se esfumaban entre besos y palabras de amor. La joven recuperaba la confianza cayendo en la cuenta que la conversación y afinidad entre ellos iba más allá de la belleza física. Su primo, además, era el pretendiente perfecto para sus circunstancias. Los dos podrían manejar la hacienda y mantener el deseo de su padre de que ella administrara su fortuna. Fernando recibiría una dote digna para establecerse en la nueva patria. Esa sencilla visión del futuro con él no la libraba de las dudas generales sobre la consumación de la boda. Más de una noche tuvo que darse baños de agua fría para poder dormir. Cuando las preocupaciones eran demasiado pecaminosas para conciliar el sueño, lo único que la tranquilizaba era tomar su rosario y encomendar el alma hasta amodorrarse.

Si el cortejo hubiera quedado en abrazos largos, inocentes coqueteos y miradas dulces, quizás el cielo los hubiera dejado tranquilos. Pero el deseo de él y la disposición de ella marcaron una línea de la que no hubo retorno una vez cruzada.

Laura se cegaría con los regalos del placer y Fernando se volvería loco por una piel de cal con olor a almizcle.

Un sábado los primos decidieron tomar un refrigerio en lo alto de una de las colinas cercanas aprovechando la llegada de la primavera. A medio camino encontraron un huizache en flor que daba muy buena sombra, debajo del cual colocaron el mantel. Sus retoños amarillos los inundaban de un suave y delicioso olor mientras, a la distancia, los volcanes: el Popocatépetl y el Iztaccíhuatl, se levantaban majestuosos vigilando el valle. Las torres y campanarios sobresalían en la cuadrícula perfecta de la ciudad. Era un hermoso día. Laura estaba platicadora y de muy buen humor. Contaba de esto y de aquello, saltando de un tema al otro sin terminar ninguna de sus historias. Juntos pusieron piedras para detener cada una de las esquinas de la tela y poder sacar las viandas. Se sentaron a comer deleitados por el paisaje mientras ella relataba la leyenda de los volcanes. Fernando la miraba sin prestar mucha atención a lo que decía. ¿Cuál era el secreto de aquella mujer para enardecerlo de ese modo? Llevaba un vestido claro de cuello alto y encaje en el borde. Ocho botones en forma de media perla descendían hasta la cintura ceñida con un moño de listón. Dos caireles caían de cada lado delante de las orejas enmarcándole las facciones. No parecía llevar maquillaje, sólo la ataviaban unos discretos aretes de perla en forma de gota. Su sencilla belleza lo perturbaba. La había llevado hasta ahí con un sólo propósito, el momento definitivo se iba acercando y, por primera vez en mucho tiempo, se sentía inquieto. Decidió dejarlo a la suerte, la moneda que lo había llevado hasta esa ciudad tendría la última palabra.

Terminaron de comer. Las nubes abrían el paisaje hacia las inmaculadas crestas de la mujer blanca y el guerrero humeante. Las palabras de los enamorados se perdían entre la hierba y un gorrión cantaba a lo lejos. Laura, adormilada por la comida y las caricias de la brisa fresca, guardó silencio. Con las piernas estiradas y los brazos recargados detrás de ella vio de reojo cómo Fernando echaba un volado con el amuleto. La pieza de metal se fue rodando para estrellarse en uno de los botines de la joven. Las dos columnas sobre el agua del mar miraban el cielo. Él se puso de rodillas para alcanzar el dinero, pero su mano pasó por encima sin tomarlo. Los dedos en cambio se deslizaron entre el zapato y el vestido de ella, por debajo del fondo corrieron nerviosos hasta la rodilla en donde se detuvieron aguardando resistencia. Ella, atónita, no hizo nada. Su mente le aconsejaba detenerlo, el cuerpo en cambio se mantuvo inmóvil a la expectativa del siguiente paso. Estuvieron así unos segundos, sin respirar y con el olor a flor pegado en sus narices.

De repente, el pie de ella hizo un diminuto movimiento, casi imperceptible, inclinando unos milímetros la punta del botín hacia afuera. Él lo notó y esa fue la llave de entrada a su intimidad. Sin dejarse de mirar a los ojos, las yemas ardientes de Fernando dibujaron líneas por el muslo de Laura, cosquilleando la entrepierna y perdiéndose en la exuberante profundidad del encaje. La joven aspiró por la boca todo el polen amarillo de la sierra y su cabeza seguía sin decidir si detener esa imprudente mano o permitirle seguir. Él ya había llegado al final, faltaba que ella lo alcanzara. Con la misma destreza con la que barajeaba las cartas y la ecuanimidad con que sostenía una racha de suerte, el hombre de experiencia se ocupó de llevar a la doncella al profano mundo del placer. Con los ojos perdidos, Laura mordió el dobladillo de su falda, en un intento fallido por no gritar. Las tórtolas espantadas dibujaron círculos encima de ellos y, cuando hubiese regresado la quietud del monte, volvieron a pararse en las ramas de la acacia saciada de flores.

En un terrible estado de bienestar y complacencia, la joven permaneció recostada sobre el mantel sin moverse. Un delgado rayo de sol caía en su cara. Cerró los ojos mientras Fernando iba desatando las agujetas de las zapatillas, desabotonando el vestido, abriendo el resorte de las enaguas. Desnuda, la piel pálida y suave de ella evocaba la nieve de la mujer dormida en el horizonte. Él, hincado a sus pies y humeante de deseo ante ese cuerpo tantas veces imaginado, descubría mayor belleza a su disposición que en sus sueños. Nunca había esperado tanto para poseer a una mujer y nunca había querido tanto a alguna que hubiera poseído. La contempló queriendo retener esa imagen en la memoria para siempre.

Una minúscula duda empañó su visión, ¿tenía el derecho de romper la confianza de su tío quien le había brindado cobijo? ¿Se merecía a esa joven radiante de inocencia? ¿Era ese el momento decisivo para obrar correctamente con una mujer? Quizá sí, pero el ansia llevaba una considerable delantera y la razón no pudo sino aceptar la derrota. La moneda se mantenía inerte junto al tobillo de ella. La mano de Fernando la tomó para colocarla entre los dedos de aquel pie izquierdo. Desde ahí, iniciaría un recorrido por el terreno despoblado del cuerpo de Laura, subiendo pesarosa por el sinuoso camino de la pierna hasta atravesar la acentuada brecha de la ingle. Salió honrosa hacia la planicie del vientre casto para dar un rodeo al pozo seco del ombligo y cruzar por entre el valle de serranías con cimas de tierra ferrosa. Al llegar a la fractura entre los dos huesos de la garganta, la moneda se acomodaría cubriendo la cuenca del agraciado cuello con sedimentos de sudor. Fernando adentró las grutas y refugios anhelados. Su piel de ceniza abrigaría finamente la tez de tierra blanca de su amada; y, juntos, subieron armoniosos por la agreste cuesta hasta llegar a la cumbre y hacer erupción.

Los volcanes atestiguaron mudos el mismo amor que ellos sintieran tantos años antes, cuando ese era un valle de indios y dioses paganos capaces de cubrirlos de nieve y volverlos enormes montañas sosegados para la eternidad.

Laura y Fernando iniciaron una historia llena de fervientes y novedosas exuberancias. Él, amante adiestrado y competente, llevó de la mano a su talentosa discípula por los caminos del amor. Años atrás, el joven encontraría un libro que lo dotaría de ideas desvergonzadas y atrevidas para procurar en las damas el más extraordinario placer, incitándolo a poner en práctica una serie de fórmulas en las mancebías europeas. Aun así, fuera de las casas de citas no lograba satisfacer sus gustos, más de una señora casada o señorita de familia lo había tachado de loco por intentar actos *contra natura*. Y ahí, en la espléndida Ciudad de los Ángeles, hallaría a la mujer que diera complacencia a su imaginación y sus fantasías.

Juntos, se perderían en un licencioso sendero hasta llegar al bosque de la impudicia. Regresaron a los recovecos de la hacienda, los que en un principio caminaron apenas mirándose, para colmarlos de súplicas y gemidos. Laura no podía creer que existieran goces tan turbulentos y deliciosos, su completa ignorancia respecto al decoro en la intimidad la imposibilitaban para reconocer sus osadías. Estaba feliz y advertía un delicioso sentimiento de embriaguez. Él, en plena lucha con sus impulsos, apenas se podía resistir de no arrancarle el vestido al encontrarse. Perdía la cabeza al verla en las mañanas como de costumbre, con los decentes escotes, sin maquillaje y dos caireles cayendo hacia su barbilla. Parecía que no era ella la que a la luz de la vela lo había estrujado con sus piernas suaves hasta aquietarle las entrañas. Quien lograba acariciarlo como la más experimentada de las cortesanas y dejaba invadirse el resquicio más osado. Pero sí, era ella: la de olor a hoja de campo, la de vestimenta pudorosa, la confiable con las cuentas, la poco risueña, la hija única. Ella, Laura, su amor, capaz de devolverle la cordura los días de desasosiego, de endulzarle el alma, de hacerlo feliz.

Aquel sentimiento no era motivo de alegría en los ojos de Fernando. Intentaba convencerse de que sus citas eran inevitables para aplacar el deseo, más allá de las agradables charlas. Muy a su pesar, el experto en las prácticas del placer era en realidad menos calculador y frío de lo que él mismo suponía. Una mañana sintió calidez en el pecho al ver entrar a Laura en el comedor. Con el cabello bien peinado ninguno de los movimientos de la joven delataba los sucesos de la noche anterior. Saludaría a sus padres con un beso; a él tan sólo le dedicó unos buenos días y una sonrisa recatada. De pronto Fernando tuvo la terrible certeza de estar enamorado, porque él hubiera querido acercársele, saludarla con un especial cariño, mirarla con complicidad, tener el permiso de sentarse frente a ella y rozar sus manos al pasarle la mantequilla. Pero esa mujer le pertenecía sólo en el secretismo de su amor y ese amor era lo que le preocupaba. Él se sabía vulnerable e indefenso, capaz de hacer cualquier sandez en nombre del más estúpido de los emblemas. Durante las noches se reprochaba por haberse convertido en un mortal cualquiera, incapaz de entrar en razón, sucumbiendo tontamente al placer de evocar a su amada en la soledad de su cuarto.

Laura se sentía abrumada por el cúmulo de emociones, además era arriesgado escaparse de su habitación. Pero al final eso era lo de menos, porque luego llegaban los besos, los abrazos y la ropa regada por el suelo. Ella era una mujer decente y el desenfrenado drama a la luz de la luna la dejaba llena de dudas del pudor y el decoro. A la hora del desayuno, cuando se encontraban en el comedor, ella mantenía la mirada baja porque la vergüenza la obligaba a dominarse. Si bien la joven dio rienda suelta a los dictados del cuerpo, algunos días la abrasaba el temor a la furia de Dios. Vestida de negro con un manto cubriéndole la cabeza se acercaba a la iglesia para limpiar los pecados cometidos. Se hincaba con humildad, rezaba y rezaba intentando que el cielo la absolviera. Fernando le daba sólidos argumentos para apaciguar la culpa. Le embrujaba el oído con palabras delicadas y pegajosas, con persuasivos y apetecibles conjuros. Las profanas explicaciones de él la desarmaban ante sus preocupaciones sobre la decencia y las ganas de complacer sus sentidos la hacían pecar de nuevo.

Así, la joven se dio la venia de ver ilustraciones deshonrosas, comer dulces hasta empalagarse, dejarse acariciar en los almohadones más suaves y escuchar poemas lascivos. Sus ansiedades respecto a la prudencia se fueron haciendo más frágiles, hasta que decidió soplarles y dejar que el viento se las llevara como roseta de diente de león. La vida hubiera seguido su curso y, en poco tiempo, quizá Fernando tomaría la decisión de establecerse en esa finca, desposar a la hija de su tío y permitir que la felicidad inundara su vida. Los padres de Laura hubieran envejecido con nietos alegrándolos. Los enamorados hubiesen tenido una vida plena, llena de dicha y, en ocasiones, hubieran subido a buscar sombra debajo del huizache para admirar a los volcanes. Pero como bien sabía el joven madrileño, entrando al mundo de los excesos es muy difícil salir inmune. Las pasiones lo llevarían hasta el infierno y de regreso, orillándolo a tomar decisiones de las que se arrepentiría hasta su muerte.

Una mañana el padre de Laura anunció que Doña Isabel, antigua amiga de la familia, los acompañaría para la comida. En la mesa del desayuno le comentó a su hija que también vendría Filiberto, el hijo. Más tarde, sentados solos en la terraza, Fernando indagaría sobre aquel comentario y Laura le dijo —sin darle ninguna importancia—, que Filiberto la llevaba pretendiendo desde hacía varios años. Le contó, como anécdota, de las románticas cartas que le enviaba casi cada mes y de cómo la falta de respuesta no era suficiente para desanimarlo. Fernando no pudo controlar la ola de coraje enrojeciéndole la cara, ¿cómo era posible que él no supiera nada del pretendiente ni de las cartas? ¿Qué otro secreto escondería Laura? Al notarlo callado y con las cejas fruncidas mirando al horizonte, la joven le explicó que no tenía trascendencia alguna, ella lo quería a él, sólo a él. La duda acerca de la honestidad de su amada ya lo había atravesado y los argumentos que ella le daba los veía como justificaciones.

Horas más tarde llegarían a la hacienda los invitados. Doña Isabel se había casado con un primo de la madre de Laura y en seguida las dos mujeres se convirtieron en grandes amigas. El primo, había muerto hacía ya varios años y su hijo Filiberto era quien administraba los bienes. El joven era un hombre bien parecido, inteligente y articulado, un buen partido. Quizás era el tono de su voz o la manera suave de mirarla, pero tan sólo con el saludo delataba su genuino interés por Laura. Eso a ella la incomodaba, y no es que le pareciera una mala compañía, sino que al haber crecido cerca uno del otro lo quería más como a un hermano. Su intención no era herirlo, pero la aburría la insistencia en proponerle algo más en vez de poder conversar amenamente. En su último encuentro ella había perdido la paciencia mostrándose seca al final de la visita.

La historia de los amigos y el amor fraternal inundaba a Fernando de numerosas sospechas. Siendo él protagonista de más de una intriga de adulterio, miraba a los hombres con extrema desconfianza. A las mujeres las sabía virtuosas de la discreción, prueba de ello era su completa ignorancia sobre el tarugo con quien ahora tenía que conversar. El español, tan versado en los placeres, pero tan ignorante en el amor, dotado con un intachable discurso liberal y uso de la razón, comenzaba a sentir los celos más absurdos. La inquietud de ver a

Laura prestarle atención a alguien más le era insoportable. La pesadilla apenas comenzaba, porque su mente era capaz de elaborar tantas fantasías para la lujuria como trampas para el juicio. Detrás del sucio cristal de su experiencia miró a su amante coquetear desvergonzada con el invitado, con un vestido sinuoso, mostrando dos caireles provocativos y una mirada atrevida. La familiaridad entre ellos lo enfurecía, en especial cuando Filiberto rememoraba alguna fiesta o anterior visita y le ofrecía a Fernando narrarle aquel acontecimiento para integrarlo a la plática. Para colmo, en los relatos no olvidaba mencionar algún detalle sobre Laura a modo de halago, provocando enrojecerle a la joven las mejillas.

Por un incidente en la caballeriza, Fernando debió excusarse y salir de prisa. Una yegua a punto de parir había pateado al caballerango y no dejaba que nadie se acercara. Tuvieron que someterla entre varios y asistirla durante el nacimiento del potro. El episodio lo entretuvo por varias horas y al regresar a la casa no estaban ni Laura ni Filiberto tomando café en la terraza, al preguntar le informaron que se habían ido a la biblioteca. Fernando caminó iracundo por el pasillo para encontrar a la mujer que amaba subida en la escalera intentando bajar un libro de los estantes más altos. El pretendiente la asía de la espalda mientras le reprobaba cortésmente su necedad de no haberlo dejado buscar a él. Donde no había malicia alguna, el joven español encontró señales suspicaces para inculpar a Laura. Con grandes velos la arrogancia lo cegaba y le impedía darse cuenta de que la joven no tenía suficiente espacio en su corazón para dejar entrar a nadie más que a él. Fernando le dio la espalda al honor, y la soberbia —el peor de los pecados capitales— lo envolvería en una completa oscuridad.

Los invitados se fueron y los anfitriones se retiraron a sus habitaciones. Casi a media noche, Fernando escuchó llegar a Laura a su cuarto, quien rascaba el borde de la puerta como señal. Él abrió vacilante y ensombrecido con la tenue llama de la vela a su espalda. Al ver la sonrisa de su amada curvó el bigote de un lado en algo más parecido a una mueca. La besaría como siempre, viéndola a los ojos, pero tratando de descifrar algo más en las ávidas pupilas frente a él. Al pasar pudo aspirar el olor a lavanda en su largo cabello ondulado. Sin saber qué hacer se quedó recargado en la puerta mirándola caminar hacia la ventana. Seguía pensando en los sucesos de la tarde, ¿en verdad le era infiel o su mente le jugaba sucio? Estaba cerca del fuego y permitirle entrar era como extender la mano a sabiendas de que se quemaría. Lo sobresaltó la idea de que sus vacilaciones eran una señal, nunca debió haber traspasado la intimidad de Laura la tarde del día de campo. Quizás era mejor darle cualquier excusa y dejarla ir. Distraído por sus dilemas la observó asomarse a través del cristal, haciendo tiempo para que él se acercara porque no se atrevía a dar el primer paso. Le pareció tierno que todavía conservara una actitud de pudor. Los celos seguían rondándole el pecho, pero al verla ahí, esperándolo, el amor comenzaba a disolver las dudas.

Laura miraba que afuera estaba muy obscuro y a través de la ventana sólo podía ver su reflejo. Ni siquiera pegando la nariz al cristal se lograba divisar algo. Fernando se estaba tardando más de lo normal y se sentía insegura del por qué no se acercaba aún. ¿Lo había ofendido en algo? ¿Seguiría enojado por la discusión de las cartas? No entendía la causa para dudar de la sinceridad de su amor. ¿De qué otro modo podía demostrarle su completa devoción hacia él? A lo mejor debería ser menos tímida, menos recatada, no quedarse esperando y enseñarle que no tenía ojos para nadie más. Estaba nerviosa, ¿y si era demasiado atrevida? Si bien a él le gustaba que complaciera sus peticiones, el decoro a veces había resultado más provocador. ¿Y si no era lo que él quería? ¿Qué haría si la rechazaba? ¿Cómo le hacía ver que él era el dueño de su amor? Porqué ella no podría vivir sin esas pláticas, sin esas caricias, sin esa compañía. Con la mirada baja se volteó, fue despacio hacia la puerta y poniéndose de puntas lo besó. La joven aprendiz dio rienda suelta a lo aprendido y a sus fantasías; el hombre de mundo se sometería al deleite más hermoso, al placer de amar con la consciencia de estar enamorado, dejándose envolver por esa mujer de tierra blanca, de vientos turbulentos y remolinos en el cuerpo.

Las estrellas brillaban con la luna escondida detrás del mundo. El cuarto recuperó la quietud y, con las sábanas anudadas a sus pies, los dos amantes miraban hipnotizados el vaivén de la llama de la vela que estaba en el taburete. Les quedaban pocas horas. Fernando se incorporó, descansando la cabeza sobre el brazo izquierdo se detuvo a admirar a Laura. Podía ver el perfil, la curvatura de la cabeza y la oreja bien formada. Le pareció hermosa, con los ojos llenos de brillo por el reflejo amarillento. Tenía un lunar escondido en la ceja que no había visto antes y la sombra de las pestañas le marcaba diminutas líneas en el párpado. La luz la hacía ver tan fugaz que quiso tocarla. Usando el dedo índice rozó el ojo y la mejilla, siguiendo la silueta de la cara hasta el cuello, recorriendo el brazo hasta el hueso pronunciado de la cadera. Fernando se detuvo, había un ligero cambio de color en la piel. Le preguntó dónde se había pegado y ella, sin dejar de ver la vela, le dijo que no sabía, quizá con la mesa o una silla.

Él fijaría la mirada más allá de la llama y del cuarto, sin dejar de pensar en el moretón. No recordaba haberlo visto un día antes. ¿Una mesa?, ¿una silla? Laura siempre tan ágil, escurriéndose entre los muebles como un río por las piedras. ¿Se pegaría por accidente o estaba mintiendo?, ¿la forma de responder era porque no tenía importancia o para no darle importancia?, ¿era casualidad que el golpe había aparecido justo el día de la visita? Poco a poco, pregunta tras pregunta, un gusano negro ganaba terreno y, sin pedir permiso, se iba metiendo por el dedo gordo del pie de Fernando para subir por la pierna, ensuciándole la mente y las entrañas. La duda de nuevo lo arrastraba a las tinieblas sofocándole la cordura.

Recordó de repente haber visto otra mancha detrás de la oreja de ella mientras hacían el amor, del lado que ahora descansaba en la almohada. Con firmeza movió la cadera de Laura dejándola boca abajo. Ella no opuso resistencia, sólo giró la cabeza hacia él y sonrió complacida. Fernando no hizo caso al gesto, buscaba con premura la prueba del engaño. Debajo del cabello y siguiendo la línea del músculo la hallaría; sí, ésa era, rojiza e inflamada, en forma de corazón.

De inmediato regresó años en el tiempo, atravesando kilómetros de tierra, navegando leguas de agua hasta su antigua alcoba en el segundo piso de un callejón en Madrid. Vio a la mujer de cabello cobrizo complaciendo sus sábanas. Aquella con caireles y disposición para verse sin el permiso de los padres, la que lo enamoraría y le pisotearía el orgullo. Fernando se convirtió de nuevo en el joven de diecisiete años inexperto y amable, suspirando por una joven tres años mayor que él. Se vería frente a esas extrañas coincidencias que la inculpaban, pero él queriendo pensar que era único. Ni siquiera cuando el cuerpo de ella anunciaba sus otros amantes él quiso ver lo evidente. Tendría que encontrarla con alguien más para quitarse la venda de ingenuidad. El despecho de sentirse tonto y burlado, de volverse el ridículo de la taberna, se había quedado atorado en sus vísceras. El tiempo con paciencia lo había añejado y, esa noche, mirando la marca en el cuello de su amada, saldría tan intenso y amargo como la hiel.

La negrura lo cegaría con sus velos despiadados. Con una mano le sujetó el cuello a Laura. A causa de la sorpresa y el dolor, ella abriría los ojos de súbito. Entonces él, con una lentitud lúgubre, se acercaría a su oído a murmurar palabras hirientes y llenas de calumnias. Los dedos firmes la estaban lastimando, pero las acusaciones le dolían mucho más, al punto de hacerla llorar. La joven no lograba entender de dónde surgían las dudas, las sospechas, los reproches. No reconocía la voz de Fernando, ahora cruel y violenta, describiéndole las infamias más monstruosas. Ella con el amigo de la infancia retozando en quien sabe cuántos escenarios, dejándose hacer y complaciendo como si fuera una mujerzuela; ella con el caballerango; ella con el maestro de francés; ella con cada hombre que había cruzado su vida. ¿De dónde salían esas aberraciones? ¿Por qué la despreciaba, insultándola hasta reducirla a la más hipócrita de las mujeres?

Fernando no la dejó defenderse ni darle alguna explicación. De un momento a otro la ilusión se iba desvaneciendo hasta convertirse en una pesadilla. Laura pensó en gritar, pero oprimida boca abajo, no encontraba las fuerzas. Y si la llegaban a escuchar la encontrarían en el cuarto de él, ¿cómo explicarlo? Nada, no había nada que pudiera hacer, sólo esperar. Hundió la cara en la almohada con la esperanza de ensordecerse. Las calumnias continuaron golpeándole el oído y las sábanas se humedecieron con sus lágrimas. Fernando de súbito se calló. La mano del cuello se aflojaría un poco mientras él la doblegaba con los brazos en la espalda, profanando su cuerpo por única vez.

A través de la ventana los volcanes atestiguaron la irremisible ofensa. Bajo un silencio sombrío la ira de Fernando ensuciaría la esencia blanca de Laura para siempre, orillándola a caer en la más inconsolable soledad.

Fernando se fue sin aviso, como había llegado un año antes. Dejó una carta con la servidumbre y su cuarto limpio. Parecía como si Laura hubiera imaginado su presencia. La carta era la única prueba socorriendo su lucidez y, por momentos, aún dudaba si esa hoja de papel entintado en verdad existía. Su padre se la había leído la mañana siguiente durante el desayuno, mirándola de soslayo en el intento de adivinar sus pensamientos. La súbita partida del sobrino era extraña y sospechaba que quizá Fernando había tenido interés en su hija y ésta lo había rechazado. Pero el hacendado ni en su más salvaje intuición hubiera podido entrever la historia de los amantes y la desafortunada noche final.

Laura era una bóveda sellada con un cúmulo de penas afligiéndola. La única obvia diferencia en ella era su silencio. Había perdido el interés en hablar, pero los quehaceres los seguía desempeñando con la dedicación de siempre. Nadie llegaría a saber el tormento de su alma arrepentida; de sus continuos pensamientos de volver el tiempo a esa mañana en la terraza y no perder la compostura con la mirada del invitado; de haberse sabido mantener distante y lejos de él. «Si tan solo», se repetía. Tres palabras etéreas de realidades inexistentes. Ella hizo lo que hizo, fue débil sucumbiendo a las tentaciones y ahora estaba ahí, escuchando las palabras de Fernando en la voz de su padre leyendo el largo agradecimiento al tío y a la familia por su hospitalidad, los planes de hacer fortuna por su cuenta, la promesa de regresar a pagarle lo que había hecho por él, las disculpas por irse de ese modo, la justificación de la despedida. Palabras que martilleaban sus oídos y ella sin poder llorar. Día tras día, la joven repasaba los hechos de la última noche con Fernando. La desgarraba el recuerdo del silencio punzante cuando él se quitó de encima. La torpeza y vergüenza al vestirse dándole la espalda. La premura para salir del cuarto sin mirarlo. Él musitó un «Laura...» al tiempo que ella giraba la perilla de la puerta. Su nombre dicho en un susurro, tantas otras veces haciéndola sentir completa, la llenaría de un profundo vacío. Fue la única palabra en la habitación rompiendo aquella dolorosa penumbra, pero la voz se cortó y ella saldría casi corriendo para huir de lo que acababa de pasar.

Pasaron un par de semanas y una noche, cuando Laura regresaba a su alcoba se encontró con la moneda. Estaba oculta en el umbral de la puerta, junto a la bisagra, como ratón escondido del vaivén de la vida. Apenas sobresalía uno de sus bordes y un destello la hizo resplandecer. La joven se agachó a recogerla y con la puerta cerrada la miró largo rato con pesimismo. Las columnas coronadas seguían una frente a la otra, flotando en las aguas del mar delimitando el confín de la tierra. Le hubiera gustado poder aventarse y dejarse ahogar en las corrientes del océano sobre su mano. Con un dedo rozó la imagen y sintió su corazón troquelado, como la moneda, a golpe de martillo, sangrando con las heridas del cincel que inscribían el nombre de Fernando.

Los días avanzaron, el sol se asomaba por las mañanas y se escondía por las noches. Nada había cambiado en la hacienda fuera de la pesadumbre en la mente de Laura y la ausencia del primo. La joven aprendía que la vida podía continuar a pesar del dolor y el desconsuelo. Odiaba sin poder realmente odiar a Fernando y la enfadaba tener ganas de volverlo a ver. Hubiera preferido encontrárselo la mañana siguiente y buscar en su mirada un gesto de arrepentimiento, una señal de disculpa, un último vestigio de amor, algo que la ayudara a salir de ese miserable castigo del espíritu. Ella, creyéndose una mujer impura, con cuerpo de tierra sucia, debía encontrar el perdón.

La idea de ingresar a un convento no era nueva. Se la había presentado tiempo antes una tía, quien la veía con vocación para seguir el llamado de la templanza. Más tarde se lo volvería a sugerir, al cumplir diecisiete años y no viéndola interesada en el matrimonio. Los años pasaron y la tía había perdido la esperanza de que su sobrina siguiera una ejemplar vida de sacrificio. Por eso, cuando Laura se presentó solicitando su apoyo para entrar humildemente a un noviciado, la mujer la miró extasiada por la buena noticia.

La joven en efecto revelaba recato y sencillez para la vocación religiosa. Además, cumplía con los requisitos para ser una buena candidata: hija legítima y de familia de buenas costumbres, más de diecisiete años, buena salud, soltera, de sangre limpia, y con los medios para pagar la dote. La tía le daba las gracias a Dios por escuchar sus rezos, mostrando la mejor disposición para ayudarla. Con prontitud oró mañanas y tardes para que el cielo respondiera a esta petición. Las oraciones fueron favorecidas por las cartas, las citas y las buenas relaciones con sacerdotes para conseguirle a Laura iniciar sus estudios como postulante y, en unos meses, convertirse en novicia. A pesar de que su sobrina no era una joven de escasos recursos la aceptaron en el Convento de Santa Mónica donde entraban sin dote, limitándose ella a hacer un cuantioso y desinteresado donativo para ayudar a las religiosas en su vida de recogimiento y ofreciéndose como madrina para cubrir los gastos de la aspirante para los años venideros. La tía con orgullo subiría una posición entre sus conocidos con un familiar dedicando su vida a salvar almas a través de la oración, incluyendo la suya y la de sus descendientes.

La última noche en casa, Laura escondió la moneda en el baúl de pertenencias como su último vínculo con la vida mundana. Cuando sus padres se habían ido a dormir y se encontraba sola en su cuarto, comenzaría a recitar las palabras de San Agustín. «Llevo este objeto conmigo para traer a la memoria mis caminos torcidos con gran amargura del corazón». Miró el crucifijo con los brazos abiertos invitándola a entrar a su casa. «Estás ahí esperándome para ser dulce, pues eres dulzura verdadera, dulzura dichosa y segura». Miró el hábito blanco, el que habría de portar desde el día siguiente. «Esta vestimenta que me recogerá de aquel derramamiento y división en que estaba partida en mil partes». Con el rosario apretado contra su pecho decidió abandonar el pasado en esa habitación. Hincada junto a la cama y en medio de sollozos diría en voz alta para sí: «Por haberte dejado y desvaneciéndome en muchas cosas...».

Las hortensias en el patio de su casa lloraron su partida, los libros se llenaron de nostalgia hecha polvo, su habitación se mantuvo como el día en que se fue. Los volcanes se cubrieron de nubes, tan grises como las que Laura llevaba cargando en su pecho, escondiéndolos del mundo un soleado día de otoño.

Laura estaba en la puerta de su casa junto a sus padres y su tía, esperaban el carruaje para llevarla al convento. En dos horas comenzaba la ceremonia de toma de hábito como inicio de su nueva vida como novicia. Por un año permanecería retirada, sin comunicación con familiares, tiempo en el cual debía mostrar verdadera vocación para convertirse en religiosa, capaz de vivir en clausura. Su tía le había insistido en los tres votos para buscar la perfección: obediencia, castidad y pobreza. Más de una joven habría de fracasar en el intento. Laura, sin embargo, no veía esto como una elección. Sin importar cuán arduo fuera el camino, ella creía estar preparada para soportar las penitencias más dolorosas. Ningún martirio sería mayor a la pena causada por el remordimiento y haría cualquier cosa en el intento de redimir sus culpas.

Horas antes la habían ayudado a prepararse. Portaba un vestido beige, de cuello alto con encaje en el borde y botones en el frente, lo ornamentaban cuatro espléndidos collares, tres anillos y unos vistosos aretes. Tanta joya junta no permitía que ninguna luciera por sí misma. Las alhajas eran algunas de su madre y otras de su tía. La abundancia significaba la vanidad a la que Laura renunciaría y, a pesar de sentirse abrumada por lo exagerado de su arreglo, debía obedecer la formalidad del rito. El vestido, en cambio, lo había elegido con deliberación: era el mismo que había portado la tarde del día de campo. Era su manera de mostrar desprecio hacia Fernando y el mundo profano. Aunque lo que simbolizaba sólo lo entendía ella, de alguna forma la hacía sentir un poco menos insegura. Mientras la vestían se preguntaba: «¿Seguirá en la ciudad? ¿Sabrá sobre mí y lo que estoy a punto de hacer? ¿Si me viera, reconocería el vestido?».

Nadie habló en el carruaje de camino hacia el convento. Su padre tenía una expresión lúgubre, como si fuera a un funeral más que a una celebración. Su madre le tomó la mano durante el recorrido e inconscientemente la fue apretando conforme se acercaban a su destino. La tía tuvo la sensibilidad y discreción de guardar silencio, a pesar de festejar el evento. Laura se mordía un labio y antes de llegar sintió el sabor de la sangre en su lengua.

Estuvieron frente a la iglesia a tiempo. Sus muros amarillos daban colorido a la calle. Las puertas estaban abiertas y en los arcos flores adornaban las dos entradas. Laura miraba los pétalos caídos en el piso pensando en lo que le esperaba detrás de esos muros. ¿Era la decisión correcta?

Dos días antes Filiberto había ido a buscarla. Al enterarse de la idea de recluirse llegó decidido a pedirle matrimonio. Cuando ella rechazó la propuesta, él mostraría mayor vivacidad de lo imaginado.

—No me importa lo que hayas hecho. Siempre te he querido y quiero que seas mi esposa —le dijo mirándola a los ojos y tomándola de la mano.

Ella se echó a llorar arrepentida de no haber correspondido a sus cartas.

—Te mereces a alguien mejor que yo —le respondió retirando su mano y secándose las lágrimas. No lo dejó hablar más, se levantó de la silla y dio por terminada la visita.

Laura subió ensimismada los escalones para entrar al templo. Se detuvo un momento en el vano de la puerta. El recinto guardaba la solemnidad de la ocasión y el sol asomándose desde lo alto de las bóvedas realzaba el dorado de las columnas guareciendo la imagen de Santa Mónica, mientras se persignaba dijo para sí: «Dame Señora fuerza para resistir y no desalentarme, seguir tu ejemplo de silencio y humildad». La Virgen de Guadalupe estaba frente a ella custodiada por dos querubines con sus manos unidas en el pecho, destelleando la paz que tanto anhelaba Laura. El Santísimo Sacramento resplandecía sobre un mantel blanco. El sacerdote vestía una elegante capa blanca con ornamentos dorados y la estola acomodada en el cuello cayendo hacia el frente. Laura tomó valor y con paso firme fue hacia el retablo a orar.

El padre dio inicio a la ceremonia. La postulante escuchaba en silencio frente al cuerpo y la sangre de Cristo las bondades de consagrarse a una vida religiosa. Laura dejaba que cada una de las palabras fueran reverberando en su corazón. Se sentía segura de dar ese paso. Se sentía acompañada por Santa Mónica y San Agustín. De pronto el sacerdote guardó silencio. Tomó el hábito, la única vestimenta que la novicia vestiría en la vida de retiro, y lo bendijo. Luego, se inclinó un poco para preguntarle a la joven su nombre completo y declarar:

—Hija mía, de ahora en adelante llevarás el nombre de María Laura del Espíritu Santo.

Desde el coro, las hermanas comenzaron a entonar un himno: «*Jesu corona Virginum, quem Mater illa concipit...*». Dándole la bienvenida a otra virgen portando la corona de Jesús. «*Quae sola Virgo parturit haec vota clemens accipe*». La flamante novia se unía al séquito de castas doncellas para adorar y cantar alabanzas a Jesús. «*Quocumque pergis, virgines sequuntur, atque laudibus post te canentes cursitant hymnosque dulces personant*». La joven estiró los brazos para recibir misericordiosa su vestimenta y el libro de reglas de la orden. «*Te deprecamur largius nostris adauge sensibus nescire prorsus omnia, corruptionis vulnera*». Decidida a ignorar las heridas provocadas por la corrupción de su alma. «*Amén*».

Frente al retablo, en una de las bancas, sus padres se tomaban del brazo. Vieron a su hija levantarse y pasar a su lado, seguir el camino hasta la puerta de madera apartándola de ellos. Detrás de la celosía, Laura fue respondiendo las preguntas del sacerdote. Sí, quería ser admitida a esa santa religión.

Sí, iba por voluntad propia. No, no era casada. No, no tenía ninguna enfermedad o impedimento para ser recibida. No, no contaba con deudas, obligaciones o cuentas. Sí, se atrevería a menospreciar y renunciar al mundo, olvidar a sus padres y parientes, recibir comida, cama dura, silencio perpetuo, oración continua, oficio prolijo, trabajos cotidianos, correcciones graves, vivir sin voluntad propia... Sí, con la ayuda de Dios. Una tela negra se levantó y las religiosas la apartarían de la arrogancia quitándole la lujosa vestimenta. Poco a poco la irían envolviendo de pureza con la toca blanca, el hábito blanco, el velo blanco, la capa blanca, el cíngulo de la castidad. El manto negro caía de repente para mostrarla: Laura de veinte años con el cabello escondido y cara de virgen, con un cirio en las manos y errores en la conciencia, rodeada de las esposas del esposo divino. Sus padres la verían a través del enrejado, inmaculada y de rodillas mirando el piso. La hermosa cara y la expresión impenetrable parecían ser de recato y atrevimiento, de paz y zozobra.

Así, frente a la comunidad de la ciudad de Puebla de los Ángeles, bajo la protección de Santa Mónica y el ejemplo de San Agustín, un mes de lluvia de hojas, María Laura del Espíritu Santo decidía consagrar su vida enteramente a Dios.

Una mariposa blanca revoloteaba por encima de las rosas; no se decidía en cuál flor descansar. Apenas bajaba el vuelo y de inmediato se volvía a elevar nerviosa en el aire. Laura la notó al ir caminando por el pasillo del segundo piso. Se detuvo reposando las manos en el barandal, absorta admirando los movimientos de la hermosa intrusa. Una tenue brisa refrescó su cara y se escucharon las campanadas de una iglesia lejana llamando a misa. La fuente en medio del patio brindaba un sonido melódico tranquilizando la mañana.

Laura cerró los ojos complacida:

–Gracias por estar conmigo.

Se mantuvo estática unos minutos, sintiendo la presencia de Dios en la serenidad del claustro, al abrirlos la mariposa se había ido. Miró hacia el cielo buscando sin encontrarla. Desde donde estaba podía ver el campanario y la cúpula de la iglesia. Pintados de amarillo y blanco le parecían sobrios y a la vez llamativos. Recordó de repente sus días iniciales en el convento, hacía seis meses. En aquel entonces, al mirar la torre, la embargaba una profunda congoja de estar lejos de su casa y sus padres. Los domingos se sentaba en el coro a escuchar misa con la ansiedad de saber que ellos estaban acomodados en alguna banca de la iglesia, también conscientes de su presencia y el pecho se le oprimía hasta dolerle. Ahora creía haber dejado atrás la expectación. La calma y el silencio de ese lugar hacían que el tiempo pasara a un ritmo distinto, flemático; aquella pasividad la había ayudado a mitigar sus inquietudes. En ciertos momentos casi podía asegurar que el mundo se quedaba quieto, y el latido de su corazón permanecía como único pulso para contar los segundos. Laura había logrado encontrar en las oraciones y el trabajo el camino hacia Dios, día a día iba apreciando las bondades de estar protegida por esos muros de tierra cocida, vigilada por los santos y los ángeles, y muy alejada del mal. En su corta estadía se notaba distinta, lejos de la delicada y tonta joven despidiéndose de sus padres un día de septiembre.

En el convento habitaban veinticuatro monjas. No se admitían más del número establecido y Laura había solicitado su admisión cuando, por casualidad, existía una vacante. Siendo ésta una orden de recoletas, al postularse una joven se le hacía explícito que debía enclaustrarse por un año como novicia antes de realizar la ceremonia de profesión. Si Dios le mostraba ése como el camino a seguir, la novicia salía unos días antes de realizar los votos y efectuar el matrimonio sagrado. Ya entrando al claustro como profesa, no se esperaba que saliera de él jamás. El sendero para alcanzar la perfección era largo y difícil. Laura ahora iba vislumbrando cuánta fortaleza era necesaria para recorrerlo.

Desde el primer día fue asignada con la maestra de novicias, la hermana María Francisca de la Inmaculada Concepción, con ella estudiaría las reglas y constituciones de la orden, el ceremonial del oficio divino, el ceremonial de oraciones e himnos y latín; le enseñaría bordado con distintos hilos, incluyendo de oro y de plata; la prepararía musicalmente para embellecer los servicios; y, sobre todo, vigilaría su disposición para obedecer. La maestra era la encargada de reportar a la priora y al consejo de religiosas si la candidata mostraba el virtuosismo que exigía la vida monacal, para que al terminar el noviciado pudiera casarse con Jesús.

A pesar de la tristeza y los remordimientos en las semanas iniciales, Laura logró mostrarse tan diligente y estudiosa como siempre había sido. Sor María Francisca miraba con placer la facilidad para entender y memorizar, rezar y cumplir de la nueva novicia. La joven hacía cada labor con eficiencia, pero sin sobresalir, mostrándola aún más humilde. Era una novicia que no llamaba la atención por su destreza en el bordado, ni por su talento al ayudar a preparar los dulces, ni por su excelente voz o aptitud para la música, Laura se daba a notar por su inteligencia. Y sería justo ésta lo que la hacía reprocharse con mayor severidad el haberse enamorado tan ingenuamente de Fernando. La oportunidad de redención que encontraría en el convento era tan importante para ella que se comportaba con excesivo acato y modestia. En sus rezos agradecía al Espíritu Santo por brindarle cobijo en un sitio tan bello y propicio para la templanza, con reglas que la ordenaban dejar a un lado su egoísta voluntad. Laura seguía esta obediencia con pasión como medio para sosegar su tormento, por esto le atribuyeron una vocación natural para convertirse en una digna esposa de Cristo.

Por otro lado, sin tener consciencia de esto, su inteligencia le daba una cualidad muy atractiva para los intereses del convento. Como lo había declarado su tía en una de las cartas al sacerdote de Santa Mónica, su sobrina era tan diestra en matemáticas, como hábil y confiable con las cuentas. La administración del recinto llevaba varios meses desorganizada; la muerte de la madre contadora fue por una neumonía fulminante, por lo que no tuvo tiempo de aleccionar a quien sería su sucesora. El caos en el registro de gastos había hecho al convento erogar más de lo recibido de las rentas y, por tanto, orillado a pedir el apoyo financiero al obispo. De ello que la entrada de la nueva postulante había sido agilizada y favorecida, dejando a un lado otras posibles aspirantes.

La priora, la reverenda madre Catalina del Sagrado Corazón de Jesús, no estaba contenta aceptando una candidata por recomendación, necesidad y con apremio. La total clausura no era para cualquiera, ni siquiera para quienes anhelaban desposar al Santísimo. La orden era en especial estricta y en el pasado algunas otras doncellas habían salido para entrar a conventos menos rígidos. La mayor preocupación de la prelada era que Laura desertara antes de hacer sus votos y no se llegara a encargar de la administración de las cuentas. Sin embargo, la cuantiosa donación de la tía la liberó de algunas cargas financieras y, a pesar de sus reservas, no tuvo otro remedio que aceptar a la recomendada. Para su regocijo, la nueva joven mostraría evidentes dotes para una vida de retiro y acataría la disciplinada rutina sin objetar. Aunque provenía de una familia bien avenida, en ningún momento hubo alguna queja o siquiera un gesto por la austeridad en la forma de vivir. Aquella mujer, incapaz de levantar la mirada más que a la hora de decir plegarias, se incorporó al estudio y al trabajo con una facilidad como si hubiera nacido para profesar.

De ese modo, la candidata se iría ganando el reconocimiento de la prelada. Esos primeros seis meses no habrían de ser fáciles, pero Laura sentía que eran los más duros.

Aceptando la separación de su familia y acercándose al perdón interior veía anhelante los siguientes pasos. Estaba convencida de seguir el camino de esposa de Cristo, rezando en la eternidad para la salvación de los pecados de los otros. Ya no la asustaban la rigidez, ni las penitencias, ante sus ojos las bondades de la pureza eran más grandes, más dignas, y lo único que alegraba su existencia era la esperanza de agradar al hijo de Dios. Pero los caminos certeros no existen y la senda sería más pedregosa de lo imaginado. Sus aflicciones la perseguirían hasta la soledad de su celda para regresarla a la pesadumbre que creía haber dejado atrás. Su pasado pondría a prueba su fortaleza de espíritu. Y los muros no habrían de ser ni tan fuertes, ni tan altos, para mantenerla lejos de la razón por la que habría de entrar ahí.

El primer sueño casi lo olvida. Pasaron dos días y Laura lo recordó en la biblioteca. La reminiscencia la comenzaría a envolver poco a poco hasta que no pudo continuar leyendo. La sensación de alegría la rodeó sentada en la silla de madera frente al libro, mirando los rayos de luz descubriendo el polvo siempre invisible en el aire. La asaltó la imagen de estar con Fernando, recargada en la mesa de la cocina de su casa mientras platicaban y reían. Con la capacidad de observarse desde afuera miraba la escena como público, pero sabiendo que era ella la protagonista. No se acordaba de sus palabras, sólo del sentimiento de felicidad por estar ahí. Laura sintió una enorme nostalgia y, a modo de defensa, cerraría los ojos para traer a la memoria los recuerdos más agrios. Rezó un padre nuestro intentando espantar lo mejor que pudo a los fantasmas, después se puso de nuevo a leer. Al estar dormida las visiones regresarían puntuales sin que ella pudiera hacer nada para ahuyentarlas. Con la desgracia de ser vívidas y recordándolas justo al despertar. En ellas aparecía Fernando y, aunque el escenario variaba, la trama siempre era similar: los dos conversando, dándose un abrazo o un beso, teniendo un gesto de familiaridad y cariño. Laura despertaba contenta, pero, al abrir los ojos y notar su realidad, pasaba de la alegría a la desdicha en menos de un segundo. Durante el día, evocaba sin proponérselo el sentimiento dentro del sueño, haciéndolo más real. Al cabo de unas semanas no sabía cuáles eran recuerdos y cuáles meras ilusiones nocturnas.

Una noche se despertó sudando y tuvo que levantarse para reprimir su imaginación. En el sueño estaba en la bodega con Fernando, se besaban y se desvestían de prisa y en pleno día. Se acariciaban sin sutilezas, desahogando los impulsos guardados. El deseo era tan intenso, que casi perturba el sigilo del convento con un gemido.

Las fantasías se irían repitiendo. En las horas de meditación antes de dormir, Laura pedía paz y fuerza para terminar ese suplicio. Como el día de confesión era una vez a la semana, sufría la espera. Tenía la esperanza que después de recibir la eucaristía habría de descansar liberada y tranquila, pero las evocaciones del ayer regresaban para despertarla abatida y avergonzada. Hubo un momento en el cual Laura temía irse a dormir. Agradeció profundamente el inicio de la Semana Santa, cuando el tiempo de oración nocturna la privaba de largos períodos de descanso incapacitándola para soñar. También recibió los ayunos como un regalo para limpiar su consciencia y aliviarla por algunas noches seguidas.

Semanas más tarde regresaría Fernando a visitarla en la oscuridad de su celda. La sacaría de la cama y la llevaría de regreso a sus escondites en la hacienda. Laura dentro de los sueños dejaba a un lado el pudor y el remordimiento para volver a ser ella, hasta que una noche soñaría que estaban en la habitación del convento y cuando vio al Cristo de plata en la mesa junto a la pared, se despertó. De ahí en adelante su imaginación le concedería minutos de complacencia para luego torturarla con algún símbolo que le recordaba su voto de castidad.

La joven sufría durante el día al recordar las visiones. Buscó refugio en las labores manuales y el estudio, pero al no encontrar sosiego se adentraría a penitencias mayores, aunque nada disipaba las visitas de aquel hombre noche tras noche. Sentía que estaba cayendo en un abismo del que no sabía cómo salir. Las veces que se acercaba al pozo a sacar agua, se asomaba con la tentación de tirarse de cabeza y acallar su mente. Con el castigo físico, la falta de comida y de sueño, Laura comenzó a adelgazar y los extremos del cíngulo caían cada vez más largos a un lado de su cintura.

Mientras tanto, sor María Francisca recomendaba a la nueva novicia ante el consejo y la priora para que hiciera los votos en unos meses. Laura había mostrado grandes virtudes para continuar con el camino de religiosa. Con sus eternas ojeras y su cara demacrada caminaba por el convento con un aura de ángel, estando sin estar. Parecía que de un momento a otro saldría volando en una nube de condolencia. El martirio por el que pasaba se veía en los ojos ajenos como sacrificios hacia la perfección, y más imperfecta no se podía sentir ante quien sería su esposo.

En esta encrucijada, enaltecida por las demás y despreciada por sí misma, Laura creía someterse de nuevo ante Fernando. Su cuerpo y su mente parecían no tener la voluntad para pasar esa prueba, acaso fracasaría en su intento por buscar la redención, desertando perseguida por los fantasmas. El cielo, en cambio, tenía otros planes. Apretando sin ahorcar Dios le mandó a una persona para darle la mano y sacarla de la oscuridad. Con sus inocentes caricias y su risa haciendo eco por el claustro, Isabel le daría a la joven el cariño necesario para sanar el alma y poder continuar.

Las religiosas de Santa Mónica recibieron a Isabel por la puerta que daba hacia la calle. Llegó muy temprano, antes de la primera oración de la mañana. Les entregaron sus escasas pertenencias en un rebozo, llevándola de inmediato a la oficina de la priora para examinarla y revisar el envoltorio. La razón de haber admitido a la niña era un misterio para las hermanas, suponían que era para ocultarla o protegerla, la orden jamás había recibido niñas educandas como lo habían hecho otros conventos.

Isabel traía sobre su vestimenta una costosa cruz de oro colgada en el pecho. Recién entró intentaron quitársela, pero se puso a dar gritos tan fuertes que por discreción decidieron dejársela puesta. La contradicción entre ésta y el humilde vestido, los ojos claros y la tez morena, su nombre católico y el hecho de hablar como los indios, levantaban mayores incógnitas. No se dieron explicaciones, sólo se le ordenó a la encargada de la cocina enseñarle lengua cristiana.

Sor Magdalena de la Santísima Trinidad era la cocinera principal y la única monja que hablaba náhuatl en el monasterio. Las religiosas se habían enterado de esta habilidad por un incidente años antes. Una noche se desató un incendio en una casa circundante, con los gritos de los indios desde afuera, las religiosas corrían desconcertadas formándose frente a la puerta, persignándose y rezando para no romper la clausura. Magdalena, desde el segundo piso, se acercó a la priora para informarla de lo que se decía del otro lado de los muros. La casa estaba a media cuadra, el fuego no se había propagado y en unas horas el clamor cesó. La reverenda madre Catalina dio gracias al cielo por haberla mandado. Ahora, otra delicada situación se presentaba, Dios pondría de nuevo a prueba las virtudes de haber aprendido una lengua pagana.

La hermana Magdalena había nacido hacía cuarenta y cinco años, en una de las familias más pudientes de la ciudad. Después de sacarla, la partera no logró controlar las hemorragias de su madre. El padre quedó viudo con un hijo, tres hijas y un enorme desconsuelo. Por fortuna encontraron a una india joven para alimentar a la recién nacida. Yolotzin, la nodriza, llegó a unir su propia tristeza a la de la familia. Al contrario de la señora fallecida, un par de semanas antes ella había sobrevivido el parto, pero su hijo no. La mujer indígena amamantó a Magdalena con tanto amor como si la hubiera parido. Se le veía caminar con la pequeñita atada en la espalda con el rebozo mientras hacía los quehaceres, cantándole canciones de agradables sonidos que sus hermanos no entendían. El padre no dijo nada a pesar de las críticas de quienes los visitaban, no sabía qué hubiera hecho sin Yolotzin, la única capaz de calmar a su hija cuando lloraba. La niña con apellido de alcurnia terminó criándose cerca del calor del fuego y tomando leche con sabor a pulque. Así crecería para conocer las labores culinarias de manera natural, mostrando un extraordinario sentido del olfato desde pequeña. Jugaba a acercarse a la cazuela, aspirar y con los ojos cerrados ir desglosando los ingredientes en el guiso burbujeante. A partir de los once años casi siempre acertaba a todos. Al cumplir los quince su padre la alentaría a postularse para el noviciado. Le aconsejó seguir los pasos de sus dos hermanas mayores, ambas, causa de gran honra al ser monjas profesas. Sin una madre guiándolas, el hombre viudo temía que el mundo corrompiera a sus hijas, manchándose ellas y el apellido de la familia. Lo mejor era el encierro. Los trámites tardarían algún tiempo y Magdalena habría de tomar el hábito a los dieciocho años. Lo más difícil fue despedirse de quien había sido su nodriza, su niñera, su madre. Lloraron abrazadas una tarde completa diciéndose adiós para siempre, porque ambas sabían que Yolotzin no tendría derecho de visitarla.

Sor Magdalena de la Santísima Trinidad descubriría en la serena y hermosa cocina de azulejos una inesperada paz. La labor culinaria la alejaría del ocio encaminándola hacia la perfección; su tarea se convertiría en un ritual, bajo las vigas de madera y resguardada por cazos, cazuelas y ollas, encontraría la inspiración para crear los dulces y los platillos más deliciosos desde la fundación del convento. En el esmero hallaba una forma de consagrarse ante su esposo divino y beatitud al complacer a sus comensales.

El día de la llegada de Isabel le avisaron que fuera a la oficina de la priora. Sin elucidar el porqué, o cómo había llegado, la madre Catalina presentaría a la niña con su nombre de pila. Se dispuso no revelar los apellidos, sus padres o su proveniencia. A partir de ese momento Isabel viviría entre ellas. Sería la obra de todas, como siervas del Señor, mostrarle el camino y darle el ejemplo para agradar al hijo de Dios. Lo primero era enseñarle castellano para iniciar su educación formal. Con ayuda de la Virgen María enderezarían a esa pobre criatura alejada de la misericordia del Padre. Al final la prelada le precisó a Sor Magdalena que utilizara las palabras nativas con prudencia y nunca frente a otra religiosa.

La madre cocinera recibió a la niña con agrado. En el fondo la alegraba utilizar el lenguaje con el que había crecido. Al verla, de inmediato sintió una afinidad hacia Isabel, tímida y discreta con la presencia de gente de tez blanca igual que su querida Yolotzin. Le acomodó un banco junto a la ventana frente a las hornillas y, con gran paciencia, le iría hablando hasta hacerla levantar la mirada. Poco a poco la interesaría en tocar las verduras, azucarar los polvorones, hacer bolitas de masa. La niña se habría de sentar a diario —como lo haría Magdalena a su edad—, a observar los quehaceres de pelar y moler, sazonar y freír, volverse una artesanía.

Isabel llegó de cinco años, iba peinada con una trenza que le llegaba hasta la cintura, con un vestido blanco y huaraches. Sus ojos tenían la forma y la tonalidad de las almendras, y su tez el color de la terracota. Tenía un lunar junto al ojo derecho que llamaba la atención en la pureza de su cara. El vestido le quedaba algo grande haciéndola ver aún más delgada de lo que estaba. El primer día no habló, sólo miraba hacia el piso; tardaría una semana en sonreír y menos de un mes en entender lo que le decían. A la pequeña le gustaba estar en la cocina, era un cuarto placentero y al asomarse por la ventana podía ver el hermoso patio. Le encantaban los mosaicos embelleciendo las hornillas bajo las enormes cazuelas de barro. «*Cuetlaxóchitl*», fue la primera palabra que dijo, mientras señalaba uno de los azulejos desde el banco de madera. Sor Magdalena volteó a verla sorprendida al escucharla. Dejó la cuchara para asomarse a mirar lo que la niña indicaba con la punta del dedo. La religiosa al mirar el diseño de pétalos puntiagudos repitió con una leve sonrisa: «*Cuetlaxóchitl*. Flor de Nochebuena». Isabel pasaría largos ratos acuclillada junto al metate dibujando con un dedo los pétalos de las flores pintadas de azul y blanco, hablando en su lengua mientras sor Magdalena se lo repetía en castellano. Juntas hicieron casi un inventario de los cuencos y utensilios de la cocina. Desde las imponentes cazuelas y ollas gordas, hasta los ralladores de hojalata y los molcajetes. Entreteniéndose con los molinillos y los tecomates, los cucharones y el tenate, Magdalena iría recordando las palabras de su infancia y traería a la memoria la calidez de Yolotzin. Un día en que Isabel se machucó el dedo con el tortillero le cantaría en voz baja una canción en náhuatl para hacerla sentir mejor.

Sor Magdalena de la Santísima Trinidad disponía del uso de la comida y le preparaba a Isabel platos sin picante y especias fuertes. Procuraba que la niña se alimentara bien porque la veía demasiado escuálida. Debía estar sana y fuerte para convertirse en una elegida del Señor. Las veces que preparaban chocolate le servía siempre una segunda taza y le guardaba un pedazo de pan para acompañarlo. La premiaba dándole un dulce, aun en los tiempos de penitencia, y le procuraba un bocadillo antes de irse a dormir. La monja se aseguró de asignarle labores sencillas para mantenerla ocupada y para iniciarla en la disciplina de la vida monástica; a la niña le correspondía lavar los utensilios de madera, cernir la harina, limpiar las leguminosas y pelar los chícharos. Para cada tarea la hermana Magdalena era estricta en que la hiciera adecuadamente. De la misma forma que la habrían de enseñar a ella, no dejaba que Isabel se distrajera hasta haber terminado, revisando el quehacer y mostrando los errores o descuidos para gratificarla si lo hacía bien. La pequeña entendió con prontitud que valía mucho la pena agradar a quien la consentía con algo tan preciado como una rosquilla de almendra.

Aunque por más que le decían palabras en castellano, Isabel no mostraba gran interés en repetirlas. Imitaba la labor que le trataban de enseñar y a su modo se daba a entender. A sor Magdalena ni siquiera le decía por su nombre; encontrando similitud fonética la llamaba «*Mazatzin*» y cuando lo decía la mujer le contestaba: «*Mazatzin*. Venadito». Pero al cabo de la insistencia y terquedad de la pequeña, y porque nadie más entendía, dejó que la llamara de ese modo. La maestra de cocina y castellano iba sucumbiendo a la tierna personalidad de la niña. Entre el comal y los tomates asados se encontraba diciendo palabras que la alumna no memorizaba, hablando en la lengua prohibida y disfrutando la complicidad que hacía tantos años no tenía con nadie.

La priora notó la falta de progreso en Isabel, desde un inicio temía que se ganara a sor Magdalena. Carecían de experiencia y tratar con una niña las desconcertaba, incluso a ella, pero su carácter riguroso no la dejaría defraudar ni a Dios ni al obispo en esa encomienda. Aprovechando la práctica de la hermana Magdalena, dejó a Isabel aprender durante las mañanas las labores en la cocina y además ordenó tardes de estudio con la maestra de novicias, sor María Francisca de la Inmaculada Concepción.

Laura estaba sentada en una de las mesas de la biblioteca, con las manos descansando sobre su regazo. Tenía frente a ella un libro cerrado. En la portada, en letras mayúsculas sobre la cubierta de cuero, decía «Retiro de profanas». Sus ojos se posaron en la tercera palabra. Con el dedo índice tapó la última letra. «Profana, yo soy», se dijo.

Continuó leyendo el título: «Comvnicaciones, necessario a las esposas de Christo». Ahora cubriría la tercera letra *ese* de la quinta palabra: «Esposa», leyó. Estudiaba y meditaba, estudiaba y meditaba, pero ¿era suficiente para merecer el anillo de la unión con Jesús? Pensó en el real, todavía escondido en algún rincón de su baúl. ¿Por qué no pudo deshacerse de la moneda antes de entrar al noviciado? ¿Por qué la seguía sacando de la hendidura? ¿Por qué no había confesado que la tenía? Las palabras del título rondaban en su cabeza, sentía que era Dios hablándole, pero no lograba descifrar el mensaje. ¿Reprobaba su debilidad? ¿O le otorgaba las disposiciones para absolverse? Miró hacia el librero, llevaba meses instruyéndose, aprendiendo lo que se esperaba de ella al profesar, iluminándose con la vida de Jesús, la Virgen y los santos, preparándose para tener una vida de ascetismo. ¿Para qué lo hacía? ¿Para sanar? ¿Para ser una esposa digna? ¿O para encarcelarse y pagar una condena impuesta por ella misma? Sin importar las razones, ¿no estaba ahí para purificarse? Tocó el libro con delicadeza pensando en sus enseñanzas:

«Exprimir la sustancia del mundo y echarla fuera del alma como veneno. Poner los afectos del amor de Dios para que fuera el amparo, el remedio, el consuelo; Jesús el esposo, el padre, el hermano, el amigo. Alcanzar la bienaventuranza acercándose al Rey de Reyes».

Respiró profundo, ¿estaba lista para recibir la corona y convertirse en Reina? ¿O simplemente debía dejar de profanar ese recinto, hogar de los ángeles? ¿El juramento le daría mañana el consuelo que parecía inalcanzable hoy?

La noche anterior había permanecido largo tiempo despierta hasta que la venció el sueño. Una visión la llevaba atormentando desde hacía unas semanas. Se veía en el día de su ceremonia de toma de hábito, los acontecimientos eran como los de aquel día. Se despedía de sus padres, entraba a la iglesia y se hincaba frente al retablo a orar. Terminaba y al levantar la cara para tomar el Sagrado Sacramento la hostia no estaba frente a ella. Laura, extrañada, alzaba la vista y en el lugar del sacerdote aparecía Fernando, vestido con capa y estola, con su bigote de siempre y una mueca en la boca. Laura gritaba asustada y, al notar que no había nadie más en el recinto, corría hacia la puerta.

—¿Qué estás haciendo? —le gritaba Fernando—. Esto es una farsa, tú no perteneces aquí. Tú no naciste para ser casta; tú nunca serás una virgen.

Ella se detenía en seco y comenzaba a llorar. Se sentía descubierta y avergonzada. Él se le acercaba, la tomaba de la mano y decía: «Vámonos de aquí». Laura, dudosa, bajaba los escalones. Fuera de la iglesia escuchaba un sollozo, al voltear veía a la Virgen de Guadalupe llorando, a la Virgen María llorando y a Santa Mónica llorando. Intentaba regresar, pero no podía. «Hemos perdido a una virgen», decía San Agustín abatido. Las lágrimas se escurrían de las paredes hasta anegar el suelo. Las puertas de la iglesia se azotaban y el llanto seguía saliendo por los resquicios. La aflicción se convertía de pronto en una enorme corriente de agua que salía furiosa hacia las calles de la ciudad derribando las puertas de la casa de Dios, ahogando a Laura en su afluencia.

Sor María Francisca entró en la biblioteca espabilando a Laura de sus reflexiones. La joven espantó la nube de zozobra y se puso de pie. Detrás de la monja había una niña tratándose de ocultar. Se podía ver un brazo y una pierna, la falda blanca y la sandalia, pero no su cara.

—Isabel, siéntate en esta silla, por favor —dijo la maestra de novicias jalando una para hacer espacio entre ésta y la mesa de madera.

La niña asomó media cara para mirar y esconderse de nuevo. Volvería a aparecer y vería a los ojos de la joven por unos segundos. Laura, parada frente a la ventana, con su mirada dulce y belleza simple, vestida de blanco y resplandeciendo con la luz de la tarde parecía la imagen de una Virgen. «*Tonantsin*», dijo Isabel. No se volvió a esconder. Se le quedaría mirando maravillada y feliz. «Buenas tardes», le dijo la joven con una sonrisa. La niña le sonrió de regreso.

A partir de entonces las clases de religión entre sor María Francisca y Laura las harían por la mañana para que, por la tarde, las dos mujeres se dedicaran a estar con Isabel. Entre las bancas del patio y la biblioteca tendrían éxito en hacerla hablar castellano. Los cantos y las oraciones fueron el método más efectivo para que repitiera las palabras. «Padre nuestro, que estás en el cielo», comenzaban a decirle e insistían: «Padre. Nuestro. Que estás. En el cielo. Padre. Nuestro. Que estás. En el cielo...». Una y otra vez hasta que lo imitaba. «Santificado sea tu nombre... Santificado. Sea tu nombre. Santificado. Sea tu nombre». La niña lo decía riendo como si estuvieran jugando.

Poco a poco sería Laura quien se encargaría de Isabel. Sor María Francisca las acompañaba, contenta de ver en su alumna la capacidad y paciencia para enseñar, sorprendida de su ingenio para inventar juegos de palabras y rimas. Con representaciones describía cosas fuera del convento, como el río o el mercado. Utilizaba lo que tenía a la mano para explicar y cada tarde ir repitiendo el vocabulario del día anterior. Isabel era una niña lista y mostraba rápidos avances. Laura además era muy puntual en no dejarla olvidar un artículo o corregirla si cometía alguna equivocación.

La novicia, a solas, dedicaba por las noches una oración al ángel que había entrado en su vida. Agradecía a la Virgen el haberle enviado a un ser tan puro y hermoso a quien enseñar. Antes de dormir recordaba los momentos con Isabel y su oscura celda se iluminaba con sólo pensarla. No lograba entender cómo el simple hecho de verla dar un salto en el escalón, asomarse en la fuente para rozar el agua; intentar en cuclillas oler una rosa, le causaba dicha. Sin proponérselo, día a día se iba acrecentando el cariño hacia la niña de ojos ámbar y lunar en la sien, haciéndola contar las horas para encontrarse de nuevo con ella.

Por obra del Espíritu Santo Laura había dejado de soñar con Fernando y si despertaba en la oscuridad era pensando en Isabel. Se preocupaba por saber si estaba pasando frío, si su cama era de tablones como la de ella o la habían proveído de un colchón de paja, si dormía sola o en la celda de alguien más, si lloraba por las noches antes de dormir. Se vio abrigando nuevos sentimientos de protección e incondicionalidad que la sorprendían. También deliberaba las razones por las que la habrían dejado en el convento. ¿Sería huérfana? ¿Por qué no hablaba en cristiano? Se adormecía entonces inventando un cuento acerca del origen de Isabel.

Una tarde estuvieron la niña y la joven muy entretenidas siguiendo una fila de hormigas que se metía en una de las esquinas que daba hacia la arcada. No perdían de vista la cadena de trabajo de los insectos. Uno por uno tomaba un pedazo de hoja, cargándolo hasta el agujero. De repente una hormiga tiró su cargamento aglomerando a las demás detrás de ella. Laura de inmediato dijo: «Ay, se cayó». Isabel estaba tan absorta que la voz de la joven la sobresaltó, para luego soltar una carcajada y repetir «¡Susto! ¡Susto!» Laura sonrió con ella, mas por escucharla reír que por la comicidad del episodio. Se le ocurrió repetirle la frase e Isabel se rio con más fuerza hasta sentarse en el suelo despreocupada. Sor María Francisca se acercaría para pedirles que dejaran de hacer tanto escándalo. La novicia le pidió disculpas, pero la niña apenas podía controlarse.

Un poco antes de terminar la lección, sor María Francisca se había quedado dormida sentada en una de las bancas. Laura, en cuclillas, e Isabel, parada frente a ella, terminaban de recitar el Ave María. «Bendita eres entre todas las mujeres y bendito es el fruto de tu vientre Jesús». Cuando era el turno de la niña de repetir, no lo hizo. En cambio, acercó la mano y tocó el velo blanco de la novicia. El ademán fue tan inesperado que Laura no supo qué hacer. Le tocó la frente y recorrió su cara dibujándola como lo hacía con los azulejos de talavera. La joven cerró los ojos con el corazón oprimido. Sabía que estaba prohibido un gesto así y nadie la había tocado desde el abrazo de despedida que le dieron sus padres. En ese instante el aislamiento de los últimos once meses se le vinieron encima, la desazón, las pesadillas, las dudas... Sintiendo las delicadas caricias en su mejilla tomó fuerza y detuvo las lágrimas. Dios le mostraba un camino nuevo, le otorgaba otra oportunidad; le mandaba una señal para decirle que ya había olvidado sus errores, ahora era ella quien debía perdonarse a sí misma. La expresión de cariño sincero lograría más que los meses de penitencia y represión. Laura sacaría a Fernando de sus aflicciones para respirar sin dificultad el aire limpio de su futuro. No podía abandonar a Isabel. Se prometió en silencio acompañarla en la clausura y al abrir los ojos la melancolía se tornó en felicidad, la niña la miraba como siempre, sin saber ni entender el valor de su ternura, entonces le dijo con voz infantil: «Bendito es el fruto las mujeres Jesús».

A media noche Laura se despertó sobresaltada, su espíritu había sanado. La Virgen le extendía la mano y ella se la tomaba. No tenía más dudas sobre su vocación y deseaba fervientemente desposar a Cristo. Había tenido el mismo sueño de las noches anteriores: ella en su ceremonia de toma de hábito y Fernando alejándola de la iglesia. Pero en esta ocasión no llegaba a ahogarse en las lágrimas benditas, a la hora de bajar los escalones de la mano de su primo alguien la detenía del otro brazo. Al volverse veía a Isabel convertida en ángel. Con alas largas e inmaculadas mostraba una fuerza superior a su físico. Fernando por un lado intentaba llevarla con él, pero Isabel no la dejaba ir. Las Vírgenes y la Santa Patrona, misericordiosas, la miraban sin llorar. Laura se liberó de él para regresar y abrazar al ángel, caminar juntas hacia el altar mientras el coro de las hermanas se escuchaba desde lo alto. Fernando desaparecía, los demonios de inmediato regresaban a sus abismos y la joven despertaba sin angustia. Dios la salvaba y ella agradecida le ofrecía humilde algo tan insignificante como su vida.

Así, convencida del camino que debía seguir, con la amplia recomendación de la maestra de novicias, el visto bueno del consejo de religiosas, y la bendición de la madre priora, Laura del Espíritu Santo se preparaba en sus retiros espirituales para desposar a Cristo. Hacerlo dueño de su corazón y sus pensamientos, de sus palabras y sus obras, y de cada uno de sus deseos. Lograr de su vida un ejemplo de perfección y morir eternamente para el mundo.

La reverenda madre Catalina estaba sentada en su escritorio, parecía distraída. Tenía una hoja en blanco frente a ella y el tintero preparado para escribir. Se inclinó para tomar un sobre del otro lado de la mesa. Estaba dirigido a ella y, al darle la vuelta, miró el sello de cera roja roto. La carta la había leído varias veces durante la mañana; la volvió a sacar para releer, una a una, las palabras de Laura. El escrito mencionaba el nombre completo de la joven y de sus padres, el lugar donde había nacido, confirmaba ser hija legítima, de padres cristianos y sangre pura. Al final exponía el profundo interés para convertirse en monja de velo negro del Santo Convento de Santa Mónica.

Ese documento era el primero que se debía presentar para iniciar los trámites de la ceremonia de profesión. Le tocaba ahora a ella, como prelada del recinto, escribirle al obispo declarando que, tras haber cumplido el año de noviciado, la joven había mostrado ser apta para la religión y cumplía con los requisitos para realizar la mística nupcial. Desde que recibió aquella misiva, la madre Catalina no podía dejar de pensar en Laura. ¿Cuál era su historia? ¿De dónde se alimentaban sus demonios? ¿Volvería a ser atrapada por ellos o los había vencido para siempre? Siendo ella una mujer observadora, notaba la importancia de Isabel en el camino de Laura. Había decidido, además de encomendarle la administración de las cuentas una vez que profesara, dejar a la niña bajo su tutela. Darle tanta responsabilidad a alguien inexperto era una decisión aventurada, pero las circunstancias eran excepcionales. Nadie más sabía de contabilidad y juzgaba que nadie educaría mejor a la niña. El consejo de religiosas lo consintió insistiendo que tanto sor Francisca, como sor Magdalena, habrían de apoyarla en la instrucción de Isabel.

Pensativa miró a Santo Domingo de Guzmán frente a ella. Le gustaba esa imagen y le parecía curioso que hubiera terminado con ellas y no con las dominicas. Admiraba al teólogo, quien desde hacía años la había guiado con sus escritos y ahora la acompañaba en su oficina de prelada. La escultura era de madera tallada y policromada con negro y dorado. El santo aparecía vestido con toga y una capa decorada con hojas, tenía la punta del dedo índice levantado apenas tocando sus labios y la frente iluminada por una estrella de ocho puntas. El gesto indicando silencio era amable, pero firme. La boca se levantaba levísima y la señal estaba tan bien lograda que la mujer algunas veces creía haberlo escuchado sisear. «Tened caridad, conservad la humildad, poseed la pobreza voluntaria», lo escuchó decir en su mente. Era cierto, aparte de la necesidad de tener a Laura en el convento para ayudarla a salir del desorden financiero, la joven había mostrado su pureza y merecía ingresar en aquel recinto de reinas vírgenes; ese documento era un ejemplo más.

Lo primero que destacaba de la carta era la hermosa caligrafía, luego, el modo de escribir, tan versado, presentando las razones por las que quería ingresar con gran elocuencia. Como si el documento no fuera un mero requisito, sino un medio para exponer lo gratificante que era para ella convertirse en la esposa de Cristo. Al inicio, cuando Laura se había postulado, la madre Catalina tuvo dudas de su capacidad de resistir una vida austera, pero teniéndola en el claustro su escepticismo se había desvanecido. La devoción y el anhelo de la joven por alcanzar la redención eran únicos. Esto se veía en la tremenda lucha espiritual que había soportado.

La priora recordó la vez que Laura reveló sus visiones. Estaban sentadas en la mesa del refectorio, antes de comer y después de la oración. Como ordenaba la regla, una a una debía mencionar sus culpas, comenzando por las novicias, para recibir su penitencia. Hasta ese momento Laura había sido muy reservada, hablaba apenas lo necesario y las faltas declaradas habían sido simples. Por eso llamaría tanto la atención cuando empezó a contar sobre su batalla interna una noche anterior. Lo hizo con suma claridad, articulando cada palabra para lograr frases fluidas y resueltas. El recuento no era detallado, parecía más bien un diálogo con ella misma casi a modo de sermón, exponiendo cómo había sido tentada, cómo sucumbía y, ahí postrada, rogaba por una penitencia para encontrar el perdón. La joven novicia recibía su penitencia y la acataba con disciplina. No hubo momento en que lamentara la falta de salsa en la comida, el ayuno de pan y agua o la mortificación física. Como mártir cargaba una cruz siguiendo el ejemplo del divino hombre que daría la vida por los pecados del mundo.

El conflicto interno continuó hasta que un día Laura llegó al comedor liberada. Con retórica de predicador contaría cómo esa noche la Virgen la había ayudado a salir gloriosa de entre los demonios y recibía humilde la misericordia del Señor. Aquella mujer era un ejemplo, una inspiración para las demás profesas. Laura, la victoriosa, guiada por un ángel y amparada por el Espíritu Santo, había sido iluminada para ahuyentar al diablo y seguir su camino hacia Dios.

La madre Catalina sabía que la madrina de la joven estaba incurriendo en enormes desembolsos para hacer una de las ceremonias más solemnes que se hubieran visto en la iglesia. Tenía frente a ella la larga lista del inventario de gastos y donaciones donde se consideraba el dispendio en cera, incienso, sastre, flores, comida, bebida, cohetes para la fiesta, enseres para el ajuar de la futura esposa de Jesucristo, pago del notario y el escribano, y —mostrando aún mayor caridad— la tía había incluido los papeles de una propiedad para cubrir la manutención de su sobrina de por vida. A la priora le parecía importante agasajar a los parroquianos, pero no se deslumbraba con la riqueza mundana, sino con la celestial; más allá de la pomposidad del festejo, elogiaba el recato y austeridad de Laura, virtudes nobles y forzosas para poder profesar. Dichosa de abrirle las puertas a otra sierva del Señor, tomó la pluma y comenzó a escribirle al excelentísimo e ilustrísimo señor obispo para que realizase el examen y las demás recuestas para hacer su toma de profesión de coro y velo negro.

Por fin, la novicia se convertiría en religiosa y asumiría nuevas responsabilidades. De la misma manera en que la joven veía el encierro como una liberación, la madre Catalina del Sagrado Corazón de Jesús veía en la incursión formal de Laura la salvación al desbarajuste de gastos del recinto, el cual ya estaba comenzando a quitarle el sueño.

Las azucenas eran blancas, abrían sus pétalos como estrellas emitiendo luz amarilla en forma de polen. Eran hermosas, cortadas en la cima de su belleza para la ocasión. «Desde ahora se irán marchitando y en unos días morirán», reflexionaba Laura. La ceremonia había comenzado y ella no podía dejar de pensar en las flores. Se acordó de sus días en casa. Su madre había colocado azucenas en el florero de la mesa del comedor para recibirla. Tres días, le regalaron tres días con sus padres antes del retiro permanente.

La regla religiosa dictaba que, terminado el año del noviciado, la aspirante debía salir para ser paseada en forlón y atendida por amigos y familiares antes de la ceremonia de profesión. Le daban la oportunidad de probar una vez más la vida seglar para tomar la decisión definitiva: regresar o no al convento. Ella ya se había resuelto, aun antes de la salida, pero no por eso dejó de alegrarse de ver a sus padres, disfrutar su conversación como antes, y sentir un profundo dolor al despedirse. Fue el recuerdo de Isabel, con sus manos tiernas y su risa contagiosa, lo que la ayudaría a mantenerse firme e inquebrantable. No había sido fácil caminar por su casa, pensando en lo que había vivido con Fernando. Le sorprendió darse cuenta de que no lo evocaba con aflicción, se había convertido en un simple recuerdo más lejano de lo que en realidad era. Sentada en la terraza hizo cuentas, habían pasado más de dos años desde el día en que se conocieran. Le parecía como si fueran cinco, quizá más. Se sentía distinta después de los meses dedicados a instruirse y meditar. Entró al convento abatida, ahora la estrechaba la plácida serenidad de estar segura de su camino. Sus padres lo notaron porque de repente la veían más como un alma celestial, que como una mujer de carne y hueso.

Antes de sus tres días de paseo la priora habló con ella. La madre Catalina quiso ser explícita sobre la exigencia de mantener el secretismo de Isabel. Debido a la confianza que Laura había inspirado en ella y las demás religiosas, se le había permitido conocer a la niña antes de profesar, pero debía procurar total discreción. La promesa no incluía vetarla de su pensamiento e Isabel se materializaba en su mente hasta extrañarla. La evocación hizo pensar a Laura en su propia niñez, en cómo creció en la hacienda, fascinada con la vastedad de la tierra y de sus sueños con sólo mirar por la ventana.

El último día antes de regresar a Santa Mónica salió a caminar. Con parsimonia habría de subir una pequeña cuesta hasta situarse bajo un huizache pintado de verde por sus hojas. Estaba despejado y los volcanes se podían apreciar muy bien desde ese sitio. La ciudad se adornaba con sus torres y campanarios. Se quedó absorta unos momentos, disfrutando del viento bajo la sombra del árbol. Al incorporarse y abrir su mano la moneda aparecería con sus dos columnas sobre el agua del mar. La miró por los dos lados sin repudiarla. Al pie de la acacia hizo un pequeño hoyo con los dedos. Sin titubear enterró sus demonios y arrepentimientos, sus desilusiones y destrozos del corazón. Les dijo adiós a los volcanes y bajó la cuesta preparada para seguir la senda elegida.

El día de su boda mística las demás religiosas la ataviaron. Primero le cortarían el cabello hasta la raíz, como símbolo de su renuncia al mundo para siempre. Las hebras eran largas, larguísimas, después de un año de dejarlas crecer; más tarde, habrían de cubrir su cuerpo con el hábito negro y la cabeza con la inmaculada toca blanca, colocarían la capa y el velo, negros también, como la muerte. Y entonces la adornarían con la corona, de rosas blancas y puras, prometiéndole la gloria, susurrándole al oído las dulzuras de la felicidad eterna. Laura moría para vivir y viviría en el retiro hasta extinguirse, como la azucena.

En la iglesia el obispo comenzaba a dar el sermón. Iba vestido de gala y sus palabras hacían eco en las bóvedas del recinto. Su voz enunciaba las bondades y el esplendor del camino religioso alabando a aquella virgen que daba su vida en la flor de su juventud para ser una humilde sierva del Señor; crucificando la existencia mundana para vestirse con la mortaja que la llevaría a la bienaventuranza. Exhortaba el ejemplo de hacer a un lado los placeres y riquezas terrenales para obedecer a Dios, vivir en la pobreza para recibir tesoros eternos, mantener la castidad para obtener un lugar reservado en el cielo. Laura, de rodillas, recibió la palma y encendieron la vela en su mano, mostrando a los feligreses la victoria de los mártires encima de la muerte, alumbrándolos con la luz de la fe. La joven levantaría un dedo para que le colocasen el anillo, convirtiéndose en un ejemplo, buscando la perfección para agradar a su divino esposo, amándolo sólo a él, creyendo sólo en él, prefiriéndolo sobre los esplendores del siglo.

—Sierva soy de Cristo y desde ahora le serviré como esclava —se escuchó decir a la nueva profesa.

Adentro del coro, las religiosas comenzaron a cantar invocando al Espíritu Santo. «*Veni, Creator Spiritus*». Pidiéndole visitar las almas de los fieles y llenar de divina gracia sus corazones. «*Qui Paraclitus diceris, donum Dei Altissimi, fons vivus, ignis, caritas, et spiritalis unctio*». Él, el dedo de la mano de Dios; Él, el prometido del Padre. «*Sermone ditans guttura*». Enciende con su luz los sentidos y fortalece la frágil carne. «*Ductore sic te praevio, vitemus omne noxium*». Con voces angelicales las hermanas oraban para alejar al enemigo y recibir la paz.

—Gloria a Dios Padre y al Hijo, que resucitó de entre los muertos, y al Espíritu Consolador, por los siglos de los siglos —las acompañó Laura —. Amén —dijeron al unísono. Poniendo la mano encima del libro de las constituciones de la orden, dictada por San Agustín, la joven al fin profesaba:

—Yo, la hermana Laura del Espíritu Santo, hago mi profesión y prometo obediencia, castidad, pobreza y clausura a Dios Nuestro Señor y a la bienaventurada siempre Virgen María y al excelentísimo e ilustrísimo señor obispo de esta Ciudad de los Ángeles y a sus sucesores, según la regla primitiva que es sin mitigación hasta la muerte.

Se acostó en el suelo, con un paño negro y pétalos de flores la cubrieron. Sus hermanas entonaron el himno fúnebre para recibirla en su hogar: «Misericordia, Dios mío, por tu bondad, por tu inmensa compasión borra mi culpa; lava del todo mi delito, limpia mi pecado». Laura postrada en el piso cerró los ojos para escuchar. «Pues yo reconozco mi culpa, tengo siempre presente mi pecado: contra ti, contra ti solo pequé, cometí la maldad que aborreces». Se despidió de su pasado para morir y comenzar de nuevo. «Rocíame con el hisopo: quedaré limpio; lávame: quedaré más blanco que la nieve». Renunciando a su identidad, dejando a sus padres sin su única hija, renaciendo para encontrar la dicha. «Hazme oír el gozo y la alegría, que se alegren los huesos quebrantados. Devuélveme la dicha de tu salvación, afiánzame con espíritu generoso».

Afuera del recinto en gran algarabía se celebraba el triunfo del cielo por ganar otra virgen. La calle se sazonaba en el calor de los comales, y con el olor de la comida y los dulces. Los cohetes hacían que los niños se taparan los oídos. Los fieles comentaban sobre el sermón y los arreglos florales adornando el templo. A media cuadra, recargado en una de las paredes frente a la iglesia, Fernando miraba el piso sin festejar, dejando que el gentío pasara aplaudiéndole en la cara como mordaz ironía de su imperdonable error, como burla hiriente de su arrepentimiento. De su bolsillo sacó dos bellos y discretos aretes en forma de gota. Los asió con fuerza en su puño para volverlos a guardar. Sabía que esos zarcillos olvidados por ella en su cuarto la última noche serían lo único que volvería a ver de Laura para siempre.

Clara

Hacía menos de tres siglos en un valle tlaxcalteca existió un despoblado flanqueado por tres ríos y vigilado por cuatro volcanes. Los ángeles lo elegirían para convertirse en algo más que una tierra de tlacuaches y culebras. Fueron los españoles quienes siguieron el mensaje desde las alturas y las líneas de un tablero de damas para trazar calles, repartir tierras y enviar cristianos a poblarla. Con la aprobación divina se comenzaron a erguir construcciones que alcanzaron arrebatada belleza. La Cédula Real la nombró Ciudad de los Ángeles. En ese campo de xoconostles, donde antiguamente habían caminado indios adoradores de deidades representadas por animales, se recibía ahora a un Dios hombre. Fueron los mismos indígenas quienes debieron construir los templos para el nuevo salvador de piel blanca y ojos azules, escondiendo sus creencias debajo de los muros de cantera. Al terminar las iglesias debieron hacer los monasterios donde se les enseñaría a sus hijos cómo llegar a la absolución en un mundo español y cristiano.

Las congregaciones de mujeres católicas no tardaron en organizarse. En menos de setenta años se fundaron los primeros siete conventos. Para el octavo se necesitaron otros sesenta y dos, un cristiano generoso y pudiente, un capellán, un obispo, una rectora y seis vírgenes. El primer esfuerzo comenzaría con la donación de una casa al norte de la ciudad. Después vendría la disposición sacerdotal de utilizarlo como espacio de recogimiento para mujeres honorables durante las ausencias de los maridos, pero a pesar del esfuerzo, las señoras prefirieron quedarse en el hogar con sus quehaceres y sus familias. Con el tiempo, la morada se convirtió en hospicio para mujeres corrompidas que pronto se transformaría en un albergue escandaloso y jaranero perturbando la moral de los vecinos. Las irreverentes seguían el culto de la baraja en lugar de rezar, despreciando el recato con la indecencia de sus atuendos. Tal desobediencia a la iglesia les ocasionó ser trasladadas a otra vivienda donde, además de dar asilo, se les impartiría corrección.

Remitiéndose al propósito original de los fundadores, el señor obispo decidió iniciar un colegio para doncellas. Al momento de elegir nombre resolverían dejarlo en manos de la providencia. La suerte se echó tres veces y tres veces Dios escogió el de Santa Mónica, a pesar de que la santa no hubiera sido virgen ni hubiera vivido en clausura. Tomando entonces su ejemplo de piedad y perseverancia, las jóvenes entraron a la recién remodelada residencia. Se redactaron las constituciones, se designó una rectora y pronto el número de colegialas aumentaría a seis. La virtud, obediencia y recato de éstas fue notado por el clérigo quien les propuso elevar aquella casa a convento de religiosas de la orden de San Agustín. Gustosas dieron el sí, aumentando sus plegarias para que tal gracia les fuera concedida. La aprobación de Dios llegaría por mar y en un sobre sellado desde Roma, permitiendo a las vírgenes tomar hábito y anillo al mismo tiempo.

Fundado el recinto para sus esposas, hacía falta ahora construir la casa de Jesús. En un terreno contiguo se comenzaron a cimentar los muros, adhiriendo las piedras con el cemento de la caridad, las obras pías y el buen espíritu de los parroquianos. La iglesia fue construida de una sola nave, con dos puertas laterales, un campanario, una cúpula y cinco bóvedas. En la sobria fachada colocaron un paramento mostrando un corazón flechado para recordar a San Agustín y su amor a Cristo; una mitra, un libro y un báculo, enalteciendo la sabiduría del santo patrono, y un templo con dos columnas, honrando a la iglesia católica. El convento se consumaba para contener en su austeridad a las elegidas de Dios encerradas de por vida para representar a la muerte, vinculándose con el exterior por medio de sus afinadas voces emanando de la celosía y de las múltiples oraciones desbordándose por las calles para salvar a los fieles.

Los años pasaron y la ciudad prosperó con rapidez gracias a su ubicación y buen clima, el comercio aumentaba y se recibían productos traídos desde la China y Filipinas. Algunos conventos se enriquecieron junto con la población y se desarrollaron bajo las necesidades de las religiosas. En el recinto venerando a Santa Mónica se continuó respirando un espíritu mendicante donde las vírgenes orientaban sus vidas hacia el silencio, el ascetismo y la oración, buscando el virtuosismo interior al renunciar a lujos y comodidades. En un tiempo donde muchos monasterios femeninos se iban convirtiendo en villas con residencias privadas para mujeres de alcurnia, en éste no se les permitía a las religiosas tener mozas, sirvientas o esclavas. Las celdas se mantuvieron en una rígida austeridad con camas ofreciendo tablones de madera para el descanso del cuerpo y un pedazo de madera como almohada. Las únicas pertenencias debían contenerse en un baúl; las comidas, labores manuales y la recreación se hacían en comunidad. Las hermanas, incluyendo las de velo negro y coro, participaban en trabajos de limpieza, y el número de religiosas no podía superar el establecido.

Un día desembarcarían en la Nueva España el arzobispo y el obispo con las nuevas reformas promulgadas por la corona española y con el encargo de hacerlas cumplir. Al mismo tiempo que se liberaba el comercio en la tierra de indios, se cerraban las puertas de las casas de Jesús con pestillo y candado. De una semana a otra, se decretó restablecer la vida común en los conventos mediante la prohibición de celdas lujosas, restringiendo el gasto de las festividades, obligando asistencia general a los actos comunitarios, manteniéndose un número limitado de monjas y expulsando al servicio privado, niñas educandas y seglares. Las religiosas inconformes no levantaron la voz, pero muchas lo padecieron en silencio. No así la orden de recoletas de Santa Mónica donde la austeridad era habitual. Pero el obispo continuaría con las reformas en el intento de que las esposas de Jesús dedicaran más tiempo a la oración. Prohibiría beber chocolate y osaría querer desaparecer la estancia donde se disfrutaba. Por primera vez hubo hermanas que se inconformaron con sutileza. Las penitentes alegaron que aquella delicia las ayudaba a sobrellevar las duras exigencias de la templanza y hasta a las órdenes más estrictas les pareció demasiado tener que abstenerse de su acostumbrada bebida.

Los conventos entonces se mantuvieron en este ambiente de moderación, con la comida y la bebida como únicos placeres terrenales. Las estaciones se sucedieron hasta convertirse en años de estabilidad adentro y afuera de los monasterios. Generaciones de mujeres buscaron en los angostos pasillos de Santa Mónica —bajo la sombra de los nísperos, sobre el terciopelo del reclinatorio— un remanso de paz para su alma; continuando el ejemplo de las fundadoras al seguir un rígido ascetismo en la vida cotidiana con la promesa de ganar la vida eterna.

Casi trescientos años pasaron desde que se nombrara a aquel pueblo Ciudad de los Ángeles. El mundo cambiaba de siglo y con él se recibieron ideas frescas que empaparon a muchos de fuertes sentimientos de nación. De boca en boca corrían las noticias de curas que perdían la cabeza con ideas liberales, mientras los indios bajaban de las sierras con machete en mano para reclamar su libertad. La Nueva España fue perdiendo la quietud, sumergiéndose en lo que sería un largo período de tumultos. Se creería que el claustro de Santa Mónica se iba a mantener apacible, con las reglas y constituciones como en sus inicios. Si acaso las manchas de humedad en las paredes y la disminución del espacio en la cripta dejarían al descubierto el paso del tiempo, pero en aquel siglo ni la tradición recoleta se vería intacta. Isabel, la única que no ingresó por la puerta del coro, la única virgen célibe, la única viva entre las muertas, llegaría a trastornar la rigidez de la orden. La niña saciada de excepciones fue creciendo hasta dejar atrás su infancia, mas no su inocencia. Escondida del mundo por decisión ajena iría conociendo el convento a sus distintas alturas y aprendiendo a permanecer entre mujeres recatadas. Se acostumbraría a estar contenta con la vida de silencio y sereno recogimiento, a agradecer los sutiles regalos de felicidad, a existir dentro de los límites impuestos por las bardas altas mirando hacia el exterior.

El convento y la iglesia juntos abarcaban un escaque completo del ajedrezado de la ciudad. La cuadra confinada por cuatro calles era el universo de Isabel. En éste habitaban veinticuatro religiosas, el tiempo lo organizaban alrededor de la liturgia de las horas y el espacio se dividía por habitaciones con usos específicos. Lo demás se disponía dentro y a partir de éstos. La jornada comenzaba con los maitines, las alabanzas de la mañana. Se rezaban en la primera hora del día, poco después de la media noche. Por varias horas las religiosas encontraban descanso musitando a la luz de las velas. Al terminar iban de vuelta a sus celdas a rezarle a la Virgen y a dormir. La salida del sol marcaba el horario de oración de la prima y misa conventual en la iglesia. Las plegarias de la tercia, la sexta y la nona se hacían a media mañana, medio día y media tarde. Al atardecer, rezaban las vísperas y misa en la iglesia, seguidas de un escaso refrigerio, para terminar con las completas antes de acostarse.

El espacio conferido a las religiosas para su vida de oración daba inicio en el coro bajo. Al tomar el hábito y cerrarse la puerta que conectaba con la iglesia, ante ellas se abría una galería de paredes decoradas y techo con bóvedas de arista pintadas de blanco. Tres pequeñas ventanas iluminaban la habitación ataviada con pinturas santas, estatuas divinas y reliquias. La pared que unía al coro con la iglesia era doble, en medio se empotraba la celosía con dos rejas una dando la cara al exterior y la otra al interior, con una cortina imposibilitando mirar hacia el otro lado. A un costado de ésta se encontraba el acceso de entrada y al otro el confesionario, revestido de madera, con un reclinatorio y levemente insertado entre las dos paredes para dar mayor privacidad. La cratícula, esa angosta oquedad que dejaba sólo la boca de las religiosas descubierta para recibir el cuerpo y la sangre de Cristo, se abría con discreción a un lado del confesionario.

Caminando hacia el fondo, casi en medio del cuarto, descendía la escalinata que daba acceso a la cripta. Trece escalones conducían a una penumbra compuesta de sepulturas y una elegante caligrafía pronunciando los epitafios. Se podían leer los nombres de las hermanas que Dios guardaba en su gloria, el día de su muerte, las cualidades y los oficios que ejercían. Los cuerpos de las difuntas se acomodaban uno frente al otro, en la esquina había un osario donde las más antiguas quedaban ocultas, mas no olvidadas.

Mirando hacia la celosía, del lado izquierdo, se elevaba una hermosa escalera de caracol. El coro alto era de las mismas dimensiones que el bajo, con las mismas tres bóvedas de arista, pero con ventanas en ambos lados. Al terminar de subir la espiral, la galería superior iluminada y tranquila, recibía a las vírgenes afirmándoles la promesa de la vida eterna. Los muros se ornamentaban con imágenes santas y de los benefactores, y las hornacinas pintadas de amarillo dejaban admirar sublimes esculturas. Al fondo se acomodaba un retablo con la imagen del corazón de Jesús, seguido de bancas y reclinatorios prestos para asistir a las vírgenes en el oficio divino. Más adelante se erguía con elegancia el facistol en forma de pirámide, con sus cuatro caras inclinadas para sostener las partituras y libros de cantos. En la pared contraria al retablo se alojaba la celosía, no tan intimidante como la del coro bajo, pero no por eso menos estoica. De una sola reja de hierro y con una mampara para poder ver sin ser vistas, las religiosas de Santa Mónica elevaban detrás de ésta sus cantos, oraciones y alabanzas a Dios.

El coro alto, además, resguardaba dos enormes tesoros de las hermanas recoletas. El primero era el corazón del querido obispo fundador. En medio de una de las paredes —dentro de un relicario de plata dorada, colocada en una pequeña hornacina—, se apreciaba el órgano que antaño bombeó sangre y vida al cuerpo del señor padre que impulsara la creación del convento. En una carta póstuma ordenaría que se lo sacaran, dejándoselo a las santas vírgenes para que rezaran por él. Aseguraba que al salir del purgatorio él vigilaría aquella casa por siempre. El segundo tesoro estaba colocado a un lado del retablo; dentro de una urna de madera y cristales para adorarlo, en un aura de veladoras y pedimentos, se encontraba la imagen tallada de Cristo representando una de las caídas del vía crucis. El artesano lograría plasmar en el gesto del hijo de Dios el calvario de su camino hacia la cruz con tanta destreza, que quien lo miraba podía sentir dolor en el alma. Jesús, con la mirada triste y la cruz en la espalda, recordaba a las religiosas su amor por la humanidad, dándoles fortaleza para aguantar los sufrimientos a cambio de la salvación. La venerada imagen la nombraron Señor de las Maravillas por los milagros concedidos y, entre cristales siempre impecables, se postraba bellamente ataviado con ropas hechas por las manos santas de las mujeres que habitaban el lugar.

Saliendo del coro la edificación del convento era de dos plantas y estaba dividida por sus patios: el de novicias y el de profesas. Ambos contaban con una fuente de abastecimiento de agua en el centro y pasillos a su alrededor. El claustro de novicias era contiguo a la iglesia y era el lugar donde aquellas habitaban. Inmediato a éste estaba el de profesas, ahí dormían las religiosas y se les tenía prohibido a las novicias traspasar. Más allá se salía hacia la huerta y el gallinero. El monasterio dividía sus cuartos de acuerdo con el uso, sus nombres nacían a partir de éste, así como el oficio de la hermana encargada de cada uno de ellos.

Siguiendo un estricto orden en los horarios de uso, labores encomendadas y madre comisionada, el recinto tenía una portería para recibir las provisiones con la madre portera a su cargo; un torno para el intercambio de cartas de familiares y conocidos –previamente leídas por la priora y siempre autorizadas por ella– con la madre tornera; un locutorio para recibir visitas y la madre escucha quien vigilaba cuando las había; la enfermería y droguería a cargo de la enfermera; la ropería con lavaderos, zotehuela y la madre ropera; la cocina, por la madre cocinera; la despensa y refectorio organizados por la refitolera; la panadería y el horno también con una hermana a su cargo; de la despensa y depósito de granos y semillas estaba encomendada la madre sillera; así como una religiosa para supervisar y administrar la huerta. Además, estaba la priora como máxima autoridad, y con la responsabilidad de velar por el soporte y orden del convento; la madre contadora encargada de administrar el abasto; la hermana con la obligación de la conservación del coro; y las religiosas maestras de novicias, de música, de bordado y de florería.

En este universo con tiempos y espacios definidos con rigurosidad, Isabel se movía resuelta en los acotados márgenes que le imponían. Pero a pesar de la disciplina, siempre hubo claras diferencias entre ella y las religiosas. La niña era como una violeta creciendo en un jardín de rosas: tan hermosa y blanca, pero siempre distinta. Hasta antes de cumplir los diez años, la dejaban dispensarse para dormir la noche entera o tomar una siesta, luego su rutina cotidiana confluyó poco a poco con el oficio. Se esperaba que conforme iba creciendo siguiera con mayor exigencia las reglas monásticas.

Amén de la vestimenta, sus ocupaciones formales se salían de la estructura monacal. Armada de juventud se convirtió en la auxiliar general del convento. Ya fuera que alguien necesitara unas piernas ágiles que subieran escaleras con rapidez, sin dolor de reumas, unos brazos diestros para sacar un objeto perdido detrás de un mueble, unos ojos sanos para meter el hilo en la aguja al primer intento, la jovencita era requerida. Ella —siempre dispuesta y de buena gana—, se complacía al sentirse indispensable. La embargaba un sentimiento de satisfacción al poder ayudar a quienes la abastecían de un amor maternal distanciado, quienes le mostraban un cariño de silencio y bendiciones, pero nunca de abrazos.

Y a pesar de que a aquellas mujeres no se les permitía abrir su corazón enclaustrado más que con Jesús, con Isabel hicieron excepciones. Sin importar que fuera ya más alta que la mayoría, la seguían llamando con gran afecto *niña* o *hermanita* y cada una, a su modo, le tenía deferencias. La mayor virtud de Isabel era su carácter ligero, capaz de encontrar encanto en lo habitual. Podía sentir a Dios en la perfección de un melindre, en el claro de la luna plateando el maguey, en la música del viento atravesando las ramas de la jacaranda. Quizás esa cualidad era la que había logrado que se fundiera con cierta facilidad entre las profesas, como el esmalte derretido encima del barro de los hermosos azulejos del patio. Y, al igual que el barniz, le daba color y brillo al recinto, lo protegía de las inclemencias del paso del tiempo.

Isabel, a partir de los doce años, ocupaba sus mañanas siempre en la cocina. Cada jornada, al terminar la tercia, bajaba los escalones presurosa arremangándose el uniforme mientras cruzaba el patio de novicias, en el vano de la puerta enfrentaba por un momento a las hornillas: el ritual iba a comenzar. Primero se lavaba las manos meticulosamente: la palma, el dorso, las yemas, las uñas y entre los dedos. Después de colocarse el mandil agachaba la cabeza ante la imagen del patrón de la Eucaristía y decía en voz baja: «San Pascualito,

San Pascualito, tú pones tu granito y yo pongo otro tantito». Sor Magdalena de la Santísima Trinidad llegaba mientras Isabel releía la receta seleccionada. Entonces, a través del eco de silencio y paz, las dos mujeres convertían la cocina en un vertiginoso lugar donde el cuchillo se alzaba para cortar carne, se tronaban nueces con golpes de martillo y los plátanos chistaban al entrar a la manteca hirviendo.

Se necesitaron muchos años y llamadas de atención para que se formara esa mancuerna entre cocinera y discípula. Al tiempo que la lengua pagana se resbalaba de la memoria de Isabel, las labores y reglas conventuales iban entrando en ella como el único modo de vivir y de pensar. Al año de haber llegado al recinto, la priora decidió que la niña asistiera, cada semana, en un oficio diferente. Poco a poco y sin darse cuenta fue entendiendo el funcionamiento del monasterio, labrando en sus habilidades virtudes dignas de una doncella. Pasó a estar de la enfermería a la ropería, de la despensa a la huerta, siendo siempre bienvenida por las hermanas al ofrecerles más felicidad en sus ermitaños corazones que ayuda en el trabajo que enseñaban.

Isabel crecería moviéndose de un lado al otro, saliéndose a veces con la suya y otras siendo reprimida por sus niñerías. Aprendiendo a guardar silencio y midiendo hasta dónde llegaba la paciencia de cada una de las religiosas. Percibiendo que debía mantenerse escondida si no quería ser castigada, pero muchas veces sin entender la razón. Reconociendo sus destrezas y poniendo un mayor esfuerzo en lo que le costaba trabajo. Convirtiéndose en la niña consentida y reprendida por todas, pero siempre abrazando la cualidad de mantenerse un tanto apartada de la estructura tradicional del monasterio. Aunque Isabel mostraba talento en otros oficios sería en la cocina donde terminó encajando tan bien como tamarindo en su vaina. Por un lado, la relación con sor Magdalena, mucho más natural que con las otras hermanas, la hizo sentir cómoda cerca del fuego. La complicidad compartida de comunicarse en otra lengua en los primeros meses se trasladaría a los alimentos. Sería a través de colores, sonidos y aromas que se daban señales que sólo ellas comprendían. Con palabras aisladas y sutiles movimientos del cuerpo entablaron un nuevo lenguaje para indicar si a una salsa le faltaba picante, el chilacayote estaba cocido o las claras a punto de turrón. Por otro lado, Isabel comprendió que el mayor placer en esa vida de privaciones se encontraba en la comida.

Lo primero que le llamó la atención fue la huerta. La niña se habría de maravillar cuando colocaron unas diminutas semillas en un hoyito en la tierra y en unas semanas se convirtieron en brotes de tallos con hojas. Tiempo después sacarían de la tierra jícamas que sor Magdalena preparó para el refrigerio. Asombrada, Isabel era testigo de cómo la mano de Dios hacía germinar algo lindo como la flor de la manzanilla, aromático como el naranjo o frondoso como el aguacate. Al inicio le pedían cortar verdolagas para mantenerla entretenida; años más tarde sabría cuáles granadas estaban listas para comer con sólo mirarlas.

En una esquina se encontraba una higuera que hacía mucho había sido de su misma altura. Ahora la planta subía como queriendo asomar sus hojas que parecían manos hacia el otro lado. Isabel apenas podía alcanzar los frutos que colgaban de las ramas más altas. Su primer recuerdo en el convento era de cuando le dieron un higo a probar. Podía rememorar la sensación de haber estado llorando, acomodada de cuclillas y con la cara húmeda se lo pusieron en las manos, el delicado sabor, la suavidad al morderlo, la dulzura bañando el paladar, la reconfortaron más que cualquier palabra.

Poco después conoció la panadería, convirtiéndose en su día favorito cuando prendían el horno. Lo humilde del trabajo obligaba a las mujeres a arremangarse el hábito y a ensuciarse el delantal. Todas participaban, cada una tenía una labor asignada que hacían con pasmosa delicadeza. Al inicio subían a la niña a una silla para ayudar a cernir la harina. Se

estaba largos ratos haciendo montecillos blancos que llamaba
volcanes, a pesar de que ella apenas los recordaba. Con la
edad supo tronar huevos, y ahora tenía la estatura y la fortaleza para amasar. Al terminar, a Isabel le fascinaba admirar
el paisaje de las charolas alineadas una pegada a la otra, con
panes y biscochos acomodados en perfecta formación, sabo-
reándolos de antemano. De ahí pasaban al horno, con su gran
boca en forma de arco y una exuberante lengua de fuego. Aun
lejos de éste sentía el rostro encendido con el calor que emanaba. La espera conseguía que el apetito y las ansias de pro-
barlos acrecieran. Pronto aprendió que la paciencia era una
gran virtud y no debía preguntar a qué hora estarían listos.
En la merienda, reverenciaba el momento de meterlos en su
boca. Masticaba sin prisa, con los ojos bajos estudiaba la textura, el sabor, dando gracias por la dicha y guardando el alegre recuerdo bajo la lengua hasta la siguiente ocasión. Esas
veces dormía satisfecha del trabajo de la jornada y con un pri-
moroso dejo entre los labios.

Al ir refinando el gusto y notando la recompensa del constante trabajo en la cocina, Isabel aprendería de sor Magdalena con el ímpetu con que una esponja absorbe el agua. Aunque había una lección que la niña no lograba entender: que
el mayor placer de cocinar se encontraba en complacer al Señor con la perfección del trabajo y al comensal con la exqui-
sitez del bocado. La niña continuaba regocijándose más con
el éxito personal y por sobrepasar otro reto. El mayor encanto
lo encontraba al sentarse frente a un delicioso platillo hecho
por ella. Se deleitaba con la vanidad de haber realizado un
buen trabajo. Sor Magdalena confiaba en que Dios le enseñaría a Isabel las bondades de satisfacer a otros con la comida.
Así, resguardadas por el calor del fogón, las dos mujeres lograban crear maravillas para el paladar y la vista. La hermana
Magdalena continuaba ofreciendo delicias respaldadas por su
extraordinario sentido del gusto, e Isabel la asistía para que al
servirlos agasajaran hasta antes de probarlas. Entre las dos

lograrían que el convento elevara aún más su prestigio. Los platillos y dulces de Santa Mónica eran altamente cotizados. La gente se apresuraba para alcanzar alguno en semana de festividad, los pobres y mendigos hacían fila para recibir algo de los sabrosísimos restos de la comida del día; las religiosas hacían dignas penitencias al tener que abstenerse de aquellos manjares y se purificaban manteniendo la gula fuera de su boca, porque antes de la sexta, sobre las hornillas, las cazuelas emanaban apetitosos olores espesando el aire y haciendo a los estómagos rechinar con suspiros de hambre.

Isabel probaba y volvía a probar los guisados más para apaciguar los lamentos de la panza que para revisar el salpimiente. Sor Magdalena la miraba de reojo, dejándola pescar un par de frijoles entre el caldo con el pretexto de ver si les hacían falta epazote. Pero así como la consentía no la dejaba descuidar ninguna de sus obligaciones y le continuaba revisando sus tareas con anteojo en mano. La cocina las hizo indispensables, una para la otra, y el sol y la lluvia alimentó su afecto hasta hacerlo crecer tan alto como la higuera al fondo de la huerta.

Junto con el gusto por la comida y el cariño de sor Magdalena, Isabel completaba su día estudiando con sor Laura del Espíritu Santo. La niña encontraría en su educadora la confianza y protección para sentirse segura, para sentir un afecto menos distante. La joven religiosa le brindaba un amor demostrado por la perseverancia de sentarse frente a ella tarde tras tarde a enseñarle, a escucharla, a responderle. Isabel sentía que Laura estaba ahí para ella, a pesar de sus errores en latín, o sus preguntas fuera de contexto, o las veces que no lograba lo que se esperaba de ella.

Sin importar la estación del año o el clima, entre la oración de la nona y la de las vísperas de la Santísima Virgen, deambulaban juntas en las hojas de los cuadernos y los libros. Pasando de las letras a la lectura, de los números a la gramática, de los cuentos a la historia sagrada y de la madre España. Con la instrucción por delante forjaron una intimidad y un cariño exclusivo entre ellas, expuesto sólo durante las horas de estudio. Sin nunca tocarse, mostraban su amor con palabras de agradecimiento y miradas de aprobación. Al cabo de los años, la cercanía les permitió una familiaridad fuera de lo común. Laura llamaba a Isabel siempre por su nombre, sin diminutivos, jamás hermanita. Isabel, si nadie más la escuchaba, se otorgó el consentimiento de llamarla Laura, sin anteponer el sor. La niña pronto entendió que era a ella a la única religiosa a quien le podía hacer preguntas. Laura con Isabel se dio el beneplácito de mirarla a los ojos y aceptar el grato sentimiento de verla crecer.

Isabel iba formándose conforme las lecturas de Laura, lo demás —lo que no se puede enseñar con palabras—, la niña lo fue imitando a fuerza de percibirlo a diario. Laura se sorprendió al ver en Isabel sus propios gestos y modos: al detenerse del barandal con el puño para bajar las escaleras, al cruzar las manos en el pretil del segundo piso para mirar el claustro, al cerrar los ojos para recibir el calor del sol, en el modo de acomodarse la falda al hincarse y de juntar las manos al rezar.

Pero Laura era Laura e Isabel era Isabel, y no importaba cuanto tiempo pasaran juntas imitando una lo que la otra hacía, las dos eran únicas. La joven, tan hábil con los números, notaba el gran esfuerzo que la niña debía emplear para hacer los cálculos más sencillos. En cambio, veía a Isabel confeccionar los dulces más perfectos, bordar las imágenes más bellas, era entonada a la hora de cantar a pesar de no tener una voz sobresaliente, mientras Laura hacía esas labores sólo para agradar a su santísimo esposo.

La joven miraba a Isabel con el orgullo de una madre y dándole la tutela de una hermana mayor. No se podía apreciar ningún vestigio de la niña que había llegado años antes, la lengua pagana se había limpiado con el agua de la fuente y el estudio constante, nutrido con la austeridad de las reglas, le brindaba un virtuosismo inherente. Sabía leer y escribir, latín y aritmética, labores de bordado, florería, cocina y música. Había crecido guarecida del exterior, pero regada como ninguna otra flor en el jardín sagrado. Se le veía como una digna postulante para el noviciado en cuanto cumpliera la edad requerida. Isabel aspiraba convertirse en una elegida de Jesús, veía a la Virgen y a las hermanas como ejemplo e inspiración, no deseaba nada más porque nada más conocía.

Y sin embargo, el trayecto hacia el matrimonio divino pocas veces se presenta sin obstáculos. Dios dispondría que se abriera un espacio en el convento y una nueva doncella ingresaría dándole un inesperado fulgor al recinto. Sin malicia, la recién llegada provocaría en la niña protegida sentimientos de alborozo al igual que de zozobra. Cautivándola con su personalidad, Clara le habría de enseñar a Isabel algo del mundo desconocido que tanta curiosidad y temor le causaba. A fuerza de las circunstancias conocería un amor con matices de complicidad. Poco a poco iría probando los condimentos de lo prohibido y perdiendo la inocencia abrigada sin tener que salir del monasterio, hasta descubrir nuevas emociones y encontrar en la estricta clausura mucho más que sólo una vida de recogimiento.

La oficina donde se llevaba la administración era el cuarto más frío del segundo piso. Tenía ventanas por donde entraba suficiente luz para trabajar, pero no guardaba calor para hacerlo más placentero. Las paredes de una esquina estaban llenas de humedad formando diminutas pelusas de moho. Sentada frente a los libros de registros Laura padecía los inviernos y se mantenía fresca los veranos. Disfrutaba salir para sentir la calidez del sol en la cara y en las manos. Al mediodía, cuando terminaba, era su costumbre caminar hasta la arcada y detenerse ahí, con los ojos cerrados, recibiendo al Señor como recompensa a su meticuloso quehacer diario. Murmuraba una oración y abría los ojos despacio, maravillándose una vez más con la belleza del claustro. Esa mañana, en el recuadro que formaban las paredes de petatillo no se veía ni una nube, el cielo se apreciaba azul impoluto. Los ladrillos rojos que enmarcaban los azulejos de talavera obligaban a elevar la mirada. El exquisito patio era como la antesala al reino divino, apenas una probada de las bendiciones prometidas y reservadas para esas vírgenes que sacrificaban su vida para limpiar las ofensas del mundo. Laura se persignó dando las gracias a Dios por la hermosa imagen y volvió a pensar en el regalo que era su vida dedicada al Redentor. A diario agradecía el sosiego encontrado en su camino, pidiendo fortaleza para mantenerlo. Por las mañanas, al escuchar las campanadas, se postraba en el reclinatorio de su celda con la cabeza baja, las manos juntas y los dedos índice rozándole la boca, para dedicar una breve oración antes del inicio de la jornada. En esos años de vida contemplativa Laura había encontrado quietud siguiendo las enseñanzas de Dios, poniendo su espíritu entero en el oficio y alejándose del ocio con las labores cotidianas: frente al libro de cuentas, aleccionando a la niña del convento, cosiendo y bordando, guardando silencio para escuchar los ecos de los actos litúrgicos en su corazón.

Sor Laura del Espíritu Santo seguía siendo un ejemplo de moderación y templanza. No sólo actuaba como inspiración para Isabel, sino también era un miembro esencial para el buen funcionamiento del recinto. Desde que había tomado la administración, las rentas y donaciones alcanzaban de sobra para los gastos e impuestos, y poco a poco habían acumulado dinero suficiente para comprar más bienes dentro de la ciudad. Laura llevaba con apremio el orden de los balances como una forma de complacer al Señor con el esmero en su trabajo. Era tan eficiente que no tenía ayudante, la preocupación de morir de neumonía como la madre anterior debido a las humedades del despacho se desvaneció al terminar de escribir un cuaderno donde explicaba a detalle la organización de los libros y su método para el cálculo de las cuentas. Los manuscritos formaron un volumen de nociones básicas de contabilidad. Laura comenzaba con un relato de la vida del venerable Fray Luca Paccioli, seguido de la importancia del registro de ingresos y gastos, los libros contables, la partida doble, para finalizar con un recuento de la distribución de su oficina. Lo que no previó fue que su personalidad metódica le valdría, muy a su pesar, para algo más que mantener al recinto en números negros.

En una ocasión notó un ingreso que se repetía año con año. Lo que le llamaría la atención no eran ni la generosidad ni la reincidencia de la donación, sino el secretismo de ésta. El nombre del donante siempre venía tachado, pero ¿quién lo ocultaba? El convento remitía un recibo por lo que a Laura no le parecía que quien daba el dinero buscara anonimidad, alguien más quería proteger la identidad de esa persona. De modo más reciente, hacía sólo algunos meses, la reverenda madre Catalina le había entregado unos papeles con recibos para registrar y por error dejaría unas anotaciones personales entre las hojas. Era una pequeña lista de ingresos esperados ese inicio de año y en ésta aparecía el nombre completo del donante anónimo. Laura supo de quién se trataba al leer la cifra de dinero, la misma que el año anterior había conferido a las religiosas. Tanto el nombre como los dos apellidos no le dijeron nada, pero se le quedaron grabados en la mente.

Esa mañana de cielo limpio Laura había salido del despacho contenta de terminar los balances del mes. Se encaminó a la oficina de la priora, tenían poco menos de una hora para revisarlos antes de congregarse para el oficio. Era costumbre que Laura respondiera de pie a las preguntas acerca de si tal o cual gasto, para recibir el visto bueno. En esa ocasión la madre Catalina no había hecho ninguna pregunta y Laura, distraída, posó su mirada en una carta encima del escritorio. La hoja estaba colocada junto al sobre de sello roto. Tenía dos dobleces y los tres lados de la hoja formaban un triángulo abierto. Era probable que ya hubiese sido leída y, por lo tanto, la habían alisado bastante para revelar la firma del remitente. La joven se quedó ensimismada mirando la caligrafía. La tinta se hundía en el papel como surcos en tierra húmeda. Comenzó a seguir el trazo hasta leer la firma, de inmediato reconoció el nombre y los apellidos de la enigmática persona que puntualmente ayudaba con dinero al convento, la firma no estaba tachada. Laura comprobó que la madre Catalina era quien quería mantener en secreto al donante. En eso pensaba cuando el viento entró por la ventana y, como si fuera la mano del Padre queriéndola inmiscuir en asuntos ajenos, la hoja se abrió por un instante. La joven pudo leer tres palabras más entre uno de los párrafos de la carta; el estómago se le hizo pequeño y miró al piso en busca de otra señal. Al no encontrarla subiría la mirada para que la estatua de Santo Domingo de Guzmán le indicara con su dedo índice que guardara silencio. Salió de la oficina de la priora turbada por lo que acababa de descubrir.

Al regresar a dejar los libros de cuentas se sentó en una silla para tomar aliento. No sabía qué hacer, ni tampoco entendía por qué la sacaban de su ignorancia. La sobresaltó la voz de Isabel parada en el vano de la puerta:

—Laura, le traje la lista de consumos para la cocina —dijo mientras le alcanzaba una hoja—. ¿Quisiera que camináramos juntas al oratorio? Casi es hora de la sexta.

Laura se quedó contemplando a Isabel. Su mirada iba más allá de la figura de la niña que había dejado de serlo, pero que continuaban llamando así. De la jovencita, casi en edad de postularse como novicia, con su cabello recogido en chongo y el uniforme confeccionado con la misma tela de los hábitos, con su pequeño lunar junto al ojo derecho que de pequeña destacaría en la inocencia de su cara. Eran casi diez años desde que se habían conocido en la biblioteca y, esa mañana, la miraba reconociéndola. De tajo notaba cada uno de los cambios de Isabel, los que pasaría por alto al verla a diario, los que la cotidianidad había hecho invisibles.

La hermana Laura asintió en silencio, incorporándose dejaría los libros sobre el escritorio. Al salir a la arcada el cielo se encontraba manchado de blanco por una nube. Sin dejar de mirar al piso caminó al lado de la única mujer con el cabello descubierto dentro del claustro. No dijo palabra, pero en su cabeza no lograba dejar de ver las tres palabras recién leídas: «...mi hija Isabel...».

La nueva novicia llegó al convento unos meses después de la muerte de la religiosa de mayor edad. El fallecimiento dejaría a la comunidad apesadumbrada, aunque con la certeza de que Dios había logrado un triunfo sobre la muerte. Otra alma casta salía victoriosa de la batalla entre cuerpo y espíritu, llegando a su final embriagada de oración y penitencia para presentarse humilde en el cielo. Ataviada con palma, corona y flores la fallecida partía para desposar definitivamente a Jesús, llevando como regalo su preciosa pureza intacta.

El duelo se convirtió en festividad cuando recibieron a otra virgen que, siguiendo el llamado, elegía el camino de consagración. Entre las postulantes se seleccionó a la más apta y en unos meses la ceremonia tuvo efecto. Clara de la Encarnación cambiaba su nombre al tiempo que escondía el cabello rubio y ondulado bajo la toca blanca, sólo quedaron sus hermosos ojos color del musgo delatando su encanto. La novicia provenía de una familia de las que se consideraban decente. Era la mayor de cinco hermanos y su padre se dedicaba al comercio. Desde que entrara a la juventud una hilera de pretendientes se formó en su puerta. Decían que sus ojos eran como dos lunas y sus cabellos como rayos de sol; habían causado la desdicha de un joven quien, al no ser correspondido, se había tirado por un barranco. Sin importar cuántos hombres mostraran interés por su hija, el padre de Clara no permitió que se acercaran a ella. Ni uno solo pasaría de la puerta y la doncella jamás había salido sin compañía. Cuando se supo de la decisión de postularla para religiosa, los aspirantes a su amor por fin se dieron por vencidos. Nadie se atrevía a batirse con el hijo de Dios.

Los padres celebraban que su primogénita hubiese sido aceptada en Santa Mónica; sentían que la suma de sus esfuerzos y plegarias al fin los gratificaba. La madre de Clara se había preocupado por darle una estricta educación católica, además de una buena formación incluyendo clases de guitarra y canto. La familia, a pesar de tener un negocio próspero, no contaba con grandes excedentes en sus ingresos. Hubiera representado un considerable esfuerzo económico poder pagar la dote que se requería en otros conventos, además de la manutención.

Clara era de personalidad tímida y mirada retraída. Su voz era suave y algunas veces apenas audible. Casi nunca levantaba la vista, pero al hacerlo parecía que el mundo entero se reflejaba en el verdor de sus ojos, desconcertando a quien los miraba. Debía saberlo porque los descubría sólo si era necesario, no lograba acostumbrarse a que la gente se embriagara con ellos. Aun siendo tres años mayor que Isabel, Clara era más baja de estatura por lo que aparentaba su misma edad. Veía con curiosidad a la jovencita a quien todas llamaban *niña* y notaba cómo aquella la observaba de regreso. Debido a las reglas apenas intercambiaban una que otra palabra, se miraban de reojo y con cautela, jamás a los ojos. Clara sentía una honesta inclinación hacia ella. Le atraía su sencillez, su evidente conocimiento de las reglas monásticas y el lugar especial que parecía tener entre las religiosas. Pensaba que, de haberse conocido afuera, hubieran podido convertirse en amigas.

Isabel también la miraba con interés y admiración. Además de sus espléndidos ojos y el hábito blanco, contaba con algo más que la niña hubiera querido tener. En la santa misa Clara se sumó al coro de las religiosas. Dio los primeros acordes en la vihuela para alzar con desenvoltura su limpia y maravillosa voz. Nadie hubiera esperado que en la garganta de la tímida joven se encontrara un sonido tan prodigioso. Al escucharla los asistentes se quedaron callados y el padre subió la mirada, deslumbrado hacia la celosía. Las hermanas continuaron cantando, pero con cierto recato para dejar a la novicia por sí sola embellecer la ceremonia. Isabel sintió que temblaba, era lo más bello, lo más sublime, lo más perfecto que había entrado por sus oídos. Una extraña melancolía la hizo estremecerse, sin saber por qué comenzó a llorar. Incluso cuando cerró los ojos con fuerza, las lágrimas siguieron brotando. Deseó en silencio poseer ese talento, anheló el hábito de novicia, y envidió que fuera Clara quien entraba a entonar himnos al lado de sus hermanas y no ella. Y es que del convento entero era al coro al único sitio que Isabel tenía prohibido entrar, le habían dicho que podría hasta que se convirtiera en novia de Cristo. La disposición era incuestionable y más que un mandato se había convertido en costumbre, pero jamás se hizo una excepción. Laura había sido la última novicia y siempre supuso que sería ella, Isabel, la siguiente. Pero al ver a Clara, hermosa con su vestimenta blanca traspasar la puerta, se sintió excluida.

A pesar de quedarse en el pasillo la niña debía seguir el ceremonial. Durante la liturgia de las horas se sentaba en una banca colocada a un lado de la puerta del coro alto. Para escuchar misa le habían acomodado una silla junto al reclinatorio de un segundo confesionario en la planta baja. Hasta ese entonces aquella peculiaridad le daba una característica única, ahora le parecía que la apartaban. Aun con los años que llevaba viviendo ahí, con el ejemplo tan bien seguido, con el cariño tan bien ganado, continuaba con uniforme. No era a ella sino a alguien más a quien le daban la gracia de ser novicia, y ésta, para su colmo, conquistaba en un instante a sus hermanas con su voz.

Esa mañana, al terminar la alabanza, el padre dio inicio a la ceremonia de la eucaristía. Exhortó a los asistentes a arrepentirse de sus pecados en silencio e Isabel aprovecharía para pedir perdón por su egoísmo. Perdón por la vanidad de pensar sólo en ella, perdón por cuestionar los designios del Señor, perdón por no agradecer la llegada de un ser virtuoso que había alumbrado a esa humilde morada, perdón por desear lo que otros tienen.

—Tú eres el camino, Señor, ten piedad —escuchó decir al párroco.

—Señor, ten piedad —respondió ella en tono de penitencia.

En las siguientes liturgias el disgusto brotaría, volviéndose más tarde en remordimiento. Isabel hubiera evitado cruzarse con Clara por los corredores para no pensar en ella, pero desde un inicio las dos jovencitas coincidieron en muchos de los espacios y rutinas del convento. Se encontraban en la sala de labores y en el refectorio para comer; por las tardes estudiaban juntas en la biblioteca o en el patio; en las noches utilizaban las mismas escaleras para retirarse a sus habitaciones en el claustro de novicias que eran contiguas.

Una semana antes del ingreso de Clara, el consejo de religiosas decidió que Isabel comenzaría el proceso para convertirse en postulante para el noviciado. En vez de Laura, sor María Francisca la instruiría. Cuando hubiese otro espacio disponible la niña podría tomar el hábito. Consideraban, además, que permitirle a Isabel convivir con la novicia le sería beneficioso. Mirar de cerca el camino de una elegida la motivaría aún más a seguir el llamado de Jesús.

En las horas de estudio Clara e Isabel se ojeaban con discreción mientras atendían la lectura. La niña no dejaba pasar un detalle de la fisionomía de la novicia. Había estudiado las uñas bien cortadas, algunas con diminutas manchas blancas, el lunar en el dorso de la mano derecha colocado entre el anular y el dedo medio, las muñecas delgadas y con el hueso poco pronunciado. Sólo en una ocasión la había mirado a la cara directamente, lo hizo rápido y en seguida bajó la vista, como si ese rostro fuera el sol y no quisiera quemarse. La nariz era alargada y fina, debajo se colocaba la boca, fina también, como continuación perfecta del perfil. La mandíbula era un poco angulosa dándole cierto aplomo al semblante. Los ojos, en cambio, se salían de proporción frente a las demás facciones, eran demasiado grandes, las pestañas largas y tupidas, las cejas oscuras y delineadas. La sutileza del rostro de Clara tomaba una fuerza inesperada, el antifaz rugía como león en un prado de ciervos. Isabel quería mirar de nuevo a la novicia, cerciorarse que su cara era como la recordaba, estudiarla tal y como lo había hecho con las manos: escudriñándolas por horas al verlas sostener un libro o detener una hoja para poder escribir. La niña pecaba de curiosidad sin saber que tendría horas enteras para memorizar cada detalle de esos ojos, de esas pestañas y de esas cejas que eran el hechizo más grande de Clara.

En un inicio, al llegar al convento, le colocaron a Isabel un petate junto a la cama de sor Magdalena para que no llorara, pero pronto la obligaron a dormir en su propia celda, en el claustro de novicias. Poco antes Laura había tomado el hábito, entonces Isabel era la única en pasar la noche ese lado del recinto. Por muchos años su hermana Laura la acompañaba a su cuarto al término de la jornada para evitarle el temor de subir las escaleras y recorrer el pasillo sola. La joven profesa se justificaba diciendo que debía custodiar a la niña para cerciorarse que se fuera directo a dormir.

Con el tiempo, Isabel había superado sus aprensiones y se movía por el monasterio despreocupada. Se había acostumbrado a la soledad nocturna con la madre celadora vigilándola un par de veces durante la madrugada. Había hecho del convento su hogar y concebía el espacio para las novicias como su territorio. Ahora llegaba Clara a desplazarla, a hacerle patente lo que anhelaba tener, a postrarse en la celda contigua, a hacerla llorar. No conciliaba el sueño pensando en por qué Dios la había mandado, por qué no podía evitar odiarla a ratos, por qué le ponían esa prueba, pero a pesar de los disgustos, Isabel por primera vez estaba acompañada. Por las noches subían juntas las escaleras hacia sus habitaciones. Era la madre María Francisca la encargada de custodiarlas y despertarlas para las oraciones nocturnas. Al alba caminaban en silencio hacia el coro, por las tardes se hacían compañía al estudiar. Continuaron con esa cercanía silenciosa por unas semanas, estando juntas, pero alejadas, hasta que una mañana sería Isabel la que se aproximaría a Clara por accidente.

Caminaban las dos detrás de la maestra de novicias hacia sus aposentos después de la primera liturgia cuando de improviso la niña dio un mal paso y se le dobló el tobillo. Por reflejo natural se trató de sostener de lo que tenía más cerca, siendo el brazo de la novicia. Ninguna se logró mantener de pie y ambas terminaron en el piso. A Isabel le dolía la torcedura por lo que no pudo ver el humor en el episodio, pero Clara se mordió la lengua para no soltar una carcajada al verse desparramada sobre el embaldosado y aplastando a su compañera. No hubo necesidad de ir a la enfermería, en unos minutos el dolor pasó e Isabel pudo caminar a su cama. A la siguiente mañana Clara le preguntó cómo seguía, a la niña le sorprendió el sincero interés por su tobillo. Por la noche, mientras subían a descansar, caminó despacio para acompañar a Isabel que iba a paso lento cuidando la torcedura. Otro día le dijo que hablaba latín mejor que los profesores que la habían instruido; otro más, halagó uno de sus platillos. Despacio, la franca bondad de Clara iba ganando a Isabel. La novicia resaltaba virtudes que ni la niña había notado que tenía. La vanidad, rechazada visceralmente por las religiosas, se acercaba a Isabel con las palabras de Clara. Poco a poco comenzó a poseer consciencia de que su talento en la cocina y otros menesteres no pasaban desapercibidos y podían complacer a alguien más –además de a Jesús y a ella misma–. Las palabras de sor Magdalena le vinieron a la mente y sintió una agradable sensación en el pecho la siguiente ocasión que Clara le dijera que había disfrutado la comida.

En ese ambiente frugal las jóvenes hubieran seguido conviviendo sin poder ahondar en una amistad. Habrían de residir cordialmente sin conocer las cosas que tenían en común. Pero el destino, disfrazado de coincidencia, les ayudaría a encontrar un hueco para intercambiar mucho más que frases aisladas. Se contarían sus vidas para descubrir que Isabel no era la única a quien habían escondido del mundo para protegerla y que poseía algo mucho más codiciado para Clara que una simple voz prodigiosa.

«De lo profundo clamo a ti, Señor», imploró Laura. Congregadas en el coro las religiosas rezaban de manera solemne, para sí mismas en un murmullo que al unirse llenaba de reverberación el cuarto. Laura no podía concentrarse y, aunque repetía las oraciones, sólo pensaba en los últimos acontecimientos. «Silencio y oración», se decía al notarse distraída. Pero callar la boca era más sencillo que callar la mente. Durante esa y las demás liturgias la joven repasaba la vida de Isabel. Con los ojos abiertos se encontraba viéndola crecer sin recibir visitas ni correspondencia; desconociendo la lengua que alguna vez habló; siendo festejada el día de su santo, pero sin saber el día de su nacimiento. Laura había vivido esos años con la suposición de que era huérfana. Le había parecido un noble acto de caridad haberla admitido en el recinto, cuando nunca se habían recibido niñas educandas y más ahora que se prohibía. Daba por hecho que mantenerla escondida era para que no la sacaran las autoridades eclesiásticas. Le había parecido correcto comenzarla a formar para postularla como novicia, no teniendo ni padre ni madre, ¿quién la reclamaría? ¿Con qué dote encontraría un marido? Luego de tantos años, ¿cómo lograría acomodarse en un mundo tan distinto al de ahí adentro? Ahora sus conclusiones se alteraban: Si la niña tenía un padre pudiente y de sangre española, ¿por qué se habían mantenido en secreto sus apellidos? ¿Por qué Isabel no podía elegir regresar al mundo a vivir una vida secular si así lo quisiese? Los padres que dejaban a sus hijas al cuidado de religiosas para convertirlas en buenas mujeres católicas iban por ellas al llegar a la edad casadera. Las vírgenes podían tomar la decisión de hacer sus votos y continuar como devotas o salir, casarse y llevar las enseñanzas de Dios al hogar. Por disposición de la madre priora, sor María Francisca había comenzado a formar a Isabel junto con la nueva novicia. ¿Acaso era esa la solicitud del padre? ¿Por qué no la reclamaba? ¿Por qué la seguían instruyendo y al llegar a la edad del postulantado la dejaban decidir?

Había otra incógnita que rondaba en su cabeza, ¿por qué Isabel había llegado hablando lengua pagana? Su tez aceitunada podría ser de una madre indígena, pero no sus ojos, su nombre y, ahora conociéndolos, sus apellidos. De igual manera había criollos de tez morena, su padre podía ser uno de ellos. Si su madre fuera india, ¿cómo había sido aceptada en ese convento de españolas y criollas? El recuerdo de la cruz de oro con la que había entrado tomaba sentido, pero no el humilde atuendo. Considerando la generosa cantidad que el padre ofrecía al convento cada año desde que su hija había ingresado era evidente que el hombre se preocupaba por su bienestar. Entonces, ¿cómo había dejado que llegase vestida con tanta modestia?

Al pensar en Isabel a esa edad y recién ingresada, un dejo de nostalgia la envolvió. La recordaría entrado a la biblioteca escondiéndose detrás de sor Francisca, no parecía que hubiera pasado tanto tiempo. En la mente le fueron apareciendo imágenes de Isabel: las enormes lágrimas en sus mejillas cuando se raspó una rodilla y le había salido sangre; el susto la vez que se cayera de un árbol por tratar de cortar un chayote; la cara de vergüenza la ocasión que la castigaron con pan y agua en la cena por haber roto el silencio obligatorio; los momentos incómodos cuando la niña comenzó a preguntar por sus padres y por qué no había otros niños adentro; su cara de confusión con las explicaciones ambiguas que le dieran sobre el pecado original y la inmaculada concepción.

De improviso se le ocurrió que Isabel no había sido rescatada del mundo, sino privada de él. ¿Sabría que tenía un padre, quizá hasta una madre? ¿Por qué Dios la enteraba a ella de esto? ¿Debería decírselo? ¿O era mejor esperar otra señal? Laura se encontró atorada entre el *debe* y el *haber*, al igual que sus registros contables. La joven no podía dejar de pensar en la historia de la niña antes de esos muros. El hubiera se le acercaba para imaginar la vida de Isabel de no haber entrado al recinto o de haber sabido que tenía un padre. Al instante, el *deber* reclamaba su cuenta: si la priora disponía secreción, ella ciegamente debía mantenerla. Pero si Dios también lo hubiera querido, ¿por qué abrió la carta frente a ella? ¿Cuál era su deber? También pensaba en su propia vida, si Isabel no hubiera entrado al convento, ¿qué hubiese sido de ella, de Laura? ¿Hubiera superado la culpa? ¿Habría llegado otro ángel a socorrerla?

Al final la prudencia la reprimía, «*sapere ad sobrietatem*» le dictaba San Pablo. A pesar de que la curiosidad la acechaba, Laura seguía siendo la ejemplar, la devota, la santa que había pasado aflicciones más difíciles que ésta. De nuevo ocupó cuerpo y espíritu enteros en el trabajo y la oración. Dios le ponía otra prueba, ella sería sensata demostrando su rectitud y seguiría rezando hasta que le diera una respuesta. Sin embargo, la voz desde lo alto debió gritar para ser escuchada, porque el país se ensordecía por el escándalo de cañones y fusiles abatiéndolo.

Las primeras noticias sobre levantamientos permearon años antes, a través de la celosía que separaba a la iglesia del convento. En el coro las religiosas escuchaban el sermón dominical donde el párroco condenaba el mal que acontecía en la Nueva España, a quienes abandonaban las doctrinas de la Iglesia Católica y a aquellos que adoptaban las herejías de autores malignos. Cada día el discurso religioso se salpicaba de los eventos más recientes y las palabras colándose por el enrejado completaban las imágenes de las cartas de familiares. Las hermanas se persignaban y oraban por el restablecimiento del orden, no querían quedarse alejadas de la mano de Dios. Durante las enriquecedoras pláticas en las horas de recreación comunitaria, las mujeres comentaban los sucesos del momento: desde la indignación por el uso del estandarte de la Santísima de Guadalupe en el inicio de la revuelta, hasta el temor de que los insurgentes llegaran a esa ciudad. Las religiosas imaginaban a los sublevados casi con cola y cuernos, alzando mayores plegarias por el triunfo del ejército realista. Laura se mantenía muy al margen de los comentarios, sólo escuchaba. Su padre, en la correspondencia que le enviaba cada semana, relataba a grandes rasgos las últimas noticias sin realmente externar su juicio. Ella podía entrever, en sus palabras escrupulosas e imparciales, con cuál lado simpatizaba. El hombre sabía que las cartas eran revisadas antes de llegar a las manos de su hija, por lo que ponía especial atención en mantenerse neutral. A pesar de estar informada, la joven se sentaba a laborar entretenida por los diálogos de sus hermanas sin sumarse a la conversación.

Un atardecer Laura sería partícipe del intercambio de ideas sin abrir la boca. Estaba sentada cómodamente, con las manos en el bastidor moviendo la aguja, la charla se meneaba de las palabras del cura a los primeros días de calor, de la procesión del mes siguiente a las últimas nuevas sobre los éxitos del ejército. Una religiosa se sorprendía de cómo había capellanes, hombres elegidos del Señor, quienes adoptaban las ideas traídas desde Francia desconociendo la corona española. Cómo, estos hombres que pronunciaban la palabra de Dios, eran tentados y convencidos por Satanás, siguiendo los manuscritos más dañinos, esos que podían quemar la piel de las doncellas con únicamente tocarlos. Otra hermana declaró que eran dictados por el diablo. Alguien más informaría que el tono persuasivo de esos textos había logrado convencer hasta a las almas más puras dedicadas a la justicia.

—Me lo ha dicho mi santo hermano en nuestra última correspondencia —dijo una de las madres—. El peor es un tal *Bolter*. Válgame Dios... —Laura no logró seguir escuchando, aquel nombre se le atoraría en la garganta como una canica. De inmediato el aire del cuarto no fue suficiente para poder respirar. Al alzar la cabeza intentando recobrar el aliento la vista se le nubló y su cuerpo se quedaría sin fuerza. Lo último que vio fue la corona de la Virgen sobre la tela. El eco del sonido agudo de la aguja se escuchó como preámbulo al golpe seco de su cabeza contra el piso.

Laura soñaba que estaba sobre la hierba, viendo las nubes pasar. El viento la arrullaba y en esa exquisita tranquilidad podía escuchar unas voces llamándola. Su nombre se oía lejano y ajeno. De pronto se puso negro, las voces se elevaron y casi al mismo tiempo abrió los ojos. Agitando la mano con brusquedad tiró el algodón que la hermana enfermera sostenía frente a su nariz para despertarla.

El episodio serviría como referencia de lo perjudicial que podía ser mencionar el nombre del hereje francés en presencia de un alma casta. Además, se aprovechó para enaltecer las virtudes de sor Laura quien mostraba rechazo ante escritos profanos, aun sin tocarlos ni leerlos. Le recomendaron pasar el resto del día en cama. En la noche, con los grillos cantando en el patio, Laura volvió a pensar en aquel nombre. Sin esfuerzo pudo recordar el dulce olor del baúl de Fernando al abrirlo, el rechinido de las bisagras un poco oxidadas, el peso del libro sobre su regazo, la suavidad de las páginas bajo la yema de sus dedos. Él y ella, leyendo y releyendo a Voltaire, liberándose de la culpa para ser felices, encontrando razones para seguir sus instintos, ilustrándose con el uso de la razón. Laura se cubriría la boca con la mano al llorar. Hacía mucho que no lo hacía y las lágrimas se escurrieron hasta perderse en la toca. A pesar de la tranquilidad que aquel sitio le brindaba bien sabía que jamás iba a ser —ni había sido— tan feliz como lo fuera junto a él. «Fernando», dijo para sí a través de los sollozos. Cerró los ojos para pensar en él, en ellos, en sus tantas horas de palabras, de amor y placer. No era una visión que la atormentaba, sino una complacencia que se quiso regalar. Llevaba diez años exigiéndose tal perfección que esa noche se sintió cansada y un poco marchita. Como si hubiera sido ayer evocó su aliento, el sabor de su lengua y de su cuerpo, el olor después de hacer el amor. Seguiría llorando por un largo rato, en silencio, con el cuerpo encendido y sin saber cómo apagarlo. Pero no importaba, quiso por unos momentos sentirse viva dentro de su sepulcro.

Laura amaneció con una contusión grande y oscura en la frente, dolores de cabeza y mareos al incorporarse. Le ordenaron quedarse recostada con compresas en la cabeza. Isabel le llevó algo de comer a media mañana, era sopa de macarrón con huevo, todavía humeante. Le había puesto en la charola un pedazo de pan y salsa. Se miraron a los ojos por dos segundos antes de bajar la vista. La niña sonrió con ternura y Laura notó el gesto de soslayo. «Es tan joven», pensó. ¿Qué hubiese sido de ella allá afuera? ¿Hubiera hecho planes para casarse? ¿Cómo serían sus pretendientes? ¿Tendría hermanos? La joven enferma miró el jitomate y la pasta flotando en el caldo, estaba tan sabroso como siempre. Se le ocurrió que Isabel quizás estaba pagando pecados ajenos, pero ¿quién era ella para juzgarlo?

Laura entonces sentiría un extraño remordimiento. Para ella la niña había sido la causa de su redención, pero ¿había sido necesario sacrificar una vida para que lo lograra? ¿Había pedido tanto que la ayudaran causando acaso el infortunio que arrojaría a Isabel al retiro permanente? ¿Era ella con sus oraciones la que la había privado de una vida distinta? «No. Misteriosos son los caminos del Señor y yo no debo cuestionarlos», se dijo.

La joven profesa regresaba a los preceptos para alcanzar la absolución: penitencia, oración y trabajo eran el único camino para apartar el ocio de la mente, para poder aguardar con el corazón abierto Sus designios. Laura del Espíritu Santo estaba dispuesta a alejar su intranquilidad a fuerza de mortificación. Pero antes de comenzar a purificarse Dios la obligaría a encarar a su ángel caído en persona. A la mañana siguiente la despertaron con la noticia de que su primo Fernando había solicitado permiso urgente para visitarla.

Hacía una semana a Isabel le había llegado la incomodidad ordinaria del mes. Durante ese período debía permanecer apartada en la enfermería, cuando la inmundicia abandonaba su cuerpo se le permitía regresar a sus actividades habituales. El lugar donde colocaban a quienes sufrían la enfermedad de la mujer era en las camas del fondo. Debía ser un sitio alejado y con ventilación para que la impureza no contaminara a su alrededor. Al terminar la hemorragia tomaban un baño para llegar limpias a realizar sus oficios.

La niña llevaba un año enfermándose y padeciendo el castigo que traía consigo. A los pocos meses de su primera menstruación comenzaron los dolores. Sin nada qué hacer, Isabel se postraba en el lecho dejando salir la sangre mientras sentía como si le clavaran espinas en el vientre. Primero era un piquete, luego dos, pronto varios. El día del inicio de la hemorragia, se multiplicaban hasta sentirlos por toda la barriga, uno tras otro. Por lo lúcido de la dolencia podía imaginar las espinas penetrando debajo de su ombligo. El tormento hacía eco en su cintura, su cadera, su pelvis y se escurría por las piernas hasta dejarlas de sentir. En más de una ocasión había vuelto el estómago por el martirio. La niña intentaba recibir cada mortificación como un regalo del Señor. Su amor la dotaba de paciencia para tolerar cualquier dolor. Pensaba en lo que Cristo había pasado en la cruz, si él había entregado su vida por el mundo, ella no debía considerar gravoso el mal que sufría. Las espinas de la corona la honraban con sus aguijones lastimando su cuerpo. Procuraba resistir el padecimiento con humildad hasta que se desvaneciera, sin quejarse. Ese mes sentía que las dolencias eran un castigo por sus malos pensamientos hacia Clara. Dios enviaba a una generosa doncella y ella la había mirado con recelo. Por no aceptar los designios divinos, ahora la obligaban a arrepentirse. Su cuerpo y su espíritu se purificaban mientras ella repetía que debía regresar a aprender de la nobleza de su nueva hermana. Pasando los dolores Isabel buscaba distintas maneras para entretenerse. Las horas se le hacían eternas postrada en la cama y se cansaba sólo de leer. Por fortuna su período duraba cuatro jornadas, dos de las cuales apenas se movía por el sufrimiento. Cada mes daba gracias de que aquella tortura fuera breve, pensaba en lo aburrido que debía ser quedarse acostada por siete días.

La siguiente mañana Isabel amaneció recuperada y sin molestias. Se quedó mirando el resplandor que entraba en la enfermería. En el piso se delineaban marcos formados por la armonía entre el sol y el rectángulo de la ventana, las paredes se empapaban de color naranja. Las sombras se iban moviendo como las manecillas del reloj y conforme las líneas en la pared avanzaban el cuarto cambiaba de tonalidad. Había muy buena luz, pero no le apetecía continuar leyendo. Acomodándose la pequeña mesa para enfermas preparó el tintero. «Cuando algo la inquiete es mejor escribirlo para alejarlo de la cabeza», recordó haber escuchado a Laura. En otra ocasión le diría: «La tinta apacigua al corazón». Isabel era muy pequeña para entenderlo, pero ahora comprendía el significado de las palabras. Y es que desde que se quedara sin Laura como tutora, se sentía un poco menos segura de sus pensamientos. Aun cuando deseaba con intensidad prepararse para recibir el anillo de Jesús, no poder convivir a diario con la persona que más quería le causaba pesar. Extrañaba sentarse frente a ella, estudiar, hablar y preguntar. No era suficiente con saludarse en voz baja o con un simple movimiento de cabeza al cruzarse por los corredores.

A falta de desahogo, esa mañana la niña se resolvería a escribir, pero aún con la pluma separándole los dedos y armada de ánimo no era fácil expresar lo que la angustiaba. «Querida Laura», trazó con una caligrafía agraciada y precisa, para continuar ensuciando la hoja con soltura. Al fin un monólogo manaba, fresco como un manantial, dándose paso por entre piedras y cuevas interiores.

Siempre había mirado con anhelo la correspondencia que entablaban las religiosas con amigos y familiares, y que ella jamás tuvo. Un día le habría de preguntar a Laura cómo escribir una carta, la armó entonces tal y como se la describieron, incluso cuando esas hojas estaban sentenciadas de antemano a no ser leídas por su destinatario. En tono de confidencia, pero con un lenguaje coloquial decidió escribirle a su hermana de religión como si no perteneciese al convento, como si estuviese lejos y no a unas habitaciones de distancia haciendo anotaciones numéricas. Mientras el sol se deslizaba por el patio el discurso manaba lozano y en desorden. Con la mano dispuesta Isabel arrojaba las palabras al papel casi con furia, en puñados y sin fijarse en la puntuación. Le contaba a Laura sobre Clara y la tristeza de verla de blanco, de cuánto había llorado cuando la escuchó cantar, de su torcedura de tobillo y la amabilidad de la novicia. Le confesó que hubiera querido ser tan hermosa como ella, aunque pecara de vanidad. Por las noches se había soltado el cabello y había deseado poder portar un vestido tan hermoso como el de la Virgen en la pintura del oratorio. Le reveló el atrevimiento de quedarse mirando su reflejo en una ventana por minutos hasta que la llamaron desde la cocina. Había regresado otros días a la misma hora, cuando el sol convertía a aquel vidrio en espejo, para volverse a ver. Le decía cuánto la extrañaba y de pronto cambiaba de tema hacia sus labores. Había comenzado a pasar en limpio las nuevas recetas. Le decía algunas nimiedades acerca de la cocina y los libros que estaba estudiando por las tardes. También sobre cómo tuvo que descoser el bordado por distraerse pensando en Clara. Al drenar sus angustias la niña escribía de su cotidianidad casi olvidando sus penas. La carta culminaba de manera abrupta, como si el tiempo se le terminara. «Respira en mí, Oh Espíritu Santo, para que mis pensamientos puedan ser todos santos», escribió antes de su firma: «Tuya, Isabel. Siempre Isabel». Con un trapo húmedo se quitaría las manchas negras de la mano. La carta doblada la guardó dentro del uniforme. Cuando estuvo compuesta, la niña salió de la enfermería para subir presurosa las escaleras hacia su celda. En lo más profundo del baúl guardó las hojas sin sobre, ilusamente convencida de que nadie, ni siquiera ella, las habría de leer algún día.

Laura, con los nervios provocándole náuseas, esperaba. Se habían tardado algunas semanas en otorgarle el permiso a su primo y, a sólo unos minutos de recibirlo, continuaba preguntándose lo mismo que se preguntaría desde que le informaran su interés de visitarla: ¿por qué solicitaba verla? ¿Qué asunto podría ser tan importante para necesitar hablar con ella? Por instantes quería negarse, pero no podía, ¿cuál sería la justificación, la excusa ante la priora? Además, a pesar de todo, de la desilusión y el recuerdo amargo de su desenlace, parte de ella quería saber de él. El tiempo y la oración la habían ayudado a sentirse tranquila, pero desde que escuchara el nombre de Fernando la expectación la iría acompañando como un mosco insistente, por más que meneaba las manos para espantarlo éste regresaba tercamente a intentar posarse en su piel. Recordó las últimas cartas de su padre, las había releído para confirmar que no lo mencionaba. Quizá ni siquiera estaba enterado de su regreso. Quizá no quiso nombrarlo. Quizá su padre, tan observador, intuía mucho más y por algo evitaba hablar de él. ¿Qué habría sido de su primo? ¿Se habría casado? ¿Tendría hijos, una familia? ¿Habría hecho la fortuna que siempre quiso? Se quedó ensimismada mirando sus manos. Le había salido una pequeña mancha entre el pulgar y el índice, las venas azules resaltaban en su piel blanca como ríos descendiendo por una montaña. Las giró para continuar escudriñando sus palmas, cuando llegaron a anunciarle que su visita la estaba esperando.

El locutorio era un cuarto pequeño, en la pared del fondo había una ventana con doble reja y una cortina obstruyendo la vista. Una silla estaba colocada mirando hacia el enrejado. Detrás, a unos pasos de distancia, había una mampara de tela y otra silla para la madre encomendada de escuchar la conversación. La joven debía ser cautelosa con sus palabras y no perder la compostura, cualquier traspié sería reportado a la priora. Por más vueltas que le daba no había logrado concluir por qué su primo se aparecía ahora, después de tantos años, pero esperaba en Dios que no la metiera en problemas. Caminó con la mirada baja, se detuvo un segundo a la entrada para persignarse frente a la imagen de Cristo crucificado, continuó para saludar con un movimiento de cabeza a la madre escucha, respirando para controlar su creciente ansiedad. Estaba tomando asiento cuando escuchó del otro lado de la cortina su nombre: «Laura». Se necesitó una sola palabra para que la vorágine de su estómago cobrara fuerza. El torbellino subió hasta el pecho causándole un fuerte dolor como cuando se cayó de un caballo. La punzada se iría fragmentando hasta convertirse en lágrimas precipitándose en su garganta. *Laura*, un vocablo que la distinguía, un nombre para referirse a esa mujer de pasiones intensas y una grandiosa fuerza de voluntad. La voz era la misma de siempre, profunda y llana, como en sus recuerdos. La misma que le repetiría palabras tiernas, frases íntimas, ingeniosos halagos. La misma lastimándole las entrañas, torturándola en sus sueños, alcanzándola ahí sentada, vagamente protegida por muros y rejas. Era él, Fernando, su único amor, su única desventura. Con los dientes apretados respiró para lograr decir:

—Por favor, dígame hermana Laura.

—Sí, discúlpeme. Es la falta de costumbre —respondió él de inmediato y con tono avergonzado.

Laura trató de imaginarlo sentado del otro lado. ¿Seguiría usando bigote? ¿Tendría el cabello encanecido? ¿Estaba recargado en el respaldo de la silla o se inclinaba como solía hacer para conversar con ella, con las piernas abiertas y el codo descansando en una de sus rodillas? Los segundos transcurrieron y ninguno de los dos decía nada. Con el corazón acongojado Laura se animó a hablar:

—¿Sí? ¿Me vino a ver por alguna razón?

—Sí, Lau... Hermana... Hermana Laura. Necesito que interceda por mí. He cometido muchos… muchos errores, necesito su consejo.

—¿Sí? —dijo Laura muy bajo, mirando de nuevo sus manos, insegura de querer seguir escuchando.

Fernando habló de una mujer, una hermosa mujer que lo había enamorado. Su bondad lo había hecho feliz. Claro, esa visita no tenía nada que ver con ella, pensaba la joven con inesperada irritación. ¿Qué es lo que quería? Lo escuchó abstraída enumerar el talento y las virtudes de la doncella que le haría perder el sueño. Laura se comenzó a sentir menos ansiosa y esperaba conocer la causa por la que necesitaba verla. Pero de repente el tono cambió y, acercándose a la reja como si se estuviera confesando, Fernando le dijo que había roto la confianza de quien lo había recibido en su casa, le había dado techo y trabajo, al enamorarse de su única hija. Su corazón había sido marcado una tarde de primavera bajo una acacia en flor, hasta ahogarse en un mar del otro lado del mundo.

La joven profesa casi vuelve a perder el conocimiento al escuchar esas últimas palabras. La estaba describiendo a ella como si fuese otra persona. Habló de su amor como si no hubiera sucedido diez años atrás sino hacía apenas unos meses hasta despistarla. La mujer era ella, Laura, y Fernando seguía siendo demasiado listo para pensar que nadie escucharía la conversación. Con creciente entusiasmo él continuó hablando de la joven que amaba, siempre había amado y que hirió con su egoísmo. Por años vagaría en búsqueda de otra vida, pero el remordimiento lo había perseguido hasta los sitios más recónditos. Sólo su prima, su prima santísima, podía ayudarlo, interceder por él para encontrar el perdón.

—Creo que está confundido. Usted necesita ir con el párroco a confesarse —dijo Laura apenas ocultando las ganas de llorar, ¿por qué había ido a verla? ¿Por qué la torturaba de ese modo tan cruel?

«No, no», Fernando insistía que ella, sólo ella lo podía guiar porque tenía un espíritu puro. Su amada se había aislado del mundo por culpa suya y él quería regresar para pedirle que fuera su mujer. Si se lo permitía la llevaría lejos de esa ciudad, lejos del pasado, lejos de sus errores, vivirían del otro lado del océano, en Francia, quizás.

—¿Cree usted que me perdone? ¿Cree usted que venga conmigo?

A Laura le costaba trabajo escucharlo. ¿Por qué había tardado tanto? Si hubiera regresado antes, mucho antes y aunque le doliera aceptarlo, quizá lo hubiera perdonado, quizá lo hubiese preferido. Quizá habrían huido o se habrían casado con la bendición de su padre. Quizá. Por un diminuto instante se quedó de nuevo sumergida entre *el debe* y *el haber*. ¿Qué hubiera sido de ella con Fernando? ¿Qué debería decir ahora? Pero con tristeza aceptaba que aquel hombre había llegado muchos años tarde. Su historia se quedaba en la vaguedad de un sueño y el quizás, en suposiciones tontas incapaces de ser realizadas. La realidad era que ella estaba muerta y él no tenía el poder para resucitarla. Ante el silencio permeando el enrejado Fernando se inquietó y, susurrando palabras atropelladas en francés, le dijo a Laura con tono de súplica:

—Te amo. Siempre te he amado. Perdóname. Quiero verte. Sal de aquí. Ven conmigo —ella no dijo nada, su labio sangraba al morderlo, él comenzaba a decir algo más cuando Laura lo interrumpió:

—Llegaste una década demasiado tarde, Fernando —respondió ella en el mismo idioma y en secreto. Laura de reojo vio que la madre escucha se había puesto de pie. Entonces, en castellano, con voz audible y cristalina dijo:

—Rezaré por usted, pero sólo Dios Padre puede limpiarlo de sus pecados y darle el perdón. Que el Espíritu Santo lo guíe en su camino.

La hermana vigilando se regresó a su silla y la joven se levantaría dando por terminada la visita, pero Fernando seguía siendo el mismo y no iba a irse sin insistir. Antes de poder despedirse le rogó en voz baja pero firme:

—Laura, espera...

Ella no podía más. Se sintió cansada, exhausta, las ganas de lloriquear como una niña se atolondraban en su pecho. Quiso gritarle y echarse a berrear. De súbito, la rabia que el tiempo había asentado se agitó extendiéndose desde su pecho a su cabeza. Quedándose inmóvil dejaría que la ira añadida a una tristeza rancia le diera el valor de pasar por alto su vestimenta y la custodia. Con brusquedad se volvió para decir en tono de desilusión, pero con una dureza que él no le había escuchado:

—A pesar de todo te esperé, Fernando. Pero hace diez años decidí sepultar mi cuerpo dentro de este recinto que me ayudó a encontrar la paz. Tú, te quedaste allá afuera, tus palabras no pueden deshacer esta mortaja de hojas benditas. No vuelvas a buscarme. Estoy muerta para ti.

Laura se dio la vuelta y una parte del hábito se le atoró en el descansabrazo de la silla. El chillido al arrastrarla desgarraría el silencio del cuarto con crueldad. La joven religiosa desatascó su vestimenta con prisa mientras escuchaba a Fernando repetir su nombre. Manteniéndose con un gesto inalterado pasó frente a la madre escucha. Estuvo a punto de correr para escapar de la visita, de él, de ella misma. Caminó atolondrada hasta llegar hasta la imagen de Cristo. Al persignarse limpiaba el dolor de su rostro: «En el nombre del padre», desaparece una lágrima escurrida. «Del hijo», enjuaga la otra mejilla. «Del espíritu santo», deja limpia la nariz. «Amén». Besó su mano intentando encontrar fuerza. Al salir, el sol la recibió con la cara limpia, dándole un abrazo de calor. No se veía ninguna huella que delatara su congoja. Esa misma mañana la priora recibió un reporte de la visita, más no una acusación. Sor Laura del Espíritu Santo de nuevo demostraba su templanza y la firmeza de su decisión. Para afianzarla, ella misma se imputó una penitencia de pan y agua de varios días.

Isabel pelaba los cacahuates en una mesa frente a la ventana, lo hacía de manera automática, como algo practicado cientos de veces. Con el pulgar y el índice estrujaba la cáscara leñosa hasta escuchar un tronido, descubriendo las perfectas semillas acurrucadas dentro de su piel. Otras veces apretaba con demasiada fuerza y debía encontrarlas entre los escombros de cáscara abrigados en la palma de su mano. En una bandeja a su derecha depositaba los cacahuates limpios y en otra, debajo de sus manos, los desperdicios.

Sor Magdalena miraba a la niña más concentrada en su labor que otras veces. Estaba orgullosa de verla convertirse en una mujer y celebraba su buen desempeño en la cocina. Últimamente la notaba más entusiasmada, esa semana hasta había sugerido que prepararan encacahuatado. En ocasiones dudaba si Isabel poseía el carácter para convertirse en religiosa, ahora caía en la cuenta de que quizá la conducta que mostraba, empecinada en unas cosas y desinteresada en otras, era propia de su verdor. La decisión de ponerla a estudiar con la novicia había rendido frutos más rápido de lo esperado, la niña estaba sintiendo el llamado hacia Jesús y lo reflejaba en el reciente esmero en su trabajo. También la percibía más pensativa que de costumbre, con las ansias de hablar apaciguadas, al parecer iba entendiendo las bondades de mantenerse callada al laborar. Sor Magdalena, al disfrazar de madurez el comportamiento de Isabel, no entrevió las razones de la reserva de la niña y el verdadero interés de preparar pollo en salsa de cacahuate.

Pasando sus días de purificación en la enfermería, Isabel regresó a sus faenas con el cuerpo y el espíritu aliviados. La hemorragia, más el desahogo a través de la carta, la ayudarían a sentirse liviana, a caminar por los corredores tranquila. Frente al padre confesó con gran arrepentimiento sus pecados, de rodillas recibiría la absolución y rezaría desde lo más profundo para ser digna de la eucaristía. Debía demostrar, al Padre y a la Virgen, que ella también podía ser merecedora de la gracia del hijo de Dios. Debía aprender a mantenerse libre de malos pensamientos. Debía cultivar el amor a su nueva hermana. Decidió encontrar formas para distraer su mente: preparaba los alimentos mientras repetía oraciones, despejaba su espíritu concentrándose en las lecturas de la tarde y lo enriquecía al poner atención en cada palabra del oficio. Al terminar la semana se sentía fuerte y animada para superar la prueba, sin poder adivinar que ésta apenas sería la primera.

Una noche, Isabel escuchó un sonido tosco en la habitación de Clara. Desde su puerta dijo en bajito el nombre de la novicia, al no obtener respuesta caminó hacia el cuarto contiguo con sigilo. Por la ventanilla, aún a través de la penumbra, pudo ver a Clara tendida en el piso. En contra de lo que su juicio le dictaba la niña entró sin hacer mucho ruido. El corazón le palpitaba con fuerza. No debería tocarla, no debería moverla, no debería haber entrado, debía avisar. Su mente le aconsejaba ir por la madre custodia, pero su cuerpo no podía apartarse de ahí. Como si estuviera en un sueño Isabel se acercó a la novicia, se inclinó y fue girando a Clara, quien parecía dormida. Luego puso sus dedos cerca de la nariz de la novicia, estaba respirando. La niña se hincó para sostener en sus rodillas la cabeza de la joven. En el movimiento la toca de Clara se desajustó y un mechón de cabello despeinado se asomaría. La niña acercó la mano temblorosa hasta tocarlo, lo jaló despacio para sacar la larga hebra, arrepintiéndose enseguida de haberlo hecho. Apenas alumbradas por la luna llena y las estrellas, el cabello se estiraba sobre el piso como un hilo de oro.

Clara fue abriendo los ojos despacio, parpadeando desconcertada. Isabel no se dio cuenta de que estaba despertando porque su propio cuerpo le hacía sombra a la cara de la novicia. Ésta se fue recuperando y de improviso se intentó levantar. A la niña, del sobresalto, lo único que se le ocurrió fue salir de ahí, quitando sus piernas que hacían de almohada. El coscorrón en la baldosa hizo que Clara se quejara y por reflejo levantara las manos hacia la cabeza. El movimiento del brazo coincidió con la pierna de Isabel haciéndola tropezar y caer de bruces. Las dos se levantaron y se miraron a los ojos. Clara no contuvo la risa. La niña estaba tan nerviosa que sin quererlo se rio también. Las risitas se convirtieron en carcajadas que intentaban apagar con la mano. Cubriéndose la boca continuaron haciéndose reír con sólo mirarse, contagiándose por el solo hecho de que la otra reía también, hasta llegar a un espasmo de risa silenciosa que parecía ahogarlas, con la cara descompuesta y los ojos llenos de agua. Cuando recuperaron el control ninguna dijo nada. Ambas se incorporaron y en un silencio incómodo miraron el piso. La niña se acercó a la puerta, pero antes de salir escuchó a Clara:

—Por favor, Isabel, no se lo menciones a nadie —le dijo con una nueva familiaridad.

—No —respondió, temerosa y emocionada por formar parte de un secreto.

Isabel tardaría en conciliar el sueño. Repasaba los sucesos de hacía unos minutos. En su mente la cara y los ojos de Clara se materializaban, mientras su pecho se anegaba de una nueva agitación. No recordaba la última vez que se hubiese reído de aquel modo. Se sentía contenta pero arrepentida por haber entrado a una celda que no era suya, de haber tocado un cabello que no era el suyo, por haber mirado a su hermana a los ojos, por haberse dejado llevar por la curiosidad y porque no se lo diría a nadie. Le quedaba esperar paciente la condena por sus actos.

A la mañana siguiente Clara la saludó como si nada hubiese sucedido, la jornada transcurrió como de costumbre, antes de tomar los alimentos ninguna habló sobre la falta, y al terminar el día se dieron las buenas noches para irse a descansar. Isabel esperó en vano el castigo divino, resguardándose en su celda convencida de que pronto llegaría. Se estaba hincando frente a la imagen de la Virgen cuando alguien dijo su nombre. Al mirar hacia la puerta vio a Clara asomada por la ventanilla con las dos manos en el borde. Se la imaginó de puntas para poder mostrar casi toda la cara. «¿Puedo pasar?», susurró asomando la boca y volviéndola a esconder. Isabel se levantó presurosa. Los nervios se le precipitaban en el pecho.

—¿Qué hace aquí?

—Quiero hablar.

—Nos van a castigar. Váyase.

—Sor Francisca no regresa sino hasta dentro de una hora o más. —Isabel lo sabía, conocía el movimiento del convento de memoria. Le llamó la atención que Clara hubiese notado ese detalle. La novicia debió percibirlo porque agregó:

—Me he dado cuenta cuando rezo hasta avanzada la noche —la niña abrió la puerta como una formalidad porque no tenía pestillo—. Gracias —agregó ya adentro.

Sin rodeos comenzaría a decirle que la dieta del convento era tan rígida que por eso se había desvanecido, pero ya se sentía bien. Isabel no respondía ni la miraba, no sabía qué decir, qué hacer, estaba muy afligida de tenerla en su celda. Clara también se notaba nerviosa, hablaba muy bajito. Se fueron acercando hasta terminar una junto a la otra, no de frente, sino hombro con hombro sin llegar a rozarlos. La novicia le preguntó a Isabel si algunas veces se sentía desmejorada por los ayunos. Cuando la niña no abrió la boca y el silencio se hizo demasiado largo, Clara le dijo buenas noches de nuevo, y se persignó frente a la imagen de la Virgen María antes de salir de la habitación.

Al acostarse Isabel se reprochó por no haber respondido, la timidez la enmudeció, no la descortesía. A pesar de que el atrevimiento de Clara la podía meter en problemas, la acompañaba la agradable sensación de que a la novicia le importaba hablar con ella y aclararle las cosas. La noche siguiente la niña no se podía concentrar para decir las últimas oraciones del día en su celda, aguardaba que la novicia apareciera en la ventanilla, pero nunca llegó.

Pasaron unos días más de normalidad hasta que la joven doncella se volviese a asomar por la ventanilla llamando a Isabel. No hubo necesidad de que pidiera permiso para pasar, la niña simplemente se levantó a abrirle la puerta y Clara entró a la celda como si fuera el cuarto de alguna de sus hermanas. Sentándose en los tablones de la cama con acostumbrada libertad se fue quejando del calor y comentando acerca de lo fresco que era el cuarto de labores. Aquella desenvoltura le permitiría a Isabel perder la timidez y portarse como si no estuvieran en un convento, como si no lo prohibieran las reglas, como si no fuera a recibir una fuerte sanción por lo que hacía. La niña, ignorando las voces de su conciencia enumerándole admoniciones, se dejaría envolver por esa acogedora franqueza tan nueva, tan atractiva, tan necesaria.

El carácter de Clara hizo que las visitas nocturnas se volvieran habituales de modo natural, como si hubieran crecido juntas. En unos días se convirtieron en dos amigas contándose secretos. La novicia sin divagar y en cuchicheos le habló de su familia. Le dijo el nombre y las edades de sus cuatro hermanos, el cariño que les tenía, los juegos que hacían juntos. Le contó que, a diferencia de su hermana, sus padres no la dejaban salir, sólo esperaron a que cumpliera la edad para postularla. Jamás fue a una institución para educarse y ni siquiera a casa de su tía salió sin compañía. Estaba reconfortada dentro del convento, donde no recibía cosas qué desear, como salir a un baile, recibir la visita de un pretendiente, colgarse una joya. Sus padres dispusieron que su segunda hermana se casaría y les daría nietos, ella en cambio oraría para su salvación. Aprendió a tocar guitarra porque era el único instrumento que tenían en casa. Era originalmente de su padre, un hombre de talento con la música. Había sido con aquel instrumento y con sus canciones que había enamorado a su madre. Criaron a sus hijos con la alegría de la música hasta que su padre sufrió un accidente que le inmovilizó tres dedos de una mano. La guitarra acumularía polvo hasta que Clara tuvo edad para aprender a tocarla. La novicia había heredado el virtuosismo de su padre para la música y la dedicación de su madre para practicar. La voz, en cambio, fue un regalo de los ángeles. Pronto su maestría rindió frutos, el talento musical en una doncella era cotizado por los conventos. Otra noche le contó del hermano de su padre, su tío más querido quien siempre tenía un regalo para ella, quien entonaría los sones que cantara con su padre en su juventud, quien la enseñaría a bailar. Fue él quien lloró la partida de su sobrina hacia un futuro de recogimiento. De él había aprendido que la vida era para vivirla, a pesar de que sus padres casi no la dejaran. Por eso la música fue tan importante para ella, se volvió su fuente de alegría y esparcimiento cuando lo demás estaba vedado. En cuchicheos le cantaría algunas de las canciones que le enseñaran, riéndose la dos de las letras en silencio.

Ante la sencillez y sinceridad de Clara, Isabel se atrevió a contarle sobre el convento, delatando lo bien que lo conocía y su imaginación. Le describió el patio de profesas al que la novicia no podía entrar, la organización de los cuartos y de las religiosas, las fiestas y procesiones. Poco a poco fue salpicando de anécdotas y detalles la vida conventual, como cuando les llovió mientras cargaban la imagen del santo por el patio y varias hermanas se resbalaron en el lodazal que se formó; de cuando la castigaron por haberse comido un dulce en la vigilia; de la época en que floreaban los árboles y de los que emanaban los olores más deliciosos; de la cosecha de la hortaliza y los años que perdieron la siembra por falta o exceso de lluvia; de los diseños de las bancas y cómo ella podía dibujarlos de memoria. También le contaría que los azulejos de las paredes tenían tres imperfecciones, que ella imaginaba que en realidad Dios había puesto para recordar al Padre, al Hijo y al Espíritu Santo en cada uno de ellos; las paredes de la arcada habían sido pintadas por los propios ángeles enviados por San Agustín; las rosas que florecían en el convento eran las más hermosas de la ciudad porque tenían la bendición de la Virgen.

Noche tras noche, compartiendo apenas una hora por el miedo a que fueran descubiertas, la relación de las jóvenes se fue nutriendo de la libertad de poder conversar para compartir. La confianza se fue anudando cuando ni una, ni la otra, fue a contarlo o a confesarlo. Al volverse cómplices de aquel secreto, rompiendo las reglas juntas, se animaron a dejar de mirar el piso para verse a los ojos sin sentirse culpables. En una de esas noches, Clara le confesó a Isabel que era en el refectorio donde las normas de convivencia le generaban mayor angustia. La lista era rígida y extensa. A pesar de que se debían mantener los ojos bajos y humildes en la mesa, ella se sentía observada en todo momento, volviéndose demasiado consciente de sus movimientos. Admiraba los modos de Isabel, con esa sobrada comodidad para desplazarse por la estancia. Había desenvoltura en sus idas y venidas con platos en cada mano, dejándolos en las mesas sin hacer ruido. La novicia, de reojo, notaba la naturalidad de la niña mientras que ella se sentía nerviosa desde la lavada de manos en el aguamanil, hasta al limpiar el cuchillo en el pan antes de pasarlo por la servilleta al terminar de comer. Clara admitió que a veces no le ponía sal o salsa a su guiso más por el miedo a cometer un error que por continencia. Los buenos modales aprendidos en casa no le servían de mucho en el recinto. No entendía por qué si las constituciones declaraban que se debían mantener los ojos en el plato, sor Francisca le hacía comentarios sobre sus continuas faltas. ¿No se suponía que debía estar mirando su comida y no a ella?

A la niña le causaba gracia, sabía por experiencia que una no podía confiarse en la mirada recatada de las hermanas. De pequeña la habían castigado varias veces por atreverse a hacer algo creyendo que nadie la veía. En una ocasión la reprimieron por comerse un chícharo del arroz antes de que dieran la orden de comenzar. Habría tenido como seis años y no pudo aguantarse. En otra recibió un regaño por tomar el vaso para beber agua con una sola mano en vez de con las dos. De la que más se reía era de cuando le dio un tremendo hipo por comerse un pedazo de pan demasiado grande. El sonido por la boca era tan fuerte que la hicieron salir del refectorio. No entendía por qué a ella la sacaban y no le decían nada a la madre que se sentaba a su lado, quien se tronaba flatulencias apestosas cuando servían coliflor. Por protestar la dejaron con pan y agua para la cena como escarmiento.

Fue durante esas noches que a Isabel se le ocurriría complacer a Clara con un platillo. La novicia le había contado que el encacahuatado se lo hacían en casa y lo extrañaba por ser su guiso favorito. Tan pronto como regresó a la cocina, la niña le sugirió a sor Magdalena servirlo, argumentando que deberían terminarse los muchos cacahuates que aún quedaban para que no se secaran. El platillo entonces se sumó a la lista de la semana.

El jueves inició como cualquier otro día. El sol fue rebasando la cúpula de la iglesia para asomarse hacia el convento. Después de la prima se iría infiltrando en el refectorio por sus tres ventanas para calentar las baldosas del piso y marcar el inicio de las labores. Al terminar la tercia Isabel bajó las escaleras con prisa, emocionada por el platillo que iba a preparar. Se lavó las manos, se puso el mandil encima del uniforme y laboró dedicando cada tarea a Clara. Las letras de las melodías paganas aprendidas por las noches la acompañaron al limpiar el pollo. Con los bellos cantos de la novicia reverberando en su mente fue eligiendo los chiles. Cocinó con armonía, siguiendo la pauta del fuego y la resonancia de las cazuelas. Con el ritmo de la receta fue incorporando los ingredientes hasta lograr que el hervor de la salsa hiciera música. Probó el guiso no por hambre, sino para cerciorarse de la finura de la sazón. Con los ojos cerrados sintió cómo los sabores se deshacían en su lengua y su ánimo se alzaba dejando a un lado las inseguridades al cocinar. Isabel vertió su corazón al freír los chiles, moverle al jitomate y dejar al ave en su punto.

Por fin iba entendiendo el significado de complacer a través de los alimentos, de enaltecer su trabajo con la dedicación y la paciencia, de encontrar la perfección en una simple salsa de cacahuate. El sol continuó su recorrido hasta la hora del almuerzo, la comunidad comenzaría a encaminarse hacia el comedor. Como cada jornada y en el horario estipulado, las religiosas se congregaban alrededor del alimento, sentadas en bancas empotradas en las paredes e inspiradas por óleos de la última cena. Las angostas mesas estaban acomodadas en herradura para que aquellas se enfrentaran unas a otras, compartiendo el pan sin hablar y sin mirarse, sólo escuchando la lectura sagrada dicha por una hermana desde el púlpito. Una por una se iban sentando en el estricto orden establecido, para nutrir el cuerpo por la boca y el espíritu por el oído, estrujadas por un sublime sentimiento de purificación.

Clara se encontraba esperando su turno para lavarse las manos mirando el patio. Las plantas se notaban frescas por la lluvia de la noche anterior. Se fijó en la hierba al pie de la fuente, Isabel le había dicho que ahí siempre salía epazote, estaba absorta cuando la embistió un bostezo. Al no poder controlarlo bajó la cabeza entrecerrando los ojos. Tenía mucho sueño y durante las liturgias tenía que esforzarse para no cabecear. Se daba cuenta que su cuerpo comenzaba a resentir la suma de los desvelos. Para colmo, había tenido insomnio las últimas noches, no lograba evitar pensar en las charlas con su amiga.

A Clara le encantaba escuchar a Isabel porque sus historias eran elocuentes y divertidas. Velada tras velada se ponía en el piso frente a ella, ambas con las rodillas abrazadas y las puntas de los zapatos tocándose. La atendía con los ojos grandes, las cejas arriba y los pómulos listos para elevarse en una sonrisa. La agradable sensación de complicidad la acompañaba durante el día, ansiosa para que el sol volviera a esconderse.

Y fue así como con una vela prendida durante la luna nueva, Clara se dejó seducir por esa amistad creciente hasta llegar a la claridad de la luna llena y, con el temor menguado, alargar las pláticas nocturnas un minuto más cada noche. La novicia jamás había conocido a alguien como Isabel. Mostraba una tierna inocencia como de niña pequeña, pero la cultura de alguien mayor. Le daban ganas de abrazarla al mismo tiempo que quería aprender de ella. Algo en la niña la cautivaba, la hacía añorarla durante el día. Se convenció que era porque Isabel le recordaba a Francisco, el único que se había atrevido a declararle su amor y al que ella hubiese querido corresponder.

Un par de años antes de tomar el hábito llegaría a casa de Clara un joven mestizo a pedir trabajo. De buen talante y recomendación, su padre lo tomaría como mandadero. La joven pronto notó la mirada discreta de Francisco, casi la podía sentir en la piel de su perfil, en la nuca, en su escote. Las mozas suspiraban por el recadero de piel aceitunada, ojos color de miel y delicadas facciones. Clara también se fijó en él, pero lo que llegaría a admirar sería el valor para darle una carta confesándole estar perdido por ella. La tenían tan vigilada que pronto descubrieron que la primogénita del señor intercambiaba mensajes con un sirviente. Su padre llegaría a casa furibundo a cachetear a Clara y a mandar encarcelar al infeliz. No llegaron a aprehenderlo, alguien le dio aviso y Francisco salió con prisa a esconderse en la montaña. Más tarde, la joven se enteraría que su enamorado se había caído por un barranco al tratar de huir.

A sus espaldas se hizo el mito de que había muerto de amor, más allá decían que en realidad había logrado escapar para unirse a los rebeldes. Lo cierto era que la joven no le volvería a ver ni le lloraría, pero sí sintió un profundo arrepentimiento de no haberlo rechazado desde la primera carta. Ese día se resignó a consumar la vida que habían dispuesto para ella, puso mayor empeño en el estudio y en unos meses conseguiría postularse para novicia, ilusionada por cumplirle a sus padres y también de encerrarse en otro sitio que no fuera su hogar.

Era el turno de Clara para lavarse y con cuidado vertió el agua fría en sus manos espabilándose un poco. Al entrar al refectorio las demás religiosas esperaban colocadas en sus sitios y la hermana hebdomadaria abría el libro sagrado aguardando para comenzar a leer. Los platos llegaron y Clara de inmediato advirtió que servían su platillo favorito. «Isabel», pensó. Se le antojaba buscarla con la vista y regalarle una sonrisa. Dio gracias en silencio y mientras aspiraba el olor del cacahuate se le aliñó el alma.

La novicia se tomó unos segundos para admirar el plato, la pieza de pollo estaba acomodada casi en el centro, bañada por la salsa espesa color castaño, aquí y allá se advertían pedazos de cacahuate, algunos apenas del tamaño del ajonjolí, otros más grandes que una lenteja. El arroz se apreciaba entero y esponjoso, con chícharos resaltando sobre la blancura. Incluso sin acercarse podía distinguir el aroma del chile en la salsa. Hundió el cuchillo en la carne sin esfuerzo, sin recibir resistencia de la jugosa ave. Con la cuchara la tomaría con bastante salsa para acompañarla. La metió en su boca y en su lengua se denotaron exquisitas sensaciones. El pollo deshaciéndose entre sus dientes y los cacahuates crujiendo al tiempo que el dulce sabor tostado se avivaba con lo picante. Probó el arroz para percibir la finura de sus granos. Tuvo que cerrar los ojos para poder dominar su exaltación. En ese espacio de comunidad, Isabel entraría en Clara por la nariz y la vista, por el oído y la boca. Era lo más rico, lo más sublime, lo más perfecto que había probado. Era como si Isabel hubiera vertido toda su ternura en el guiso e irrumpiera en Clara llenándola de un exquisito placer. La niña, sin saberlo, había creado un vínculo a través de la comida, al igual que Clara lo hacía con su voz.

Esa noche, se encontraron como siempre en una de las celdas, se sentaron una frente a la otra, mirándose sin decirse nada. La novicia fue un poco más lejos de lo establecido y acercó la mano tomando los dedos de Isabel.

—Gracias por la comida.

—La preparé para ti.

Clara se levantó, inclinándose le daría un beso en la mejilla. La niña no supo qué hacer, sólo sonrió sin mirarla, Clara creyó haber notado que se sonrojaba. Cambiaron de tema para continuar la velada hablando de cualquier cosa como era costumbre. No había escapatoria, aunque se distrajeran con otros temas la niña había entrado en las entrañas de la joven novicia. Ajena a las circunstancias, Isabel estaría con ella y en ella para siempre: al abrir los ojos de madrugada, al caminar por los corredores, al sentarse a comer, a estudiar, en las noches antes de dormir, en cada una de las liturgias y en sus sueños. Ese cariño se intensificaría con cada comida, en cada bocado de los guisos de Isabel. Su dedicación hundía a Clara en el deleite más suculento, mientras enorgullecía a sor Magdalena y era reconocido por las demás religiosas.

La priora estaba muy contenta de ver los progresos de la niña y sentía que el esfuerzo de todas las hermanas era remunerado al verla convertirse en una mujer digna del anillo de Jesús. Los días pasaron con deliciosos platillos alegrando el paladar de las mujeres habitando el convento. Al retirarse a sus celdas las conversaciones secretas continuaron apaciguando las ansias de afecto de Isabel y enardeciendo los sueños de Clara. El calor de las noches encontraba sosiego con la lluvia y la luna completaba sus ciclos. Pero una madrugada Isabel entraría a la celda de Clara para descubrir su más preciado secreto. Aquel que le provocaría ocasionales desmayos, que la había mantenido alejada del mundo aún en medio de él, aquel que esperaba limpiarlo con una vida llena de oración y el que habría de unirlas con una vehemencia tan tenaz que lo único que lograría deshacerla sería la muerte.

Las provisiones se recibían el primer viernes de cada mes. Se intentaba determinar las necesidades para las siguientes semanas con la mayor eficiencia, para no quedar ni cortas ni largas de comida. Las religiosas cuidaban con gran esmero que los víveres no se echaran a perder y de no recibir alguno en malas condiciones. El cálculo del abasto lo hacía la madre procuradora; revisaba los requerimientos en la cocina, en la panadería y en la chocolatería; con la madre sillera consideraba el balance de granos, legumbres, chiles, vino, manteca, vinagre, miel, azúcar, especias. Al terminar sus cuentas las entregaba a la madre contadora, quien lo analizaba y otorgaba el dinero para las compras.

En el último año, la madre procuradora había tenido recurrentes problemas de salud. A pesar de sus ausencias en el trabajo, no la habían delegado porque seguía teniendo el ojo y la experiencia para deducir cuánto sería el consumo del mes mejor que nadie. Para los días de compra le pedían a sor Laura del Espíritu Santo sustituirla. La madre sillera se hacía cargo de examinar el estado de las despensas, los pesos y cantidades, la madre contadora sólo se limitaba a confirmar que les hubieran entregado lo pedido y que la cuenta estuviera bien hecha antes de saldarla.

Aquel día Laura miraba cómo se abrían las puertas de la portería, tenía el rostro cubierto y el dinero bien guardado en la cartera. Los suministros comenzaron a entrar y a acomodarse en el piso empedrado. Era una magnífica escena: los costales con sus granos, las candiotas con el vino y el vinagre, los botes con la miel, las cestas con los chiles, los tompeates con el chocolate. Iban revisando uno por uno, apuntando los precios para calcular el total y verificar que les cobraran honradamente. Terminado el intercambio cerraban las puertas y aparecían varias hermanas para cargar las provisiones hacia el almacén. Los hábitos iban y venían, mientras Laura volvía a conciliar la lista con lo recibido, alzando y bajando la mirada. Marcaba uno por uno: garbanzos, sí; habas, sí; alubias, sí; lentejas... Laura subió los ojos buscando el costal, no estaba segura si eran las del saco junto a la pared, por lo que se puso de puntas y entornó los ojos con el afán de ver mejor. En ese mismo momento sor Magdalena se acercaba hacia él y, con extrema discreción, sacó del borde una hoja enterrada entre las semillas para desaparecerla dentro de la manga de su vestimenta. Laura se quedó atónita por unos momentos. Siguió a la madre cocinera buscando algún gesto delatándola, pero aquella continuó su labor de inspección y organización de los alimentos como si nada.

El mes siguiente Laura volvió a hacer la misma rutina, al llegar a la despensa no le quitó el ojo a sor Magdalena. A lo lejos vio, de nuevo, cómo se acercaba a uno de los costales a escarbar para desenterrar una hoja de papel y esconderla entre la ropa. Laura seguía boquiabierta del atrevimiento y frescura de la religiosa. Frente a ellas se las había ingeniado para romper una regla fundamental de la clausura. ¿Qué debía hacer? ¿Hablar con la priora? No, era mejor esperar. La joven profesa se sentía enredada, aturdida ¿qué otra cosa podría suceder? Primero Isabel, luego Fernando y ahora sor Magdalena. ¿Qué le trataban de decir? La noche no le ayudó a apaciguar sus dudas, despertó antes del alba y se puso a rezar para despejar la mente: «Dios Santo, no cierres tus oídos a mis plegarias. No suceda que por quedarte en silencio ante mí yo descienda a los abismos. Escucha la voz de mis ruegos cuando clamo a ti, cuando alzo mis manos hacia tu lugar santísimo. No me arrastres junto con los impíos, con los que hacen iniquidad, los que hablan de paz al prójimo, pero la maldad oscurece su corazón. Por favor, dame una respuesta».

Con las manos y los párpados apretados continuó rezando. A su mente vino una imagen antigua, un recuerdo olvidado: sus pies estaban detenidos en distintas ramas del gigantesco árbol de hule a la entrada de la hacienda, abrazaba una tercera con fuerza para sentirse segura. Evocó la sensación de triunfo por poder trepar tan alto; sus ojos alerta para divisar en la lejanía el carruaje de su padre; el aleteo en el estómago cuando lo veía venir, emocionada de antemano del libro que le traía de regalo; el ansia por abrazarlo porque lo extrañaba. Ese sentimiento, antaño tan claro, la embargaba ahora confundiéndola. Era una expectación, un anhelo intenso, con matices de congoja y melancolía, hubiera querido poder hablar con su padre y preguntarle qué debía hacer, pero lo único que podía susurrarle una respuesta era el rosario y los años de contención haciéndola más pura. No perdió la fe. Continuó orando y, rezo tras rezo, plegaria tras plegaria, se fue aclarando lo incomprensible, las señales se unían y Laura iba asumiendo una tarea que la ayudaría a liberarse de ella misma y su rigurosidad, entendiendo que Dios la había elegido y preparado para ese momento.

Horas más tarde, en su oficina, escribió un mensaje, lo dobló y en la primera oportunidad se acercó a sor Magdalena. Con el pretexto de hacerle unas preguntas sobre los consumos la hizo salir de la cocina. Siguiendo el mismo método, Laura le hizo la demanda a la luz del sol y sin esconderse, en un susurro y mirando siempre la lista de provisiones.

–Hermana, me he percatado del regalo que traen las legumbres para usted. No se asuste, su secreto jamás saldrá de mi boca. Necesito que me ayude a encontrar a una persona.

Sor Magdalena sintió que su corazón dejaba de latir al escuchar las palabras de Laura. De inmediato se supo atrapada, ¿cuándo la había visto? No tenía otra alternativa más que aceptar. En la tarde, cuando sacaba su mandil para preparar el refrigerio de la noche, encontró un pedazo de papel entre los dobleces. Lo escondería presurosa e inquieta de estar metida en ese lío: una cosa era estar rompiendo las reglas para ella, y otro mucho más peligroso hacerlo para alguien más. En la noche, en su celda, abrió la pequeña hoja y lo único que se leía era el nombre completo de Isabel. La religiosa se quedaría mirando el papel por varios minutos moviendo la cabeza consternada. ¿Por qué sor Laura se iba a meter en territorio prohibido? ¿Por qué se le ocurría ahora, tantos años después, abrir un secreto tan antiguo y bien guardado? En la siguiente ocasión en que ofrecieron restos de comida a los pobres, la cocinera acomodó las cestas en una mesa. Sin mucho buscar encontró el inconfundible chiquihuite que terminaron de tejer frente a ella cuando era apenas una niña y del que muchas veces sacaría una tortilla. Al que le pusieron un detalle con carrizo teñido color carmín para hacerla sonreír. El que se desgastaría de un lado y se rompería poquito de otro haciéndolo único para sus ojos. Ése que le traería remembranzas de Yolotzin, la mujer quien la criara como su madre y la única persona que siguiera yéndola a buscar cada mes escondiendo un papel con letras mal escritas en uno de los costales de provisiones. Sor Magdalena volvería a mirar la nota indicando un día de la semana, la hora para encontrarse era siempre la misma. Con agrado tomó uno de los tamales cernidos, debajo de él, con un cuchillo, haría un corte e insertaría un frijol crudo como señal. Lo colocó bien envuelto en el chiquihuite, sumándole las mejores delicias del día. La madre tornera, en su ojeada a cada itacate, no advertiría nada raro. Afuera tampoco nadie observaría a una india abriendo el paquete, pellizcando el tamal y pensando en quien quisiera como su hija, hurgando para encontrar la contraseña.

Sor Magdalena de la Santísima Trinidad había encontrado un sitio para hacer salir su voz y hacer entrar la de Yolotzin a la clausura. Usando una rendija que servía de desagüe para la lluvia habían logrado comunicarse. Una afuera, recargada en una pared, la otra adentro, cuidando y regando las hierbas de olor, hablaban sacando ventaja de la acústica. La india le daba las últimas noticias de su familia, a veces demasiado íntimas para que se las dijera algún familiar en el locutorio o por carta. Esa semana Yolotzin escucharía a Magdalena decir un nombre con sus apellidos y, sin esfuerzo, traería a la memoria la historia de la que se hablaría por meses, en lengua de Dios y lengua de indios, diez años atrás. De este modo, se descubrió la verdad oculta detrás de Isabel. El pasado volvería enterando a las dos religiosas de la historia del padre de la niña, un hombre de gran reputación en la ciudad que recibiría una cuantiosa herencia siendo muy joven. Era conocido por ser una persona justa con los indios bajo su mando y generoso con la iglesia. A los veintidós años se había casado con una mujer frívola y arrogante, de una familia española venida a menos y llegada al Nuevo Mundo para que su hija contrajera nupcias. Pero por más riqueza que le ofrecía el marido, ella nunca sintió que ese rústico pueblo, atiborrado de paganos, estaba a su altura.

Cuando la mujer esperaba al primero de sus hijos le fueron a contar que su marido había tomado a una india por amante. La moza aseguraba que ella lo había embrujado, porque el señor hasta se había atrevido a asentarle un cuarto. La esposa hizo tal coraje que tuvieron que llamar a la partera para recibir a la recién nacida, una niña. Los años pasaron, vino al mundo otra niña más y la mujer observaba con resentimiento que su marido no dejaba a la india. Se repetía que era porque no le había podido dar un varón. Volvió a embarazarse con la esperanza de parir un hijo, al mismo tiempo que le contaban que la india estaba preñada también. Meses más tarde un hombre nació en la casa de los señores y una niña en el cuarto de la india, pero el señor le dio a la bastarda el nombre de su bisabuela, Isabel, y en lugar de abandonarla la procuraba igual que a sus hijos legítimos. La esposa se amargó tanto que el vientre se le secaría sin remedio. Dedicó sus horas a almacenar odio hacia esa maldita india que embrujaba a su marido con sus brebajes y con su piel, dejándola a ella sola en su caserón. Pasaría cinco años macerando rencores, hasta que un día le fueron a contar que la india traía colgada del pecho la costosa cruz de su marido, aquella que él jamás se había quitado y que había pertenecido a sus ancestros. Era demasiada indignación, tomó su carruaje y fue a buscar a la mujerzuela. Desde adentro, correría una cortina para ver a través del cristal a una bellísima mujer caminando con una niña de la mano y una canasta de hortalizas en la otra. El dije de oro se acomodaba entre dos exuberantes pechos; la bastarda, aunque morena, era idéntica a su marido.

La esposa regresó a su casa con un horrible aborrecimiento hacia aquella mujer y la niña. Frente al espejo pudo constatar que ella jamás había sido, ni sería, así de hermosa, y que no había nada que pudiera hacer para que su marido regresara a su lecho. Lo único que le quedaba era vengarse de los dos.

Mandó buscar a quienes se quisieran hacer pasar por bandidos, pidiendo que violaran a la madre y mataran a la hija; quería tener el gusto de ver a la india humillada y a su esposo destrozado. Pero la rencorosa mujer no contaba con el respeto que su marido se había ganado entre los oprimidos. Aun cuando subió la suma del pago, no encontró quien se atreviera a hacer lo que pedía, mejor le fueron a avisar al señor. De un día para el otro, Isabel desapareció sin que nadie supiera dónde estaba y el hombre se fue a despedir de la mujer con olor a maíz y sabor a nopal que tanto quería, rogándole que se fuera lejos de él para protegerla. Un par de años después, alguien vio a la india trabajando en Tehuacán, sola sin la hija. En la ciudad el señor seguiría generando riqueza, ayudando a la iglesia, tratando honradamente a sus trabajadores y manteniéndose al margen de las insurgencias. A la esposa no se le volvería a ver por las calles, haría de la elegante casa su propia cárcel. Decían que se había vuelto loca, desconfiando de los indios y obsesionándose con el paradero de esa niña que vendría a quitarles la herencia a sus hijos.

Laura estaba sobrecogida por las razones para esconder a Isabel en el convento. Le apenaba la historia de amor truncado de la india y ese hombre que no había dejado de preocuparse por su hija en tantos años. Se preguntaba qué había sido de la madre de Isabel, ¿seguiría en Tehuacán? ¿Estaría viva? ¿Sería posible encontrarla? No sabía bien para qué; por un lado quería enterarla de su hija, por el otro era mejor dejar las cosas como estaban. De igual modo meditaba si Isabel debía saber acerca de sus padres y su procedencia. Le parecía que tenía la edad y el derecho de saberlo, pero se cuestionaba si era ella la que tenía el permiso de decírselo. Estuvo reflexionando día y noche, rezando con mayor ímpetu. Cuando se encontraba con Isabel la miraba con cariño, notando que maduraba como los frutos de la estación, aun de reojo podía advertirle un brillo nuevo en los ojos. No podía decidir el siguiente paso, fue algo inesperado lo que resolvería por ella:

por casualidad Yolotzin se había encontrado a la madre de Isabel y, por solicitud de sor Magdalena, se atrevería a contarle sobre su hija.

La luna terminaba su ciclo y a Isabel le habían vuelto las hemorragias. Al estar compuesta tomaría la pluma para verter las reflexiones contenidas. Sus encuentros con Clara la hacían sentir restaurada, sus formas de comunicarse la invadían de aliento y entusiasmo. A partir de que se hicieran amigas esperaba con agitación escuchar el coro de las misas, preparar la comida y la caída de la noche. Se sentía feliz, aunque la sobrada libertad también la enfrentaba a extrañas emociones y la mantenía congestionada. «Querida Laura», escribió con parsimonia, antes de seguir se detuvo a evocar aquello que le era imposible retener.

Habían pasado dos meses desde su primera carta. En la segunda correspondencia, desde la enfermería, relató los encuentros iniciales con la novicia: el desmayo de Clara y el principio de sus charlas clandestinas; el miedo a ser descubiertas, a ser juzgadas por Dios; el respiro cuando no recibieron ningún castigo; la emoción de preparar un platillo para su amiga y la satisfacción de que hubiera sido notado, y los días de dichosa amistad. Lo contaría con detalle, como parte del anecdotario de su vida que tanto interesaba a la novicia. Ese mes las cosas eran distintas. Se quedó mirando hacia la ventana con los ojos extraviados en el azul del cielo, rememorando la vigilia que había desencadenado todo.

Semanas antes estaban en el piso una frente a la otra, como se había hecho costumbre, con las piernas recogidas sonriendo y cuchicheando. «Espera», dijo Clara, como si recordara algo. Del baúl sacó un pañuelo que, al desdoblarlo, mostraría dos flores amarillas. Los pétalos formaban una corola hundida que parecía un cuenco. En el centro los estambres salpicaban la base de diminutos puntos rojos y el pistilo era hermosamente sugerente. Los sépalos del cáliz eran punzantes y angulosos, resaltando aún más la delicadeza de la flor.

—Las tomé para ti —dijo con la mano alargada—. Salieron a llevarse la planta para usarla en la enfermería y recogí las flores tiradas en la fuente.

—Cardo santo —musitó la niña con los ojos iluminados—. Gracias —dijo mirándola, Clara estaba sonrojada.

A Isabel le pareció una alegre cortesía. Esa noche se resolvería a corresponderle. Se le ocurrió colocar pequeñas flores silvestres disimuladas en los recorridos de la novicia, como en una silla de la biblioteca, al borde de la arcada, en el refectorio y a los pies de la puerta de su celda. A falta de objetos y vanidades, las jóvenes encontraron complacencias perecederas para darse gusto. Clara retribuyó cantando divertidas estrofas de una canción pagana, recibiendo diez capulines recién cortados. Al dar tres versos de una poesía, la recompensaron con un boceto del campanario mostrando las nubes detrás de él. La joven entonces diría:

—Isabel, te regalo mi voz. Cuando la escuches debes saber que mi música es sólo para ti.

Al abrir el cofre de las posesiones más preciosas, comenzaron a regalarse sus únicas verdaderas pertenencias: unos ojos de almendra, el cabello rizado obsequio del sol, un lunar en la sien, dos iris color del musgo. Se dieron las sonrisas de un día entero, el sueño de la noche anterior, las peticiones y plegarias de la semana, toda la dicha y la confianza, la imagen del santo que las cuidaba. Hasta que, a falta de algo más, Clara se atrevería a entregarle un beso a Isabel. El movimiento fue idéntico a cuando le diera uno en la mejilla, pero esa noche el objetivo eran sus labios. La novicia se acercaría con tanta ternura que la niña se mantuvo inmóvil, mirando a esa encantadora joven tocarle los labios con suavidad, sosteniéndose con una mano temblorosa de uno de sus hombros. Isabel sintió un cosquilleo en el vientre, intuyendo que cruzaban la línea de lo prohibido a lo tenazmente castigado. Pero incluso así no se quitó, cerraría los ojos dejándose llevar por aquella efervescencia recorriéndole las venas. La timidez del gesto la conmovía y el cariño por Clara era mayor a su miedo, porque aún con su inocencia pudo percibir la indecisión de la novicia entre acercarse y no a su rostro, entre separarse y no de ella. En ese sitio fundado para enaltecer la culpa, la niña no se escaparía tan fácil del peso de la condena y la amenaza de las llamas del infierno. El hormigueo desde sus entrañas se transformó en inquietud cuando creyó haber escuchado algo afuera. Sin pensarlo abriría los ojos y se haría hacia atrás dejando a Clara con el beso colgado de su boca. Miró esos ojos enormes abrirse con lágrimas haciéndolos brillar. Quiso abrazarla, pero no supo cómo. Hacía tanto tiempo que no lo hacía que sus brazos se quedaron entumidos.

Isabel no tenía ni el más mínimo presagio sobre lo que ella significaba para la joven. Tampoco acerca del continuo pesar que Clara sufría intentando suprimir sus pensamientos, sus emociones y el arrepentimiento de aquel arrebato. Pero quién hubiera podido comprender que Isabel era el primer amor de Clara y que, a pesar del esfuerzo, sucumbía a sus instintos porque eran tan desconocidos como irreprimibles. Quién entrevería que la pobre llevaba meses luchando por espantar a la niña de su mente, arrancarla de su corazón y desencajarla de su alma. Quién adivinaría que, a pesar de las horas de rezos, de apretarse el cilicio, la atracción era arrolladora. Nadie pudo haber advertido que, en ese paraje edificado para encontrar la virtud, su espíritu se corrompía por amor y por uno que estaba más allá de la lujuria y la sensualidad, de los pecados y los demonios. La pureza de ese amor era tan virgen, tan inocente como ella, como Isabel, como las flores amarillas desatando esa tormenta.

Después del beso no se dijeron nada. Isabel la tomó de las manos. Se vieron y luego no. Clara, para llenar el angustiante silencio, dijo:

—Lo siento

—Yo también —añadió la niña, reparando que el aire entre ellas cambiaba.

La novicia no la buscó las siguientes noches. Isabel escuchaba a Clara melancólica al cantar, se preguntaba si ella era la única que lo notaba. Sus platillos en cambio estuvieron atiborrados de sabor y, sin importar cuán apetitoso era el aroma emanando desde la cocina, miraría con tristeza los ayunos de su amiga. En las horas de estudio dejaron de intercambiar las discretas señales. Cuando el sol se había ocultado, Isabel recordaba el beso para volver a sentir aquel cosquilleo en el vientre. La niña no sabía cómo recuperar a Clara, cómo resarcir su amistad, como tampoco de qué forma aplacar la agitación que se había desatado entre sus piernas.

Una noche Isabel no podía conciliar el sueño, todavía se reprochaba la reacción a partir del beso. Se entretuvo rezando, meditando, repasando los himnos cuando la sobresaltó un ruido en la celda contigua. Sin dudarlo fue a asomarse a la habitación de Clara. La hermosa doncella estaba en la cama, moviendo los brazos y las piernas con brusquedad. La cabeza giraba, se iba hacia atrás, se levantaba con violencia. La nuca se azotaba en los tablones provocando un ruido seco. Se cayó al piso sin dejar de sacudirse. Las convulsiones parecían desarticular su cuerpo y en un minuto la tempestad terminó.

La niña estaba petrificada de horror. Su mente se mantenía en blanco, y no se movería de la puerta hasta asegurarse que los temblores no regresaban. La joven parecía haberse desvanecido y un hilo de saliva se escurría por su boca. Isabel entró con sigilo, detuvo la cabeza de Clara como lo haría semanas antes, entre sus piernas. Se estiró para prender la vela y mirar el rostro de su amiga. Con el borde de la manga le limpiaría los labios, quitándole también unas gotas de sudor de la frente. Las facciones pasarían de verse inconscientes a dormidas. Con cuidado la dejó descansando en el piso para retirarse a su celda.

Isabel cargaba con aprehensión la angustia de lo que había visto. Esa noche y el día sucesivo se le hicieron interminables. Miraba a Clara de reojo intentando descubrir algo de lo que le había pasado. La luna volvió a salir y decidida iría a su celda. La novicia se veía alegremente sorprendida de verla asomada por la ventanilla de la puerta. La dejó pasar con una sonrisa, pero en cuanto Isabel soltó la pregunta, su cara se descompuso en una mueca de horror.

—¿Estás bien? —fue lo único que Clara escuchó, pero el rostro de su amiga tenía la preocupación y el miedo que antaño vería en los ojos de su madre, en el ceño de su padre, en los ademanes de sus hermanos: Isabel la había descubierto. Aunque Clara por lo general no se despertaba por las convulsiones, sí lo hacía después. El dolor de cabeza o los golpes en las extremidades, así como la posición en la que se encontraba, delataban que había tenido un ataque. Se abalanzó hacia Isabel para suplicarle silencio. Entre lágrimas le dijo:

—Vienen a castigarme, es mi culpa, es mi culpa, soy una pecadora... —continuó hablando, pero las palabras se interrumpían con los sollozos sin lograr darse a entender.

La niña le puso una mano en el hombro, no sabía qué hacer. Clara la rodeó en un abrazo e Isabel la imitaría sintiendo una oscura pesadumbre. Lloraron juntas. ¿Qué había hecho su amiga para merecer ese castigo? ¿Venían a martirizarlas? Esa noche se enteró que la injuria de Clara había llegado años atrás, cuando era apenas una niña. La desgracia sobrepasaría ungüentos y brebajes, oraciones y pedimentos, veladoras y limosnas, limpias y cualquier otro remedio. Los ataques ocurrían de noche, pero el temor de que sucedieran a la luz del sol la habían mantenido oculta, siempre vigilada y con la tarea de complacer al reino divino para que le concedieran la gracia de sanar.

Sus padres se culpaban por la desventura, repasando sus faltas en el afán de encontrar cuál de éstas causaría tan horrible castigo. Para que no los señalaran la habían llevado a pueblos vecinos en busca de cura o expurgación. Pero las convulsiones regresaban para hacerlos sentir infractores de la ley celestial. ¿Por qué ellos? Trabajaron para hacer de Clara la más virtuosa, la más honrada, la santa en búsqueda de la absolución. Cuando la aceptaron en el convento les pareció haber sido condonados. Siendo postulante la joven se mantuvo sana, reafirmando la creencia de ese merecido perdón. Ya dentro, el primer desmayo la había desconcertado, pero en las noches consecuentes no le llegó ningún trastorno. Estaba alentada de haber vencido el mal, de haber desalojado aquello que tomaba posesión de su cuerpo. Ahora la última esperanza se desmoronaba, aunque Isabel guardara su secreto pronto tendría que dormir en el claustro de profesas. ¿Cuánto tiempo tendría antes de que alguien más la descubriera? Además, el remordimiento de haber roto las reglas, ignorado las constituciones y pecado de indecencia la perseguía. Le enviaban su merecido por haber insultado esa casa santa, ensuciado la pureza de sus muros.

Isabel intentaba tranquilizarla, pero Clara estaba casi al borde de la histeria. ¿Qué iba a hacer si la sacaban? ¿Cómo llegaría de nuevo con sus padres que tan seguros estaban de haber obtenido el perdón? ¿Cómo explicaría la reincidencia de aquel castigo? La niña le dijo que faltaban todavía varios meses para profesar, oraría, haría ofrendas y sacrificios. Juntas limpiarían errores y salvarían su alma condenada.

Isabel miraba el muro de la enfermería, pálido como su confianza. Las lágrimas anegaban sus ojos. Ese mes la escritura no la había aliviado tanto como hubiera querido, no lograba drenar el horror que le causaba conocer la condición de Clara. Extrañó a Laura más que nunca, le hacía falta su presencia constante y no sólo verla a lo lejos o cruzarse con ella por los corredores. Aunque la siguiera viendo tarde tras tarde, ¿cómo decirle aquello que la angustiaba? Hasta su hermana Laura consideraría que la relación con Clara era imprudente, pero qué sabía la niña de imprudencias que desataban la ira de los hombres repartiendo condenas en nombre de Dios. Quien le habría de advertir sobre los juicios en la tierra, tan feroces como el fuego, tan lóbregos como las tinieblas. Isabel terminaba su carta pidiendo por Clara, casi segura de que la Virgen las ayudaría a sobrepasar el infortunio; ésta era la última prueba para otorgarle a la novicia el máximo indulto, se dijo. Terminó de escribirle a su querida hermana Laura. Con su letra agraciada y precisa se despediría como acostumbraba: «Tuya, Isabel. Siempre Isabel». Escondiendo más tarde sus palabras y su zozobra en el fondo del baúl.

La historia de la vida de Isabel fue permeando hacia el interior del convento sin prisa. Era una filtración de detalles breve pero continua, como el agua de la gotera del techo en uno de los corredores del segundo piso. No era sencillo para sor Magdalena encontrar momentos propicios para comunicarse con el exterior. Al igual que adentro, con su hermana Laura, las dos buscaban creíbles pretextos para estar unos minutos a solas, pero eran cortos y espaciados. Conforme descubrían el origen de la niña sus corazones se iban marcando, del mismo modo que la gotera dejaba una huella en la loza.

Laura repasaba su propia historia en contraste con la que le iban contando. Ambas inconclusas, llenas de pendientes que jamás se realizarían. Quizás el amor no era idílico, sino crudo como el que ella había vivido. O quizás amores tan intensos no reciben la gracia de Dios. O acaso era que el mismo sufrimiento enaltecía lo que hubo, lo fortalecía, dejándolo esculpido como los dos imponentes volcanes postrados uno junto al otro para la eternidad. Al fin había hecho a un lado el qué hubiera sido de ella de haber resarcido las heridas con

Fernando, después de su visita no le importaba. Ahora se ocupaba en pensar en Isabel, ¿qué hubiera sido de ella de haberse quedado con su madre? Hacía comparación tras comparación: la vida adentro, la vida afuera. El mundo secular y el religioso se anteponían en su cabeza, pero no como reflexión acerca de sus decisiones, sino como las posibilidades que tenía y hubiera tenido la niña. Ella estaba ahí por determinación propia, por sus pecados y arrepentimientos, por su valor y templanza. Buenos o malos eran de ella, sólo de ella, pero ¿Isabel? Luego se acercaba el deber pero sin que Laura lograra llegar a una conclusión. ¿Le correspondía decir algo? ¿De verdad valía la pena buscar a la madre? Si la enteraba, ¿qué podía hacer? Era probable que Isabel eligiera profesar aun si tuviera otra opción. ¿En verdad la niña tenía otra elección? ¿Cuál? Después de todo, ¿qué sabía Isabel de su madre? Y ella, Laura, ¿qué quería mostrarle a la niña antes de decidir? ¿Qué es lo que esperaba? ¿Qué conociera el amor? ¿Para qué? Pensando en las dos historias, ¿a dónde las había llevado la devoción hacia un hombre de carne y hueso? ¿No era mejor entregarse a uno celestial? Pero la joven profesa, a pesar de intentarlo, no lograba asentir a esa última pregunta.

Mientras Laura se debatía en silencio, sor Magdalena se iba enterando que la madre de Isabel estaba viva y en la ciudad. Yolotzin, para traer a la memoria los detalles del pasado, sacaría a relucir la historia del criollo y la india con la demás servidumbre. Se le ocurrió preguntar qué habría sido de la amante y, para su sorpresa, alguien le dijo que trabajaba cerca, en el molino. Con la descripción Yolotzin supo quién era, le había despachado la masa la semana anterior. Volvió al molino hasta que la atendiera de nuevo, notando que la india aún poseía rastros de la belleza que hiciera perder la cordura al señor de abolengo, pero el paso de los años y los pesares habían roto algo en su mirada, en su andar. La nodriza de inmediato enteraría a sor Magdalena de la afortunada coincidencia. La religiosa, mal entendiendo la intención de Laura de buscarla, le pidió informarla lo concerniente a su hija. Antes de despedirse le haría prometer no comentar nada sobre el paradero de Isabel con nadie más.

A pesar de vivir lejos del convento, Yolotzin caminaba varias cuadras hasta la iglesia de Santa Mónica para escuchar misa cerca de Magdalena. Una mañana, en los escalones de entrada, se toparía de frente con la madre de Isabel. Yolotzin dio gracias a Dios por ponerla en su camino. Era probable que en varias ocasiones hubieran coincidido en el ceremonial, pero hasta ahora la advertía. La mujer llevaba el cabello oculto bajo el rebozo y el semblante revestido de tristeza. Durante la misa, a unas bancas de distancia, la nodriza la miraba compartiendo su pesar, al fin y al cabo ella también había visto partir a quien quisiera como a una hija. Pensó en el bebé que había perdido... No, aquella mujer no había despedido a una hija, sino que la había enterrado para siempre. Su dolor era más cercano al de su muerte porque había vivido sin noticias de ella, sin visitarla, sin celebrar su retiro. Al terminar el servicio la siguió por la calle a unos pasos de distancia, viéndola dar la vuelta en la esquina y deteniéndose en la portería del convento. La miró persignarse frente a la imponente puerta de madera. Yolotzin apresuraría el paso para alcanzarla y con unas palabras hizo que la mujer volteara la cabeza. Las dos indias comenzaron a conversar, la joven rompería en sollozos y la vieja la tomaría del brazo. Citlalli, la hermosa hembra de cabellos negros, color de la terracota y olor a maíz, encontraba una luz. Detenida del muro del convento que la separaba de la persona más querida, sentía que al fin era perdonada por su pecado. Continuó llorando en agradecimiento por la fortuna de enterarse de su pequeña Isabel.

Días más tarde la hermana Magdalena llegó a la oficina de Laura con algunos requerimientos para la cocina. De inmediato le daría emocionada la noticia y olvidándose de disimular la puso al tanto de lo que había escuchado de boca de Citlalli. No le dijo los pormenores, sólo le transmitió el agradecimiento de la india por saber de su hija, el alivio de enterarse que se había convertido en una joven buena, con educación. Había rezado por su bienestar desde que la viera desaparecer detrás del portón. Como lo único que le podía enviar eran palabras, le diría a Yolotzin la canción de cuna que le cantaba a Isabel desde su nacimiento, con la esperanza de que la recordara. Era una melodía en lengua pagana que sor Magdalena, con un poco de vergüenza, dijo no conocer. La joven profesa estaba sobrecogida por las nuevas y no le reclamó el atrevimiento de mandar a Yolotzin a hablar con aquella, lo tomaría de nuevo como una señal. Cargó el mensaje días enteros, quemándole la consciencia sin lograr decidir, hasta que una mañana la niña Isabel iría a buscarla a su despacho para enseñarle una sorpresa al fondo de la huerta.

Isabel sabía que las petunias eran las flores favoritas de Laura. El día anterior había ido a cortar acelgas y las había descubierto en su punto más bello de floración. No quería que su hermana se las perdiera por lo que pidió permiso para ir a enseñárselas. «Sólo tomará unos momentos», dijo. Con la autorización concedida la niña y la joven profesa se encaminaron hacia el área de cultivo, disfrutando el cielo despejado y el rocío de una noche de lluvia, pasando por los árboles frutales y la hortaliza hasta llegar al pie de un fresno. A un lado, fuera de la sombra del árbol, se extendían los macizos. Laura le había dicho el nombre de la flor cuando era pequeña, a la niña le había causado gracia: pe-tu-nia. Jamás se lo tuvieron que repetir, lo memorizó de inmediato como el gusto de su maestra por ellas.

Laura le agradeció la cortesía de mostrárselas, estaban realmente hermosas. Isabel se sentía muy contenta de estar con ella, compartiendo unos minutos que hacía meses no tenían. Quería contarle tanto, pero no podía, ahora entendía que había cosas que era mejor no decir a nadie, ella tenía que afrontarlas sola.

Porque desde que se enterara de la enfermedad de Clara se sentía decaída y ahora, estando junto a Laura, recobraba ánimo. La joven profesa siempre había poseído esa cualidad: Isabel con mirarla, con sentir su presencia, tomaba fuerza. En esa momentánea felicidad escuchó la voz de su hermana:

—Isabel, tengo algo que decirte.

La niña se volvió, Laura se notaba nerviosa y dubitativa. Isabel dejó de sonreír. La joven profesa comenzó a hablar, mirándola a los ojos le contó de su padre y la historia con su madre, sobre el dinero que entraba al convento para su sustento, de las razones para mantenerla escondida, de dónde venía la cruz de oro con la que había entrado y que le habían prohibido portar. Cuando parecía haber terminado, continuó para decirle que su madre estaba viva y el mensaje que le había enviado. Isabel no dijo nada, se acercó a una pequeña barda bajo el fresno para sentarse. Miraba el piso, desconcertada. Laura se sentó junto a ella, también en silencio; la miraba de reojo, incierta sobre su reacción. ¿Había sido lo correcto decírselo? La niña levantó la cabeza para ver de nuevo las petunias, por unos minutos sus ojos se perdieron entre las flores. Sin voltear preguntaría:

—Hermana Laura, ¿por qué decidió retirarse en esta casa?

La joven profesa se quedó confundida, jamás se le hubiera ocurrido que fuera a decir algo así. Sintió de pronto que conocía mucho menos a Isabel de lo que imaginaba. ¿Sería que estaba creciendo? Fuera como fuere, le debía una respuesta. Tragó saliva y comenzó a contarle a la niña, con la mayor honestidad que pudo, sobre su vida antes del convento y su amor por Fernando. Lo hizo sin detalles, sin querer entrar en sentimentalismos y culpas, sin mencionar su nombre. Habló como si no fuera su protegida. Isabel había dejado la infancia muy atrás, se le notaba en los ojos y los gestos, en el modo de andar y cocinar, en la forma en que tomaba lo que le acababa de decir. Para sorpresa de Laura, fue ella quien no contuvo unas lágrimas solitarias al relatar su historia. La niña también se veía asombrada: su hermana, el mayor ejemplo de contención, perdía la compostura. Las dos mujeres se quedaron sentadas sin hablar, hasta que vieron a la monja encargada de la huerta ir hacia ellas. Caminaron de regreso al edificio y antes de llegar al claustro Isabel dijo:

−Gracias, ahora sé que mis recuerdos no son sueños y que mis sueños son mis recuerdos.

Laura no supo de qué hablaba, pero el tiempo se les había agotado. Se separaron en la arcada para irse cada una a sus labores. Laura sentía cierta añoranza de cuando Isabel era pequeña, del tiempo en que no sabía nada de ella, del entonces en que la mayor angustia era un raspón en la rodilla. La niña se iba con una melancólica calidez, repitiendo en la cabeza el nombre de su madre: «Ci-tlal-li... Citlalli»; deseando enfermarse para poder escribir el suceso de esa mañana, desahogarse para ver si disminuían las crecientes ganas de llorar. Antes de separarse, Laura miró con esmero a Isabel por varios segundos, parecía haber olvidado que ya no estaban en la huerta. Era una mujer hermosa. Repasó en un segundo los diez años de enseñarle y verla florecer, de recibir sus sonrisas y aplaudir sus logros. Al pie de la escalera se dedicaron un leve movimiento de cabeza, una subió por ellas y la otra se dirigió a la cocina. Lo hicieron como si fueran a vivir para siempre en la misma morada, ajenas al hecho de que esa sería la última ocasión que tendrían para compartir un secreto. Semanas después todo habría de descubrirse. En el convento, al igual que en el interior del país, el orden se había alterado. Una acusación llegaría por escrito y una cadena de sucesos estallaría la tormenta más fuerte que habría de caer encima de ese lugar. Dios miró perturbarse a aquel hermoso recinto, el cielo no la advirtió e Isabel casi se ahoga en una lluvia afluente que parecía no cesar. Porque adentro, como afuera, las consecuencias llegaron sin importar cuantos rezos y plegarias se levantaron a favor de los condenados.

Isabel

Una mujer de piel morena acunaba a Isabel, con ternura acariciaba su cabello y la mecía sin cantarle. Despacio, la mujer comenzaba a crecer y los brazos se convertían en una hamaca. Isabel se sentía feliz, resguardada. Poco a poco el arrullo se hacía más impetuoso hasta provocarle angustia. Quería detenerlo, pero de improviso la soltaban y en vano intentaba asirse de uno de esos brazos. Un grito quedó ahogado en un suspiro por la apremiante sensación de caída.

Era de madrugada e Isabel se encontraba acostada en el suelo tiritando de frío. Se levantó con la cabeza dolorida. Hacía mucho que no tenía ese sueño. Fue a abrir la ventana y el canto del cenzontle entró en la habitación. ¿Qué día era? El sol se escondía detrás del edificio y las montañas, saturando el cielo de una claridad color naranja. Se talló los ojos, los sentía hinchados. ¿En verdad había ocurrido? Sigilosa salió de su habitación hacia la celda de Clara. Frente a la puerta tragó saliva, su mano temblorosa seguiría el rastro de una grieta en la madera hasta llegar a la ventanilla. Con el estómago hecho nudo se asomó para encontrar la habitación desocupada, la cama vacía y su corazón desolado. Sintió un dolor en el pecho y un ardor en la garganta. Regresó a su cuarto casi corriendo, yendo directo hacia la ventana para recuperar el aliento. Tenía nauseas. Comenzó a aspirar por la boca, inhalando la brisa de la mañana, los primeros rayos de luz, los muchos cantos del pequeño pájaro. Quería gritar, pero no encontraba su voz. Desesperada, recordó algo y con prisa fue hacia la cama. Con el dedo índice buscaría vestigios de sus palabras sobre la pared. Quiso llorar, pero su cuerpo y sus ojos estaban secos. ¿Qué había iniciado aquella horrible pesadilla? Miró las rosas llenas de botones, seguía cayendo una lluvia tenue y el jardín resplandecía. Los hechos, uno a uno, comenzaron a aparecer en su mente como destellos, haciéndola revivir lo que hubiera querido olvidar.

Las imágenes eran momentáneas: el colorido de las petunias, los brazos moviéndose en espasmos, los dedos llenos de tinta, las palabras de su madre, el baúl abierto, el abrazo de Laura, el platillo para Clara, Magdalena buscando debajo del mueble, los gritos, la sangre. La sangre. ¿Qué había sucedido primero? Isabel intentaba poner orden a sus recuerdos, encontrar las respuestas que nadie le daría, comprender los designios del Señor. Careciendo de explicaciones y consuelo la culpa iría cobrando fuerza hasta estrujarla con crueldad.

Poco después de que Yolotzin hablara con la madre de Isabel, ésta caería en cama. La nodriza dio aviso a sor Magdalena en cuanto la enteraron. Lo que no contó porque no supo, fue que alguien avisaría de la enfermedad de Citlalli al padre de Isabel. Éste llegaría pronto al lecho de su antigua amante, abatido por encontrarla a punto de morir. La tez de la mujer, alguna vez color del barro, se había vuelto amarillenta, desvaneciéndose también el esplendor que otrora tuvieran sus ojos. El hombre lloró junto a ella, diez años antes le había pedido que entregara a su hija y se alejara de él para protegerla, pero nunca pensó que desaparecería de su vida. Ahora la reencontraba sólo para verla partir de nuevo y para siempre. Tomados de las manos se ahogarían en sollozos, en palabras guardadas por tanto tiempo que ya no tenía caso decir. Citlalli le contó de Isabel, como si él tampoco supiera nada de ella. Había sido una fortuna enterarse de su bienestar, era como un mensaje enviado desde las alturas perdonándolos. Le dijo además las palabras que le había enviado a través de un alma bendita.

El señor salió del cuarto apesadumbrado y triste, sabía que el vómito de sangre era implacable y consumiría a Citlalli más temprano que tarde. Regresó a su casa y encerrado en su despacho haría un recuento de los años sin ella aceptando que su mayor error había sido alejarla de él, la única mujer que había amado. En su momento pensaría en tantas cosas excepto en la felicidad; ahora caía en la cuenta de que no había logrado volver a encontrar la dicha desde que se separaran. No podía hacer nada para traer el tiempo atrás, lo único que le quedaba era mirar para adelante. Reconocía que esa podía ser la última vez que vería a Citlalli, como también que su esposa pudo haber mandado a esa supuesta alma caritativa para descubrir el paradero de Isabel.

Dos días más tarde una carta firmada por él llegaría a manos de la priora. En ella acusaba a la autoridad del convento por no haber mantenido oculta la procedencia de su hija, alguien adentro había roto las reglas y el bienestar de la niña estaba expuesto. Exigía restablecer el orden. Ese mismo miércoles, mientras Isabel deshuesaba las sardinas pensando en el platillo que en un rato probaría Clara, unas hermanas revisaban su celda, encontrando unos manuscritos al fondo del baúl de sus pertenencias. Pasadas unas horas, Laura fue llamada a la oficina de la priora, a Clara la encerraron en la enfermería, por Isabel llegaron más tarde y la pusieron en el locutorio. Sor Magdalena esperaba a que la llamaran también, pero no lo hicieron. Laura aceptó sus faltas con humildad y tranquila, casi como si no estuviera arrepentida de nada. La profesa miró las cartas de Isabel encima del escritorio de la priora y escuchó lo mucho que revelaban. Laura no dijo, por más que se lo preguntaron, cómo se había enterado de la existencia del padre, ni de qué forma se había comunicado con el exterior. Eximió de cualquier responsabilidad a la niña, sólo sabía lo que ella le había dicho. La madre Catalina veía la cara impávida de Laura mientras hablaba, jamás había descifrado a aquella mujer, ¿qué la llevó a querer descubrir ese secreto? ¿Cómo lo hizo? La priora creía haber sido cautelosa en extremo con la procedencia de Isabel, sin advertir que un descuido suyo las llevaría hasta esa situación.

El consejo de religiosas deliberó por horas en la biblioteca. Lo que harían con Clara era evidente a ojos de todas. La sanción de Laura fue más difícil de decidir, la hermana contadora había mostrado un talante íntegro hasta ese momento. No podían pasar por alto que las había ayudado a salir de los problemas financieros y acrecentado su seguridad económica. Contaba con un talento codiciado, más en esos tiempos de austeridad. ¿Qué hacer con ella? ¿Se merecía ser expulsada del convento como Dios lo hizo con Adán y Eva en el paraíso? No la podían mantener ahí, debía ser apartada de Isabel. Después de mucho pensarlo se decidió mandarla al convento de Oaxaca y los arreglos necesarios se hicieron con prontitud. No la dejaron volver a entrar a su oficina, la mantuvieron en su celda hasta que fuera momento de partir. El día en que bajó las escaleras hacia el patio para irse, Isabel se dirigía escoltada hacia las letrinas. Fue mera casualidad y cierta desatención de la hermana Francisca quien la custodiaba. La niña y la joven levantaron la cabeza y sus ojos se encontraron. Isabel continuó caminando, Laura descendiendo por las escaleras, su mirada en cambio se mantuvo sostenida, como una nota musical a través del silencio. Giraron la cabeza sin importar si las veían mirarse, la joven movió los labios mudos para decir adiós. Isabel entonces correría hacia Laura para abrazarla con un ímpetu que casi la tira. Lo hizo como había aprendido a hacerlo con Clara, rodeando a Laura del cuello con los brazos y sin miedo de acercar el cuerpo. Fue tan inesperado que las presentes se quedaron atónitas y nadie se atrevió a detenerla, ni siquiera la madre Catalina.

Isabel comenzaría a llorar mientras imploraba, «No te vayas, Laura, no te vayas, no me dejes». Las dos se hincaron en esa caricia tan fuerte que lastimaba. La joven comenzaría a decirle palabras al oído, palabras que nadie escuchó y que conforme salían de su boca iban apaciguando el llanto de la niña. El escándalo hizo que las demás hermanas dejaran sus labores y se acercaran a observar.

Sor Magdalena se asomó por la ventana para ver cómo Laura se desanudaba los brazos de Isabel del cuello, cómo la hacía levantarse y caminar hacia sor Francisca de regreso. Vio a la joven partir con las mismas pertenencias con las que había entrado, sin revelar lo mucho que llevaba empacado en su pecho y el otro tanto que dejaba. Sintió una aguda tristeza y arrepentimiento por su cobardía.

Esa tarde la priora entró a la oficina de Laura, pronto debía encontrar quién se hiciera cargo de los registros. La hermana contadora había sido tan eficiente en esos años que no había instruido a nadie en la labor de las cuentas. ¿Qué iban a hacer ahora? Deliberando sus opciones se quedó mirando un cuaderno sobre la mesa: «Libro de contabilidad», decía en letras mayúsculas, «Apuntes sobre el abasto de este santísimo recinto de esposas de Cristo, Convento de Santa Mónica», continuaba abajo y en minúsculas. Reconoció la caligrafía de Laura y levantándose de la silla se estiró para tomarlo. Al abrir sus páginas la madre Catalina se sorprendería del contenido. Las hojas incluían explicaciones a detalle de la organización de los libros, el método para el cálculo de las cuentas y nociones básicas de contabilidad. Era como si Laura previera que su despedida habría de ser repentina. La priora continuó pasando las páginas con pesar, admiraba a la joven y sentía mucho su partida. El sol iría recorriendo el resto de su camino hasta la hora para la liturgia. La madre se levantó de la silla abrumada por los acontecimientos. Echaría de menos a Laura, pero no podía perder la compostura, le tocaba ahora enfrentar el destino de Clara.

Las cartas de Isabel revelaban mucho más de lo que el consejo hubiera imaginado. Laura no había sido la única rompiendo las reglas, la novicia y la niña llevaban meses pasándolas por alto hasta caer en el pecado. Se enteraban también de los ataques de Clara, posesiones del diablo que intentaban corromper a quienes estaban a su alrededor. Los hechos descritos en el diario encajaban y daban una justificación a sus acciones, pero debía ser un experto quien determinara si los trastornos sucedían por causas naturales o espirituales o ambas para decidir el remedio. Se debían mandar cartas al obispo con la petición de que enviaran a la persona indicada para elaborar el diagnóstico. Mientras tanto se mantendrían apartadas a las dos jovencitas: Isabel habitaría en el claustro de profesas, utilizando la celda de Laura; Clara debía salir de la enfermería para regresar a habitar el claustro de novicias. No podían verse y hasta conocer las razones de los ataques se decidiría el siguiente paso. Clara ya había pasado por distintas situaciones de observación, análisis y tratamiento. Sus padres la habían llevado con diversos curanderos y párrocos con la esperanza de aliviarla. Cuando las convulsiones regresaron estando en el convento, la novicia perdió la esperanza de encontrar una cura. Someterse a groseras auscultaciones, imbebibles preparados, desagradables ungüentos o tortuosas penitencias lo podía soportar, pero no volver a ver a Isabel era demasiado doloroso. Conocía su destino y no le gustaba porque no importaba cuánto rezara, ni cuánto ayunara, ni cuánta mortificación soportara, ella jamás le haría honor a su nombre, jamás iba a estar libre de pecado.

El cuchillo desapareció el día en que prepararon encacahuatado de nuevo. Isabel cocinaría con gran cariño, intentando comunicarse con Clara sentada en la mesa del refectorio del otro lado de la pared. Al terminar la comida sor Magdalena se pasaría un buen rato buscando el cubierto que se utilizaba para picar los vegetales. Isabel la encontró asomándose por los recodos y agachándose para revisar debajo de algún mueble. Se fueron a dormir suponiendo que aparecería a la mañana siguiente.

En efecto el cuchillo apareció, pero en las manos ensangrentadas de Clara, como también emergieron los gritos y la desgracia. No se pudo contener la sangre y la novicia fue perdiendo la vida conforme las gotas rojas se convertían en ríos. Nadie se percató que Isabel las acompañaba afuera de la celda rezando, a pesar de tener prohibido cruzar hacia ese lado del convento. La tragedia hizo olvidar el castigo, porque tal ofensa hacia el Señor borraba cualquier memoria. Esa noche, sin disponerlo ni acordarse cómo, la niña llegaría a su celda en el claustro de novicias a dormir. Nadie le dijo nada, porque nadie lo advirtió.

No hubo sepelio. El cuerpo de Clara no entró a la cripta, fue regresado a sus familiares porque había cometido una imperdonable injusticia. Moría por su propia mano, sin recibir el sacramento de la eucaristía, sin tener la gracia de ser llamada a la gloria. El hermoso cuerpo no fue amortajado y vestido, no sería llevado en procesión hasta el coro bajo, no le cantarían letanías, ni sería ataviado con el hábito blanco. Sólo recibió las oraciones de su única amiga, que intentaba ayudarla a salir de las llamas del infierno.

La vida continuó sin importar que todo había cambiado. Isabel dejaría de estudiar por las tardes, ayudando sólo en la cocina durante la jornada. Alargaría la penitencia con el alimento y con las labores, porque su cuerpo había dejado de sentir hambre, fatiga o dolor. Se postraba en la cocina tardando horas en pelar las habas, quedándose con la mirada perdida y los ojos vidriosos por las lágrimas. Sor Magdalena llegaba a quitarle la vaina de las manos y la colocaba en el mismo banco en donde se habría de sentar cuando era una niña. El caldo de pollo, los dulces a escondidas, los trozos de chocolate no hacían ninguna diferencia. Habían pasado meses desde que Laura y Clara se fueran, desde que Isabel cayera en el fondo de un abismo, pero nada parecía sacarla de ahí. Estaba ida, quebrada, con los gestos desvanecidos. Sor Magdalena apartó los cuchillos y agotó las recetas para aliviar el corazón. La entristecía verla así, ¿qué más podía hacer?

Una mañana, al llegar a la cocina, encontró a Isabel sentada con las rodillas dobladas, disimulada detrás de un mueble en la despensa, en el mismo sitio donde solía irse a esconder cuando había hecho una travesura. Sor Magdalena miró el enorme vacío en los ojos de la niña, como si hubiera perdido la reminiscencia de cualquier alegría o extraviado la esperanza. Había sido mejor mantenerse callada, ver partir a Laura y quedarse para cuidar a Isabel. Se animó a intentar el último recurso. Agachándose para abrazarla comenzaría a cantar una tierna melodía en lengua pagana. Esa canción que Yolitzin le mencionó a la refitolera en uno de los mensajes hablados y que, de pequeña, le cantó hasta hacérsela aprender; era la misma canción que Citlalli le cantaba a Isabel antes de dormir.

Sor Magdalena no se había atrevido a decirle a Laura que la sabía. La melodía alejaba grandes desilusiones y espantosos miedos y, ese día, escondida detrás del mueble, llevaría a Isabel hacia los brazos de la mujer con olor a tierra húmeda que aparecía en sus sueños. La canción la ayudaría a llorar para aliviarse, a drenar la incomprensión y la impotencia. Una vaga presencia llegaba como sostén para detener su caída.

—Llora mi niña, llora, —dijo la cocinera llorando con ella— no ha sido tu culpa.

—¿Cómo le hago para que deje de doler? —preguntó Isabel apenas pudiendo hablar por el llanto. Sor Magdalena no pudo responderle. La estrujó con más ímpetu y con todo su amor. Se estuvieron así por minutos que parecieron horas, días, semanas, pidiendo para que pronto se comenzaran a abrir las nubes y la lluvia cesara. Para que el cielo se pusiera despejado y quizá, cuando el sol volviera a salir, un arcoíris iluminaría la senda de Isabel.

El sol transitaba en el espacio contenido entre los edificios del convento hasta caer la tarde. Oscurecía lánguidamente para entristecer las almas y dar paso a los sueños; al alba llegaba calmoso en el intento de alumbrar los recovecos y los corazones. Sucedía una y otra vez, sin pausa, sin remedio. El movimiento de la luz hilvanaba los días, los cuales se cosían formando meses y estos últimos se amontonaban en docena hasta formar un año. Isabel, de rodillas, fregaba el piso del refectorio. Con una mano se sostenía mientras con la otra tallaba con vigor. Por el esfuerzo el sudor se precipitaba en su rostro. Se hincó para secarse la frente con el borde de la manga. ¿Por qué detenerse en ese sitio? ¿Por qué no tomaba un descanso en cualquier otro lugar del comedor? ¿Lo había hecho deliberadamente? Quizá. Porque estaba segura de que ahí seguía. Levantó la mirada para encontrarlo: un diminuto agujero en la madera de una de las bancas apenas sobresaliendo entre las grietas. ¿Por qué seguir pensando en el pasado? De mala gana tomó la escobeta para continuar limpiando con mayor ímpetu, pero por más que restregaba el cepillo la nostalgia se había enganchado de su mente, los pensamientos iniciaban su vagar y el coraje la abordaba sin permiso. No quería pensar en él, en ese pequeño hueco donde otrora había colocado una diminuta flor amarilla. ¿Para qué se atormentaba? Eso era cosa del ayer, de un tiempo distante, tan distante como la esperanza.

Mientras trabajaba se puso a hacer cuentas, ¿en realidad hacía ya un año, poco más, desde que Clara y Laura se habían ido? Era tan sencillo evocarlas, regresarlas a su mente como si las hubiera visto hacía unos momentos antes de la liturgia. El tiempo había limpiado la sangre de una y la despedida de la otra, tan bien, como ella lo hacía con el piso. Manaban entonces los recuerdos más lindos, así como el profundo dolor de que fueran sólo eso: reminiscencias de una historia, la suya. Las horas se marcaban por el canto de las campanas, los días por la luminiscencia del sol, los meses por el cambio en las hojas de los árboles. La vida seguía y ella sin poder detenerla. ¿A dónde iban las jornadas vividas, aglomeradas formando un tiempo que sabe a antiguo? ¿Existía un costal para guardarlas o se perdían en un hoyito como ese que la había distraído de su labor? ¿Si las guardaba, se habrían de podrir como los alimentos? Había llorado tanto por ellas que por la humedad pronto comenzarían a oler mal. Deseaba que eso sucediera, que lo vivido se echara a perder para irlo a enterrar con los demás desperdicios. Porque, ¿de qué le habían servido las horas de dicha si lo único que le quedaba era esa penetrante amargura? La punzada que en algún momento lacerara su pecho se había convertido en frustración. La congoja se ahogaría hasta tornarse en silencio. ¿Lo demás? Con un dedo cubrió el agujero. Lo demás seguía igual. La rutina era la misma, el oficio y las lecturas eran las mismas, las canciones y los platillos los mismos. Como si Laura y Clara hubiesen sido sólo dos nostalgias que se evaporaron durante los meses de calor.

Sentía que de un día para el otro se había perdido la belleza del recinto. El esplendor del patio estaba escondido detrás de una capa de ceniza, el cenzontle hacía mucho que no cantaba y las plantas se negaban a florear. ¿Dónde habían quedado los apetitosos olores emanando de la cocina? ¿A dónde se habían ido las noches de descanso? Isabel, demacrada y sin ánimo, era la viva imagen de una mártir. Estaba sumergida en un eterno pesar y nada parecía aliviarla. Trabajaba buscando el indulto, escribía en su cabeza persiguiendo respuestas. Despertaba antes del crepúsculo y únicamente la tranquilizaba tocar el muro frío con la yema de su dedo. Con desesperación escribía carta tras carta con tinta imaginaria colmando las paredes de su cuarto de palabras invisibles que sólo ella podía releer. Comenzaría a escribir junto a su cama, recorriendo la soledad de los muros hasta tener que pararse en los tablones de su lecho o en una silla para alcanzar los espacios vacíos. Se agachó para llenar de letras el espacio debajo de la ventana, detrás del baúl, en el piso. «Querida Laura...»; «Querida Laura...»; «Querida Laura...». Por más que trataba de drenar sus dolores por la punta del índice, su corazón no podía respirar. Preguntaba y preguntaba, pero el muro le respondía con la frialdad de la pintura que lo cubría. Arrastraba la contrición como un lastre atado a su tobillo, rasgando el piso a su paso, alterando el sagrado sosiego con su mudo lamento.

El verla entristecía a sus hermanas y preocupaba a la madre Catalina. Al fin y al cabo, la priora tenía una gran responsabilidad frente al padre de la niña, ésta por fin contaba con la edad para postularse, pero su estado anímico no era el indicado. Meses antes, al verla tan abatida, el consejo decidió volver a rotar a Isabel por el convento, distraerla con otras actividades. Las monjas la recibían con entusiasmo intentando que se interesara en la labor que desempeñaban. Al ver su inapetencia le terminaban encomendando tareas simples. Se veía ojerosa, delgada, distraída, tan frágil como una hoja seca. Semanas más tarde la volvieron a acomodar en la cocina, sacarla de su acostumbrado quehacer no había apaciguado su pena, al contrario, se notaba más intranquila que antes. Por más que sus hermanas la intentaban animar ninguna entendía la verdadera razón que oscurecía a Isabel. Sor Magdalena fue la única capaz de ver, detrás de la aparente tristeza, que a la joven en realidad la desgarraba una profunda ira. Cómo poder advertirlo si aquella era una emoción prohibida, un pensamiento vedado. En la casa de las esposas de Jesús no había cabida para una idea semejante. La encargada de la cocina lograría vislumbrar la causa que oscurecía a Isabel porque los años de acompañarla al crecer no habían sido en vano. La conocía mejor de lo que imaginaba. La vista perdida, los suspiros, las lágrimas aguando los ojos se habían ido; ahora su gesto era como cuando un día, de pequeña, le prohibieron meter la mano en la fuente para jugar con el agua. No pudo cuestionar o argumentar, la callaron ordenándole que se encerrara a decir sus oraciones. Isabel aguantó el llanto, pero no por eso estuvo de acuerdo. Se fue con la mirada baja y sujetando el enojo entre los puños.

Una tarde en que la joven estaba lavando los trastes, sor Magdalena notó un destello de esa misma emoción. Isabel tallaba una cazuela para quitar los restos de salsa pegada en el fondo, el cochambre no se desprendía y ella apretaba la mandíbula al tiempo que fregaba con más fuerza y persistencia. En un instante el barro se quebró, al igual que la joven; Isabel tomaría los restos rotos encolerizada, y sor Magdalena fue a quitárselos de las manos para que no se cortara. En aquel momento pudo verla igual de frustrada por tener que acatar una decisión que aborrecía. Y al igual que cuando tenía seis años estaba luchando para contenerse, tapando la boca de su voluntad para no gritar. Sor Magdalena debía encontrar una manera de que la joven no perdiera la cabeza, debía ayudarla a recuperar el camino. Recordó que de niña la alejaba de sus enojos con trabajo físico. Le pediría entonces a Isabel dejar de cocinar para fregar el piso de la cocina y el refectorio. Limpiaría cada rincón de los muebles, acomodando trastes, ollas y cubiertos con absoluta dedicación. Dejaría impecables los armarios del cuarto de despensa. La mandó cargar los costales del abasto, a labrar la tierra y matar los pollos. La madre Catalina se preocupaba de que la joven no aguantara tales tareas, pero confió en la madre cocinera, de cualquier modo no se le ocurría qué otra cosa hacer.

Al tiempo que las manos de Isabel mostraban vestigios de su esfuerzo, la furia empezaba a aplacarse. La ira y la culpa se iban aliviando con el intenso esfuerzo físico, al igual que el cuerpo. Por las noches quedaba tan cansada que comenzó a dormir, a comer, a recuperarse, y las mejillas iban tomando color al final de la jornada. Sor Magdalena pensó que ahora debía ayudarla a salir del atormentado silencio. Decidiría volver a hablarle como cuando era una niña y no entendía más que lengua pagana, cocinando mientras le explicaba cada faena, revelándole los secretos de preparación, revisándole con ahínco sus deberes. Isabel se compuso, pero seguía sin encontrar el ánimo de antes. Al final era en la cocina donde podía sobrevivir, también donde se sentía más vulnerable. Sor Magdalena no podía hacer más. La jovencita necesitaba un regalo del Señor, pero ¿de dónde lo podía ella sacar? Lo único que le quedaba era orar en espera de los designios divinos.

Esa tarde Isabel continuó trabajando hasta poco antes de la liturgia. Antes de terminar salió un segundo al patio. Entraría al refectorio para tomar la cubeta con agua y en su camino hacia la puerta se acercó al pequeño agujero que la distrajo horas antes. Del doblez de una de las mangas del uniforme sacó una flor silvestre del tamaño de una de sus uñas. Introdujo el pequeño tallo en el orificio para que los pétalos amarillos quedaran descansando en la madera; caminó a la zotehuela para dejar las cosas y asearse. El piso estaba alumbrado por una luna llena. Isabel la miraría sin emoción, pasando por alto la belleza de aquel cielo.

Asistió a la última oración del día y a misa, apenas escuchando las palabras sagradas. Esa noche decidiría olvidar los recuerdos en el fondo del baúl esperando que alguien los robara, desaparecería las cartas escritas sin tinta de su mente. Se quedó dormida sin rezarle a la Virgen y sin esperar nada, convencida de que su vida continuaría parca y triste hasta su muerte. Despacio y en silencio las peticiones de sor Magdalena para Isabel se habían macerado con las de Laura exiliada en el sur, habían sido sazonadas con las de su padre y con aquellas que su madre le dedicaría antes de su muerte. Con el brillo de la luna el Señor pudo mirar dentro de la celda de la joven para regalarle mucho más que una gota de esperanza. Dios le otorgaría una tarea que le devolvería la fe. La falta de hábito le abriría las puertas hacia una libertad imposible de anunciar y sería ésta la que le daría nuevas ganas de vivir. Regresarían las sonrisas a su boca y el esplendor a sus ojos. El color, el sabor y la música empaparían su vida para incitarla a cocinar. Con el mandil bien puesto prepararía delicias como nunca antes, porque en las semanas venideras cocinaría con el corazón, aquel que necesitaba amor para sanar y que, a pesar de haber pasado una larga estación de frío y sequía, hallaría en una nueva ilusión agua para que brotaran tallos, hojas y flores. Los pétalos de su pecho se abrirían despacio, igual que ella, descubriendo a la más hermosa de las flores dentro de ese jardín bendito.

Una noche Isabel despertó con el ruido de golpes y pasos. Sor Francisca se acercaba a su celda al tiempo que ella se asomaba sin atreverse a salir. La maestra la llevó a refugiarse a la oficina de contabilidad porque era ésta una de las pocas habitaciones que se podían cerrar desde adentro. Ahí, sor Magdalena le dijo, en voz casi inaudible, que quizá los rebeldes estaban tomando la ciudad y querían derribar la puerta para perturbar el recinto. La priora y otras tres hermanas habían ido a investigar mientras ellas seguían la disposición de resguardarse y rezar. «Líbralas de todo mal, Dios mío», dijo la cocinera al terminar su explicación. Las demás elevaban oraciones e Isabel se unió al coro. Al cabo de un buen rato el poco ruido que lograban escuchar cesó y pronto distinguieron a la reverenda madre Catalina pidiendo que le abrieran. La confusión en la calle había terminado, no corrían peligro, debían regresar a encerrarse a sus celdas.

En su cuarto Isabel contemplaba la pared junto a su cama sin poder dormir. El despertar tan repentino le hizo recordar la madrugada en que murió Clara. ¿Cuántas noches habían durado los desvelos y las pesadillas? Por meses se intentó consolar rezando, convencida de que sus plegarias le ayudarían a su amiga a salir de las llamas eternas; no se había desahogado, pero había podido dejar de llorar. Esa noche el recuerdo de la novicia y la tristeza de haber entrado a la oficina de Laura la mantenían acongojada. El despacho guardaba el aroma de siempre a papel y a tinta, pero ella había intentado percibir algún otro olor que Laura hubiera dejado olvidado. Con melancolía se percataba que el tiempo había borrado cualquier resto de su presencia.

Isabel se quedó dormida, envuelta en una cobija de añoranza. Lo siguiente que supo fue que sor Francisca la llamaba desde la puerta de su celda para pedirle que se alistara. Al abrir el postigo de la ventana vio que había menos luz que de costumbre. Tan pronto como estuvo afuera la maestra le anunció que debía presentarse de inmediato en la oficina de la priora, antes de que llamaran a la prima. Isabel tenía ganas de orinar, pero guardó silencio. Un poco amodorrada caminaría por el pasillo hasta el fondo y, cosa muy rara, la puerta del despacho de la madre Catalina se encontraba abierta: la estaba esperando.

La joven no creía haber entrado nunca. Era pequeña y luminosa, en el muro de enfrente había una ventana y en la pared del lado derecho, sobre una consola, la imagen de madera de Santo Domingo de Guzmán. Junto a la puerta y frente a la ventana se encontraba el escritorio dando hacia la pared y la priora haciendo anotaciones. Encima había una bella imagen de Cristo crucificado, hecha de marfil con la cruz de madera. El último muro se ataviaba con una pintura de la Virgen con el niño Jesús en sus brazos. Ambos portaban hermosas coronas doradas. Isabel se quedó mirándola unos segundos, ¿la había visto antes?

Los recuerdos envolvieron a la joven de manera inesperada. En un inicio la rodearon con sutileza, pero luego se ciñeron a su cuerpo como una prenda más. Era como cuando le llegaba desde lejos el aroma de una hierba que no distinguía. La pista se mantenía dando vueltas en su cabeza hasta que precisaba cuál era. Así, despacio, pero con decisión, la memoria la haría ver a través de los ojos de una niña de cinco años, en una madrugada como esa, asustada y triste porque no estaba su mamá. No podía recordar palabras o el orden de los sucesos. En su cabeza sólo aparecían imágenes aisladas: el rebozo de su madre sobre el escritorio; el intento de quitarle la cruz de oro que colgaba de su pecho; ella llorando parada frente a la madre Catalina; la mano de sor Magdalena guiándola hacia el piso de abajo.

De repente, la priora cerró la puerta asustando las evocaciones del pasado, dio los buenos días y se fue a sentar de nuevo en el escritorio. Se notaba un tanto nerviosa porque parpadeaba con insistencia y, al no encontrar acomodo, se volvió a levantar de la silla. Mientras caminaba de la ventana al escritorio, del escritorio a la ventana, comenzaría por fin su discurso. Le anunció a Isabel que la providencia les había enviado una misión. Si bien abrir las puertas del convento estaba en contra de las reglas de la orden y las disposiciones episcopales, ante todo estaba la ley del Señor. «Amarás a Dios sobre todas las cosas y al prójimo como a ti mismo», enunció. Por eso, junto con el consejo, se había decidido acoger a un alma en pena. Las circunstancias exigían mantener la más absoluta reserva. Debido a que la persona a quien atenderían provenía del mundo seglar, la comunidad religiosa tenía la obligación de mantenerse oculta ante los ojos mundanos. Isabel, siendo la única virgen no profesa, podía ayudarlas en el cumplimiento de esta encomienda. La priora continuaría exponiendo lo que se esperaba de ella sin ser muy clara, ni en los sucesos que las habían llevado a esto, ni en las características de la persona que debían ayudar. La joven escuchaba mientras trataba de adivinar las causas por las que habían dejado entrar a una mujer. Quizás era otra niña, con una historia parecida a la suya. Seguía reflexionando las posibilidades cuando la madre Catalina hizo una pausa para añadir:

—Isabel, debe usted saber que a la persona que le hemos dado cobijo es un hombre —en ese instante la joven recordó la fuerte necesidad de orinar.

Lo que la priora no especificó fueron las causas por haber dejado entrar a un mortal y el miedo de tenerlo adentro. El susodicho parecía ser un forajido y su estancia en el recinto debía ser un secreto. Por temor a las consecuencias, se había decidido mantenerlo oculto, atenderlo y dejarlo salir en unas semanas sin ningún alboroto. El hombre estaría agradecido por la bondad de las hermanas y no las delataría. Nadie tenía por qué enterarse.

Quienes lo habían dejado a la puerta del convento tuvieron a bien ataviarlo con ropas de mujer, anunciando que los rebeldes la habían herido y que por caridad la escondieran porque la matarían si la hallaban. Adentro, cuando la madre enfermera se percató del engaño, las religiosas no podían sacarlo y dejarlo morir en la calle, hubiera sido un pecado por omisión. Tampoco podían dar aviso a la mitad de la noche para que lo atendieran. Supusieron entonces que Dios lo enviaba por alguna razón, aún así, había ciertas obligaciones que cumplir para mantener la clausura. Decidieron que el intruso se alojara en el cuarto de labores, ubicado en el primer piso del patio de novicias, frente a la biblioteca. Se les prohibió a las religiosas caminar por ese claustro. Para llegar al coro sería forzoso cruzar por adentro, por el pasillo del segundo piso. Las ventanas se mantendrían con las cortinas cerradas, sólo la madre enfermera, con el velo puesto, e Isabel, custodiada por la madre enfermera, tendrían permiso para atenderlo. La joven debía dormir en la celda que fuera de Laura, en el claustro de profesas.

Saliendo de la entrevista con la priora, Isabel asistió a la primera liturgia. Se sentía ofuscada: la oprimían los recuerdos de cuando era niña y la habían dejado en el convento, y la inquietaba su nueva encomienda. En el fondo sentía cierto orgullo de tener una tarea importante, pero al mismo tiempo se enfrentaba con la expectación de presentarse ante un hombre. Sería el primero en conocer, ¿en verdad iba a ser el primero? Pensó en Jesús, el mayor ejemplo de amor y belleza; desde que tenía memoria sería su inspiración, su meta, su mayor anhelo. Las lecciones de la Biblia le habían mostrado hombres buenos, quienes le enseñaban con su vida sobre la fe, acerca de justicia y redención, paciencia y humildad, arrepentimiento y esperanza, lealtad y devoción.

Pero también había otros quienes transgredían la ley divina. Isabel recordaba pasajes con hombres cometiendo espantosos pecados como el asesinato y el adulterio, cayendo en horribles emociones de rencor y venganza, envidia y rivalidad. San Agustín y los santos al final encontraban la luz, siempre humildes y gloriosos, pero no todos lo lograban. ¿Cómo era uno del mundo secular? ¿Quiénes eran ellos? Pensó en el párroco que jamás había visto, sólo escuchaba; en su padre que la procuraba, pero a quien no conocía y quien la separaría de su madre; en el enamorado de Clara y en el demonio de Laura. ¿Cómo sería aquel que encerraban en el primer piso frente a la fuente? Si era enviado del cielo, ¿no debía ser un hombre bueno?

En la cocina sor Magdalena le dio la instrucción de disolver la masa de maíz en la leche para preparar el atole y de sacar tres polvorones de la despensa. Al ocuparse Isabel se preguntaba si las hermanas tenían idea de para quién se preparaba la charola, pero bien sabía que, a pesar del recato las religiosas habían aprendido a participarse unas a otras, y que algo tan inusitado, tan excepcional, no se podía mantener en secreto dentro de ese monasterio de recoletas. Sor Magdalena tomó un trapo para poder levantar la jarra caliente y servir el atole. Isabel se quedaría mirando la curva formada por el líquido al verterlo. Era perfecta, al igual que el movimiento de servir para no ensuciar la mesa. Al terminar, una gota rebelde escurrió de los labios de la vasija pero fue detenida antes de que cayera en la mesa. La joven vio cómo aquella mujer de manos regordetas tomaba el pequeño jarro y lo colocaba junto a los polvorones en la charola. El desayuno estaba listo, quien no estaba preparada todavía para llevarlo era ella.

Con los nervios recorriendo su cuerpo Isabel se acercó a la mesa. Sor Magdalena se hizo a un lado para darle el paso. La joven tomó la charola de madera con dedos sudorosos, al levantarla la ansiedad hizo que casi derramara la bebida. Se detuvo unos segundos hasta que el atole quedara quieto, intentando calmarse ella también. Se movió con cuidado hacia la puerta de la cocina, donde la priora y otras dos hermanas aguardaban. La joven se fue acercando con lentitud, sin dejar de mirar los alimentos y consciente de cada uno de sus pasos. La dejaron caminar por delante, escoltándola al cruzar el patio de novicias. Llegaron a la sala de labores, otra religiosa custodiaba la entrada y, a una señal de la priora, ésta haría girar la llave.

Una ligera brisa sopló haciendo bailar a unas hojas y arrancando a otras. Isabel sentiría el sutil movimiento de la falda de su uniforme. Con los ojos perdidos en los melindres percibió la relevancia de la tarea que le habían confiado. Adivinaba a sor Magdalena mirándola desde alguna ventana del refectorio, a sor Francisca desde el segundo piso, las demás las sentía pendientes de sus movimientos. Claro que lo sabían, todas sabían. Una palabra la hizo subir los ojos: «Adelante...». El vano de la puerta la esperaba. Se sentía insegura y curiosa. Parecía que el viento también observaba porque sopló con más fuerza empujándola hacia aquello que desde siempre se había prohibido en las casas de las esposas de Cristo.

Con las cortinas cerradas, el cuarto de labores se apreciaba sombrío. Por la falta de ventilación lo primero que se distinguía al entrar era el tufo, penetrante y agrio como el de la col. En las visitas la madre enfermera cerraba la puerta detrás de Isabel y se mantenía detrás de un biombo recién acomodado. En el fondo, en donde hubiera una banca de madera se encontraba ahora una cama de la enfermería. Por dos días consecutivos Isabel había entrado para encontrar al hombre dormido, recostado de lado con la cara hacia la pared. En cada ocasión, al acercarse al lecho, había podido vislumbrar la silueta del cuerpo debajo de la cobija, apenas el lóbulo de una oreja, el cabello castaño, sucio y revuelto. La joven ponía la charola en una mesa y sin entender por qué unas gotas de sudor resbalaban por su columna. La primera vez se sentó en la silla bajo la ventana para esperar a que despertara, rezando con los dedos entrelazados y la vista baja. Las demás sólo entraban para dejar platos de comida y recoger los sucios.

Pronto concluyó que aquella era la faena más tediosa que le habían encomendado. No podía comprender la expectativa inicial de haberlo ingresado, cuando era como atender a un costal en un cuarto oscuro y maloliente. Para la tarde del segundo día pidió permiso para asear la habitación y abrir las ventanas por el tiempo que estuviera limpiando, al fin y al cabo, él ni se daría cuenta. La preocupación de que fuera a morir había pasado. La hermana enfermera había determinado que la sangre de las vestimentas no era de él, ni siquiera estaba herido sino fracturado de una pierna y un pie. Necesitaba un entablillado y reposo, nada más.

Isabel pensaba que más allá del descanso le vendría bien agua y jabón al enfermo. Por fortuna ella solamente entraba y salía del cuarto, porque la idea de pasar largos minutos adentro la hacía sentir que se ahogaba. La mañana del tercer día la joven sirvió los melindres y disolvió la masa de maíz en la leche. Sor Magdalena, moviéndole al atole le preguntó:

—¿Ya despertó?

Isabel movería la cabeza de un lado para el otro. La cocinera le echó un vistazo: se le notaba apática, la curiosidad del primer día de su novedoso quehacer se había desvanecido y otra vez notaba cierta desilusión en la voz. Le avistaba ese dejo de coraje e inapetencia que no era ajeno en su mirada. Isabel, a pesar de los nuevos sucesos seguía incierta. ¿Qué era lo que Dios quería de ella? ¿Qué mensaje le enviaba? ¿Acaso no lo sabía descifrar? ¿O no le decía nada? La inesperada tarea, ¿era parte de los designios del Señor? ¿O el diablo la quería engañar? ¿Era una prueba, una trampa, una misión? Regresaba a lo que con insistencia quería dejar atrás: ¿había sido su cometido revelar el secreto de Clara y la imprudencia de

Laura? ¿O su pecado? ¿Debía sentirse culpable o libre? ¿Había sido un paso para ser digna del amor de Jesús? Esta obligación, ¿también lo era?, pero ¿sería ella en algún momento merecedora de Su gracia? Con los pensamientos atosigándole la cabeza salió de la cocina. Le abrieron el acceso a la sala de labores en cuanto la vieron con la comida. A un lado de la puerta estaba colocado el biombo obstruyendo la vista de la entrada, detrás de éste la madre enfermera vigilaría con el oído. Isabel caminó hasta donde terminaba la mampara girando hacia la derecha y, para su sorpresa, encontrarse de frente con el hombre sentado en la cama. De inmediato alzó la vista y el otro voltearía haciendo que sus miradas se encontraran, ella lo esquivó lo antes posible, pero ya le había echado un vistazo a los ojos marrón como los de José y la barba tiñéndole el rostro como a los santos. Su cabello era largo como el de Cristo y oscuro como el de San Agustín. La tez tan blanca como los ángeles que coronaban a una virgen.

—Buenos ¿días? —dijo él sentándose derecho y mirando vacilante hacia las cortinas cerradas.

—Buenos días —respondería Isabel, concentrándose para no tirar la bebida por el súbito temblor de sus manos.

Ella advirtió que el enfermo la escudriñaba al dejar la charola en la mesa, sentarse en la silla y acercarle los bocadillos. Él tomaría el plato buscando sus ojos, pero ella los escondió ofuscada. La joven esperaría hasta que el hombre comenzara a comer los polvorones para subir los párpados y ojearlo de nuevo. Él estaba atento a sus movimientos y con rapidez atrapó su mirada para hacerla sonrojar. Pasaron unos minutos en silencio mientras ella intentaba aplacar el bochorno y él terminaba de comer. El hombre aguardó a que ella volviera a curiosear con la vista, pero Isabel se mantuvo con los párpados abajo.

—Gracias —dijo él mientras ella recogía la charola. La joven hizo un levísimo movimiento de cabeza al levantarse y, cuando se daba la vuelta para salir, escuchó:

—Espere… —Isabel se detuvo en seco dándole la espalda, quería y no quería volverse.

—¿Sí? —dijo ella girando sólo la cabeza, dejando entrever su perfil.

—¿Dónde estoy? —dijo él con voz tímida. La joven se quedó desconcertada, ¿no lo sabía? ¿No se acordaba de nada? ¿Qué debería responder? Sin girarse anunció:

—Es el recinto de las hijas de Santa Mónica.

—¿Tehuacán?

—No, Puebla de los Ángeles.

—¿Cuántos heridos llegaron?

Isabel no adivinaba a qué se refería y se comenzó a sentir muy nerviosa de estar hablando con él.

—Debo terminar mis labores. Discúlpeme, tengo que retirarme —dijo dándole la espalda, para luego rodear el biombo y escapar de ahí.

Más tarde la llamaron para presentarse en la oficina de la priora, la hermana custodia había reportado la conversación. La madre Catalina no se veía molesta, al contrario, la recibió más serena que antes. Le dijo de inmediato que sería importante averiguar su nombre, la causa por las que estaba lastimado, y sus intenciones. De ser posible, advirtió, debía evitar darle información, primero tenían que saber quién era. Sólo le correspondía mantener diálogos oportunos —en voz baja para no romper la serenidad del claustro— y debía advertirlo de las horas de silencio obligatorio.

Al salir, Isabel se fue caminando pensativa por los pasillos. El rostro del forastero aparecía en su mente al pisar el patrón formado por las baldosas, al detenerse del barandal para descubrir los pensamientos floreciendo en el patio. No regresó de inmediato a la cocina, sino fue a buscar los oleos y esculturas que dibujaban para ella sus únicos retratos de hombres. Uno por uno fue estudiándolos para encontrar en el enfermo parecidos, aunque aquellas imágenes mostraban personas más aliñadas las peculiaridades eran las mismas, con las facciones menos sutiles y las barbas ensombreciéndoles la cara.

De pronto se encontró mirando uno de sus lienzos preferidos. Seis recoletas cargaban sendas cruces de madera, recorrían un camino árido y comenzaba a notarse la cuesta. Delante de ellas andaba Cristo, con la cruz en el hombro y gesto de martirio. Mientras ellas lo miraban, él volvía la cabeza hacia sus seguidoras. Las religiosas, con sus hábitos y velos negros, tocas blancas y cíngulos en el cuello, se advertían dichosas de acompañar a Jesús en el viacrucis. Él se mostraba agradecido. En el cielo, en medio de una nube, resplandecía un corazón atravesado por una flecha para simbolizar el ardiente amor de San Agustín por Jesús. Isabel lo estudiaría por un rato. Era una imagen llena de amor hacia el divino esposo y de él hacia sus compañeras; desde siempre había deseado ser una, pertenecer a esa orden. «Un único Hombre entre mujeres», pensó, «sus mujeres». Bajaría las escaleras sin dejar de pensar en el enfermo. ¿Para qué lo habían enviado? ¿Por qué le permitían estar entre tantas esposas vírgenes y una virgen sin esposo?

Pasado el desayuno, la joven regresó a dejar los alimentos cuatro veces más. En una de ellas el forastero se encontraba dormido, en las otras la recibió del mismo modo: sentado en la cama, pendiente de cada gesto, cada movimiento, cada ademán de Isabel. Al notarlo, ella sentía el apremio de salir corriendo pero, ya afuera, anhelaba volver a entrar. La emoción iniciaba en su pecho y al acercarse al cuarto de labores se le oprimía faltándole el aire. Era tanta su excitación al traspasar la puerta que ni siquiera se percataba del olor que los días anteriores le había molestado. El cosquilleo en el estómago la emboscaba justo al rodear el biombo. Al dar la vuelta y enfrentar al desconocido sus hombros comenzaban a sentirse tensos y su cuello rígido. Lo más difícil era acomodarse junto a la cama para atenderlo y soportar aquella mirada sin sonrojarse. No entendía por qué el enfermo la contemplaba como ella lo hacía con las flores. Pero las rosas y las azucenas no sentían los escalofríos que iniciaban en la pantorrilla, trepaban por la espalda hasta la nuca, pasando por el vientre para hacerlo despertar. No hablaban, se mantenían apenas sobrellevando su compañía. Él curioso de ella, ella cohibida por él. En la noche y última visita del día, el desconocido se alisó el cabello con los dedos al terminarse la merienda. Asomándose en el rostro de Isabel, le preguntó:

—¿Cuál es su nombre? —la joven hizo con el dedo índice y sus labios el símbolo de una cruz—. ¿No se puede hablar?

—Es hora de silencio obligatorio —se escucharía Isabel decir a sí misma.

—¿Silencio?, ¿por qué? ¿Para no perturbar a los enfermos?

Ella no dijo nada, se limitó a asentir con la cabeza y a esperar que él dejara el jarro en la charola. La joven sentiría cierto pesar cuando él no volvió a abrir la boca. Al salir de la habitación estaba sofocada. Tomó una bocanada de aire fresco, arrepentida por no haber contestado, ¿qué hubiera sido una palabra más, una menos? Su cuerpo palpitaba, al igual que las estrellas. Sintió mucho frío, pero uno que venía de su interior. En la cocina se tomó el escaso refrigerio que le correspondía, y subió a las últimas oraciones de la jornada antes de retirarse a descansar.

Cuando dieron la orden, Isabel se resguardó en la celda que antes habitara Laura. Frente a la puerta se abría la ventana que daba hacia el patio de profesas, la joven se acercó a buscar la luna, pero estaba oculta detrás de una nube. Se hincó a pedir claridad para entender las disposiciones divinas, suplicando para recibir respuestas. Iría a acostarse en un colchón de dudas y con la imagen del hombre como almohada. Se arrulló con los recuerdos y el olor de los muebles que evocaban a Laura.

Horas más tarde, la luna menguante salió de su escondite para mojar el piso de la habitación con su fulgor. De las paredes comenzaron a emanar reminiscencias del pasado. Una cobija impalpable caería sobre Isabel con retazos de telas de una pasión confinada en una moneda, de un desengaño y un amor frustrado por el vicio de la virtud, de la continencia impuesta por la culpa. Al igual que a su hermana profesa, las heridas que el camino pedregoso dejaron en su cuerpo servirían para fortalecerla; las lecciones para hacerla madurar. Isabel se destapaba para tirar al piso los amores inconclusos que marcaban su existencia. Recibía la oportunidad de echar a andar su voluntad y elegir un paisaje nuevo. Estaba en ella, y sólo en ella, la capacidad de barrer los restos de tormenta y, de quererlo, comenzar una historia que habría de recordarse por los siglos de los siglos.

Isabel se arrulla entre los brazos de una mujer morena de largos cabellos negros, con ternura le acaricia la frente. Despacio los brazos se tornan en una hamaca y la mecen al ritmo de una melodía. La joven intenta ver el rostro de quien la protege, pero la luz del sol la ciega y lo único que puede distinguir es una sombra. Poco a poco el arrullo cobra fuerza, quiere detenerlo, hasta que la sueltan. Mientras cae mira unos brazos estirándose en su dirección. No sabe quién se precipita al abismo, si ella o la mujer.

Isabel despertó al instante, en la garganta se le atoraraban las ganas de gritar. Parpadeó un par de veces, jadendo. Se talló los ojos antes de levantarse a abrir el postigo. Detrás de la ventana estaba amaneciendo, la luna se postraba incompleta sobre un fondo lívido, contenta de andar vigilando al mundo en la lejanía, alargando las horas antes de irse a sus aposentos. Los primeros rayos anticipaban la llegada del sol, haciendo que la oscuridad se tornara púrpura. La aurora despedía a la noche y la joven se talló los ojos intentando sacudirse las pelusas que habían dejado los sueños.

La visión de la mujer de piel morena regresaba, sus brazos volvían a crecer y de nuevo la soltaba. Isabel se recargó en la barandilla. La visión, esa madrugada, había sido más larga, más clara. El violeta del cielo, el color de un vestido. Antes, mucho antes de que la recogieran en un abrazo, había visto imágenes que no recordaba haber soñado en el pasado y que llegaban separadas como en pestañeos. Las fue repasando en su mente, una a una, exprimiendo la memoria para recoger cada fragmento.

Con lentitud los fue recuperando. Vería a la mujer inclinada aventando la llama de un anafre, en cuclillas, con el cabello largo y suelto sobre su espalda, traía un vestido púrpura. Isabel lo ha tocado, abrazado... Hojas de maíz cortando su camino; las quita con una mano, con la otra, se estira para alcanzar un elote, puede recordar la sensación de triunfo por haberlo desprendido del tallo... La mujer sonríe y le ofrece una tortilla. Isabel escucha palabras, muchas palabras tiernas. Le regalan otra gran sonrisa... Un hombre entra al cuarto donde ella juega. Él es importante, una visita muy importante. Se agacha e Isabel trata de tocar la cruz de oro que cuelga de su pecho... Una gran puerta de madera le da sombra, por debajo sale una fila de hormigas, llevaban hojas muy pequeñas, muy verdes. Ella quiere seguirlas, pero escucha su nombre y se distrae... La mujer le pone la cadena con la cruz y le dice palabras al oído. Isabel acaricia la hermosa cara de la mujer, puede aspirar un olor, es agradable, es protector... Los espejismos comenzaron a tomar vida. Una niña arrebataba los recuerdos de Isabel, se metía en sus ojos y la forzaba a mirar a través de ella. Su cuerpo era pequeño y su vestido blanco. Traspasaba un portón gigante y una mano la dirigía hacia un lugar al que nunca había entrado. Siente angustia al ver la puerta cerrarse. La mujer se queda afuera. La conducen por otro vano y entra a un patio que la obliga a mirar hacia arriba, está entre las nubes. Baja la mirada, agua, una fuente, quiere acercarse; la señala estirando el brazo, dice algo. No la escuchan, la guían rumbo a las escaleras.

Los detalles del recuerdo disfrazado de sueño llegarían gradualmente, como el amanecer. Los violetas en su cabeza se irían aclarando hasta llegar a los amarillos y tener la certeza de que esa mujer era su madre. Las visiones unidas a la evocación que tuvo en la oficina de la priora fueron cayendo en su sitio. Despacio, muy despacio, puso orden a las piezas sueltas de la mente, reconstruyendo los cuadros de su pasado. La invocación de la tez morena y las manos ásperas, del olor a maíz y a jabón emanando del hombro de la mujer le dejaron un sabor de placidez y melancolía. Se llevó la mano al cuello, con dos dedos jalaría la cadena oculta bajo el uniforme. La pasó por delante de su cara y deslizándola por su cabeza se la quitó. La sostuvo con la cruz oscilando frente a su rostro. Era pesada y simple, dos barras del metal atravesándose una a la otra, no estaba Cristo, sólo su insignia. Al voltearla pudo leer un nombre, el suyo. Con un dedo rozó las letras, de la *i* a la *a* siguiendo el trazo de la manuscrita hasta la *l*. Escuchó su voz entrecortada: «Yo soy Isabel, sin madre y sin pertenencias, sin hábito y sin juramento».

Dejó la alhaja en la mesa. Junto a ella estaba una jarra, con delicadeza vertería un poco de agua en un plato. Uno a uno deshizo los botones hasta quitarse el uniforme y quedar cubierta desde los hombros por las enaguas. De encima del baúl tomó la pequeña toalla que le servía para asearse. Bien exprimida la fue pasando por la cara y el cuello, los brazos y las axilas, las piernas y las rodillas. La enjuagó antes de tomar el cepillo. Con un solo movimiento haría que su cabello cayera como cascada hasta más allá de la cadera. Era negro, pesado y brillante como obsidiana pulida. Lo cepilló con parsimonia, desde la raíz hasta la punta. Deslizaba los nudos hacia el final de las hebras, ayudándose con su otra mano para desenredarlo. Al alzar los ojos la madrugada entró por ellos dándoles la tonalidad del ámbar. Junto a la ventana, su tez se confundía con la terracota del petatillo de las paredes del patio. Sin sospecharlo, Isabel evocaba a su padre y a su madre más allá de sus sueños. Estaban en su cuerpo, en sus facciones, en su presencia. Era ella la alusión de ese amor que había pasado las convenciones sociales. Encerrada en un recinto de vírgenes con sangre limpia, ella poseía los atributos del mestizaje, como sus platillos. Con la dulzura del azúcar en sus ojos y la riqueza del chocolate en su piel, con el picante del chile en la sangre y la sal de las aceitunas en los labios, Isabel desplegaba una sublime hermosura. Los años habían dado fruto a una mujer con un rostro excepcional. Su cuerpo esbelto y delicado, de formas sutiles y vaporosas, se movía con la gracia de los nardos al recibir la brisa. Pero ¿qué es la belleza sin unos ojos que la admiren? ¿Sin alguien que la note? Es una cualidad etérea, como la de la flor solitaria en la montaña, secándose en la anonimidad. Isabel entretejió su cabello en una trenza, luego en un chongo bien formado adivinando la posición de las hebras con sus dedos. Con las manos alisaría el uniforme expuesto encima de su cama. Se cambiaría las bragas antes de volverse a vestir. Ya lista tomó asiento para esperar. La pared blanca se extendía frente a ella hasta la cenefa roja un metro antes de llegar al piso. Con la vista fija parecía como si pudiera apreciar algo mucho más allá del muro apenas a unos metros frente a ella.

Sus cavilaciones dieron un brinco hacia Laura. Cerró los ojos hasta sentir el intenso abrazo, la barbilla de su querida hermana en el hombro, las manos tocando cada uno de los codos sosteniéndose de un cuello que no era el suyo. Isabel volvería a escuchar las palabras que le había dicho en un susurro. En su momento no las entendió, pero ahora los vocablos flotaban como libélulas sobre el agua, apenas tocándola para hacer ondas, círculos que iban creciendo y creciendo hasta reverberar en sus entrañas. *Fortaleza... Voluntad... Experiencia... Elección.* El significado de cada uno la hacía temblar. «Isabel, debes vivir antes de morir para la eternidad», había sido la frase de Laura antes de separarse. En ese instante caía en la cuenta de las palabras: «Vivir para morir». Una chispa se encendía en su frente. ¿Para qué el coraje?, ¿para qué la ira? La oscuridad de la tristeza llegaría a ella porque había conocido antes el brillo de la felicidad. De no haber vivido junto a Laura y de no haberse atrevido a conocer a Clara, no habría sufrido sus adioses. ¿Prefería no haberlas tenido para no haberlas perdido? No. La respuesta era obvia. ¿Era mejor buscar la dicha así llorara después? ¿Así se le rompiera el corazón? Sí. Porque, ¿qué era la vida sin sentir? ¿Para qué querer un porvenir indiferente? Laura regresaba con sus enseñanzas, en una voz lejana pero presente. Isabel debía resistir, de sus errores aprender, del dolor sacar brío, alentarse con los recuerdos. Ella todavía no renunciaba a su voluntad, no había hecho ninguna promesa, ella aún no se casaba con Jesús. La vida no le pasaría como si fuera una estatua en medio del patio sobre una de las fuentes, disfrutando los días de sol y penando los de frío. Dios le revelaba la pared limpia de la celda de Laura, e Isabel la vería extenderse ante ella como su futuro, libre de trazos y de zozobra. Con la cabeza despejada levantó la mano para tomar la pluma que le ofrecían, estaba lista para escribir su destino, para esbozar los caminos de su existencia. Esa mañana, en aquel cuarto bajo el crepúsculo de inicio de la jornada, la joven Isabel decidiría tomar la voluntad que le otorgaban e ir en busca de la senda que debía seguir.

El repique de las campanas acompañó a Isabel mientras bajaba las escaleras y continuaría hasta que se sentara en la banca. Faltaban unos minutos para que diera comienzo la misa. Sus hermanas se encontraban en el coro alto, a punto de empezar a cantar. Miró hacia el patio. La sala de labores parecía la de siempre, las plantas y la fuente también, la jornada iniciaba como de costumbre; pero no, el aire no era igual. Porque aún sin verlo ni escucharlo, desde el momento en que apareció el hombre la naturaleza del convento había cambiado para ella.

La joven repasó el día anterior. Su mente se distraía en especial con la última visita. Escuchaba la pregunta en su cabeza: «¿Cuál es su nombre?». Con la vista baja reflexionaba: ¿por qué no le había respondido si sólo era una palabra?, ¿por qué no la dijo? Entrelazó las manos. ¿Había enmudecido?, no, simplemente no supo cómo decirlo y prefirió soltar una frase más larga para callarlo, para que no fuera a repetir la pregunta. El anonimato por tantos años guardado se había convertido en su hogar. Ahora, la idea de revelar quién era la hacía sentir desprotegida.

«Debí habérselo dicho», se regañaba. Al fin y al cabo, ¿qué importaba una palabra más o una menos durante el silencio obligatorio? Se había comportado con reticencia y era eso lo que le molestaba. No quería más reproches ni arrepentimientos posteriores, cuestionarse lo que hubiera sido en vez de lo que fue. ¿Cómo podría adivinar el forastero que no se debía hablar si no sabía dónde estaba? ¿Por qué tenía ella que acatar unas reglas, si le pedían romper otras con deliberación? En esas circunstancias, donde se otorgaban concesiones y omisiones sin aparente castigo, ¿por qué no se había dado el permiso de articular una sola palabra y revelar su nombre?

Dio un largo suspiro, bajando los hombros y subiendo los ojos. Ahí estaban, el muro blanco, las ventanas y la puerta de madera. En un rato tendría que ir con el desayuno para atenderlo e intentar averiguar lo que había solicitado la madre Catalina. Antes de eso debía estar lista para decírselo. Quería pronunciarlo. Necesitaba pronunciarlo. Tenía que escuchar su propia voz decir cada letra de su nombre. Jamás se había presentado ante nadie, porque no lo había requerido. «Isabel», dijo y el sonido de su nombre se fue volando hasta posarse en otro recuerdo.

Se vio sentada con Laura en otra de las bancas del patio. Le contaban la historia del génesis, donde Dios decide destruir la vida en la tierra por haber caído en la corrupción y la violencia. Pero antes de hacerlo el Señor mira la bondad en los ojos de un solo hombre, Noé. Isabel, siendo una niña, iba construyendo las imágenes al igual que el profeta hizo con el arca. Con los ojos abiertos podía verla de tres pisos, hecha de madera, con una ventana y una puerta lateral. Los animales iban pasando, un macho y una hembra de cada especie. Al final subían la comida, la mujer y la familia. El diluvio llegaba y Laura engrandecía los ojos, movía las manos, agravaba el lenguaje. La calma volvería, como los gestos serenos de la profesa. La niña se bajaba de la banca para escuchar emocionada de los hijos de Noé y cómo el tercero, Japheth, tiene un hijo, Javán. Y cómo Javán tiene una hija… Elisa. «Y de Elisa viene tu nombre: Isabel», solía decirle Laura marcando la letra *s* al pronunciarlo. Las campanas repicaron y la joven volvió al presente con una sonrisa en el rostro. «Isabel, esa soy yo», susurró. La misa estaba por dar inicio.

Los minutos pasaron hasta que los feligreses recibieron la bendición final del sacerdote: «*In nomine Patris et Filii, et Spiritus Sancti*». La joven agachó la cabeza para persignarse. En un aura de humildad se fue caminando hacia la cocina. De inmediato se puso a disolver la masa de maíz y cuando vio llegar a sor Magdalena se acercó para asistirla con la preparación de la comida. Al tiempo que sacaba platos y acercaba cucharones notó un sentimiento extraño en el pecho. Era impaciencia. ¿De qué? La pregunta estaba de más, anhelaba verlo. Quería comprobar que la imagen que tenía de él era similar a la realidad: ¿Su piel era tan blanca como la del atole que revolvía?, ¿su cabello del color de la nuez?, ¿su mirada tan intensa como el olor del chalote? Era el primer hombre que conocía con la vista, era cierto, pero conocía a otros con el corazón. ¿Cuántas veces no había hablado con Jesús? ¿Y con San Agustín? Debía mostrarse serena. Con la mirada perdida en una canasta rememoró los ojos del forastero y un estremecimiento entró por su tobillo hasta que se le puso la piel de gallina. Suspiró. Los hombros se le movieron hacia atrás haciendo que los omóplatos sobresalieran en su espalda. ¿Qué era lo que encerraba esa mirada?

Sor Magdalena le pidió que alistara la mesa del comedor. Isabel llevaría las servilletas y los cubiertos. Mientras ponía las cucharas junto a los cuchillos, se distrajo mirando a través de la ventana. Sobre la biblioteca estaban las celdas de novicias, donde alguna vez habitaría Clara. El sentimiento de escalofrío no era nuevo. Con facilidad pudo desenterrar los labios de su amiga y revivir el beso que se habían dado tantos meses antes. Era sencillo resucitar el cosquilleo en el vientre provocado por una lengua ajena rozando sus labios. Isabel, en ese entonces, se quedaría con tantas dudas. ¿Qué hubiera pasado de haberse quedado quieta? ¿Qué había más allá del estremecimiento? Pronto sucesos más estridentes distrajeron su atención y Clara no volvió a aproximarse. Ni tampoco ella a Clara. Después de la muerte de la novicia, Isabel dejó abandonado el recuerdo del beso, del escalofrío y las noches en que lo evocara. Lo había escondido en su memoria hasta que llegara el hombre, con sus fastidiosos ojos marrón, a devolverle ese sentimiento incómodo y al mismo tiempo agradable.

Miró hacia la cocina, sor Magdalena desde la puerta la llamaba con una seña, la charola estaba lista. En pocos minutos la joven estaba parada frente al cuarto de labores esperando a que le abrieran la puerta. La expectación por verlo se aplacaría al ir avanzando tras el biombo, sus manos comenzarían a sudar y el estómago a darle vueltas, ya no estaba tan segura de querer estar ahí. Deseó que estuviera dormido para tener unas horas más, pero al dar la vuelta, él la aguardaba sentado en la cama, inspeccionando el cuarto con la vista.

Isabel fingió impavidez al saludar. Conforme se fue acercando, él comenzaría a moverse como si no se encontrara cómodo. La joven creyó que el hombre iba a decir algo por lo que se detuvo unos segundos frente a la charola, pero no dijo nada. Entonces ella le acercó el jarro con el atole. Él, al tratar de tomarlo, sin querer le pegó con el dorso de la mano vertiendo un poco sobre la sábana. Isabel con prontitud tomó la servilleta y cuando se inclinaba para limpiarlo se detuvo. El trapo quedó estático frente al forastero, quien, desapercibido del nerviosismo de ella, lo tomó balbuceando disculpas. La joven se sentó, tratando de alejar de su mente el hecho de que casi lo toca a través de las sábanas. Sudor resbalaría por su espalda hasta la cintura. No hacía calor. Él la miraba de cuando en cuando, con menos atrevimiento que el día de antes, pero no la perdía de vista. Ella no lograba articular una palabra. Frustrada, esperó impaciente hasta que el hombre terminara de comer. En cuanto lo hizo se puso de pie para llevarse los platos. Él le acercó la taza, al tomarla sus manos se rozaron y, en seguida, también sus miradas. Casi tiran el traste. Isabel lo rescató, con las mejillas ardiéndole como las brasas de la cocina. Presurosa se inclinó para retirar la charola. Al erguirse quiso decir su nombre, pero no pudo. Rodeó la cama sintiéndose cobarde. Antes de encaminarse a la salida, la joven se volvió de súbito:

—...sabel —lo dijo tan rápido que no se escuchó la primera letra—. Mi nombre es Isabel —repetiría despacio, mientras él ladeaba la cabeza encarando su rostro.

—Isabel... —hizo eco el hombre.

—¿Usted?

—Esteban —no dijeron nada más, pero el silencio ya no era el mismo.

Más tarde, en la colación, él le dijo sus apellidos, pero eran tan comunes y corrientes que no le dieron ninguna pista a la madre Catalina. También le explicó que era originario de Veracruz, donde la brisa huele a pescado y la humedad deja sabor a sal en los labios. A la hora de la comida comentaría, sin que Isabel le preguntara nada, que su padre era comerciante y que su último encargo había sido llevar una carga hacia la capital. En el camino bandoleros lo habían asaltado, quitándole la mercancía. Se lastimó las piernas al fugarse. No recordaba quién lo había llevado hasta esa casa.

Durante la cena, en cambio, no dijo nada, al menos con palabras. Las miradas y sonrisas incompletas gritaban frases de simpatía. Al terminar los alimentos Esteban entregó los platos e Isabel retiraría la charola arrepentida de haberle dicho acerca de las horas de silencio obligatorio. Él entonces se inclinó desde la cama, quedando tan cerca que ella pudo sentir el murmullo cayendo en su hombro:

—Disculpe, sé que debería callar, pero ¿le puedo pedir un favor? —la joven tragó saliva mientras asentía con la cabeza— ¿podría prestarme alguna lectura? Los días se hacen muy largos aquí sentado y… sin compañía —estas últimas dos palabras fueron entonadas con un dejo grave, pero sutil.

La siguiente mañana, al entrar a la habitación, ella traía el Antiguo Testamento sobre la charola, antes de irse él le preguntó si podían abrir las cortinas porque estaba un poco oscuro para leer. A medio día ella recorrió las telas dejando entrar la luz del sol y él sugeriría abrir una ventana para refrescar el cuarto. Por la tarde ella empujaría los cristales dejando entrar el aire de la ciudad, sólo para que Esteban solicitara —con cierta vergüenza—, su ropa y permiso para asearse. La joven no supo si debía decirle cómo había llegado vestido. Decidió omitirlo, pero le aseguró que preguntaría por ella. Al día siguiente le llevó cubetas de agua y un jabón, además de darle un ropón limpio.

Iniciaron así el pasatiempo donde él pedía algo y ella lo solicitaba para complacerlo. A Isabel le parecían demandas razonables, no se imaginaba que para Esteban eran meros pretextos para romper el silencio, porque frente a ella se sentía cohibido y las palabras le otorgaban un motivo para mirarla. El joven jamás se había topado con una mujer tan hermosa. Era en especial la boca de Isabel, tersa y delineada, que lo hacía temblar por dentro. Quería verla y escucharla hablar.

Cuando aquellos labios se movían para pronunciar cualquier cosa, él sentía que el cuerpo se le encrespaba. La voz, tímida y suave, era como una caricia en sus oídos. Aunque el mayor martirio era verla morderse el labio inferior, no completo sólo de un lado, dejándolo resbalar poco a poco de entre los dientes. Al hombre se le iba el aliento cuando lo hacía, el hilo de la lectura lo extraviaba y sentía su propia boca salivar.

También estaban esos ojos que se escondían detrás de las largas pestañas. Las contadas veces que los había visto le recordaban a la arena de mar de su puerto. Las pupilas resplandecían como granos húmedos bajo el sol veracruzano, prometiendo secretos y tesoros escondidos. La mirada sobresalía, enmarcada por la tez de tierra mojada y el cabello como hebras de carbón. Esteban lo suponía largo, lo imaginaba suave. Cuando la veía caminar hacia la puerta lo ahondaba la certeza de que el simple hecho de desatarlo y acariciarlo lo haría feliz para toda la vida. Por más que intentaba dominarse le era imposible no mirarla. Su belleza era fascinante, sus movimientos encantadores, su voz mitigante. La figura de ella sentada con los párpados bajos lo incitaba a contemplarla, a querer estirar la mano para acariciar ese rostro de deidad. Pero no se atrevía, había algo en la manera en que Isabel guardaba silencio que lo intimidaba. La joven lo soportaba con una pasmosa desfachatez, como si fuese su costumbre mantenerse callada. Aun cuando Esteban le hacía preguntas, ella se las ingeniaba para responder con frases cortas o con movimientos de cabeza. Él desgarraba el aire en busca de algo qué decir. Intentó preguntarle sobre ese lugar, del tiempo que llevaba trabajando, de los demás enfermos, pero en esos casos la joven enmudecía con mayor empeño. Una tarde decidió hablarle con la esperanza de que ella hiciera alguna pregunta, comentara algo para, de algún modo, romper la exasperante reserva. Tomando como pretexto el platillo del día, unos aguacates rellenos de sardina, Esteban le contaría a Isabel de su niñez cerca del muelle, la pesca local y los productos que llegaban del viejo continente. Saltaría entonces de las sardinas a la ocasión en que pisó un erizo por accidente. Se le habían quedado restos de espina adentro, descubriéndolos cuando el pie no se le deshinchaba. De ahí fue a parar al negocio de su padre, de los abarrotes que comerciaban y de lo magnífico que era ver los desembarques. Le habló de su padre, quien le enseñó números desde pequeño, a saber comprar y vender, a que no lo timaran. El hombre lanzaba preguntas a Isabel, para las que no esperaba respuesta, su ansiedad se traducía en un interminable monólogo donde él formulaba interrogantes que respondía con prontitud y a detalle.

Así, llegaría a contarle la razón para alejarse del mar. Su tío, Benito se llamaba, cayó enfermo y le escribió a su padre para que mandara a alguien de confianza a ayudarle en su negocio. El tío vivía en una hacienda a las afueras de la ciudad de Valladolid. Lo enviaron a él, y el viaje fue tan largo que cuando Esteban llegó el tío estaba recuperado. Usaría entonces su tiempo para hacer otras cosas y, con los alfareros, aprendería a trabajar el barro. Dejando de mirar a Isabel, describiría el placer de sumergir las manos en la tierra con agua, el agradable esfuerzo de amasar, la paciencia que aprendió para lograr formar una olla, un jarro o un plato. Los dejaba secar al sol, mirándolos de vez en vez, contento con su trabajo. Aunque para él no había mayor placer que mirar a las vasijas salir del fuego. Las dejaba enfriar para al fin tomarlas con las dos manos y apreciarlas. Isabel sintió una inmediata simpatía por Esteban. Era una labor muy parecida a la elaboración de dulces y pan que ella tanto gozaba. Se atrevería entonces a ojearlo por unos segundos, notando que mientras hablaba su mirada resplandecía.

El hombre narraba sus andares con anécdotas y perspicaces descripciones, por lo que tardó más de lo normal en terminarse los alimentos. Se le veía cómodo cuando hablaba y a Isabel le costó trabajo despedirse al ver vacío el plato del postre. Al salir del cuarto, la madre custodia se le acercó para recordarle que no debía entablar conversaciones que no fueran edificantes. Isabel se quedó en silencio unos segundos antes de responder: «Sí, madre». No entendía por qué le habían pedido indagar información sobre el forajido y ahora le pedían que lo callara, cosa que tampoco sabía bien cómo hacer, ni estaba segura de poder lograr. Para la cena se mantuvieron en silencio. Esteban respetaba la norma, contentándose con mirar a la joven que esa noche había levantado los ojos más de una vez.

A la mañana siguiente, en el desayuno, el hombre de nuevo se colgó de algún pretexto para no dejar de hablar. Con la gran virtud de ir dibujando con sus palabras paisajes tan ajenos a Isabel, Esteban lograba que traspasara junto con él las fronteras del claustro.

Poco después de salir del cuarto de labores la mandaron llamar de la oficina de la priora. La madre custodia había dado reportes oportunos de las conversaciones. Sin rodeos la madre Catalina le recordó que estaban en un recinto sagrado, donde se debía mantener un ambiente de reserva y un espíritu de templanza. No se podía permitir caer en el ocio utilizando su tiempo en diálogos banales y alejados del enriquecimiento espiritual. Podían, sin embargo, hablar sobre la palabra sagrada y ella ayudarlo a acercarse a Dios; podía alumbrar el camino de ese hombre que, como quedaba claro, no condenaba las creencias paganas. La joven de inmediato supo a qué se refería la priora.

En la última visita, Esteban había alabado la sazón de la sopa. Al preguntar, Isabel le respondió que ella había ayudado a prepararla. El hombre le dedicó una mirada que la joven no supo descifrar, luego habló de uno de sus viajes del puerto a la capital. Por una intensa lluvia había tenido que pararse a la mitad del camino. Un indio generoso le había dado refugio a él y a sus hombres, y descanso a los animales. En su choza la mujer del indio había preparado un caldo que le recordaba a esa sopa. Describió con detalle la sencillez del lugar con las paredes hechas de cañas de maíz y techo de zacate. El fogón calentaba desde el centro con tres piedras para poner las ollas. Sentados en el piso de tierra compartieron el plato para probar la comida. Pero entonces, describiría el altar que había en uno de los rincones, con flores anaranjadas y unas calaveras adornándolo.

Escuchando a la madre Catalina se daba cuenta que su discreción había sido un acierto. Por fortuna no había provocado que Esteban hablara más de ese asunto. La joven reparaba que, a pesar de que el consejo le había permitido ciertas dispensas, debía tener cuidado. No iba a cometer el mismo error que haría con Clara y Laura, sería cautelosa. En las visitas posteriores tomó la biblia de la mesa para leer alguno de sus pasajes. Él la escuchaba con cierta extrañeza, pero complacido de poder mirar sus labios. Con gran esfuerzo, los dos disimularon el antojo de desviar los temas de lo devoto a lo anodino. Esteban pronto mostró desinterés en la lectura porque le provocaba una inaguantable somnolencia. No era que no le importara la palabra sagrada, al contrario, la había leído repetidas veces. Las tardes eran las más difíciles; con el estómago satisfecho, el sol calentando la habitación y ella leyendo en tono melodioso, apenas lograba mantenerse con los ojos abiertos. Era acaso que la luz alumbrando a Isabel por la espalda ensombrecía su boca, quitándole el único pasatiempo que lo hubiera podido animar. Para no quedarse dormido, Esteban comenzaría a interrumpirla indagando sobre cualquier cosa que le venía a la mente. ¿Cuánto tiempo llevaba trabajando ahí?, ¿por qué no había nadie más en ese cuarto?, ¿podría salir a caminar un poco cuando estuviera más recuperado?, ¿era ella quien había preparado los alimentos?, ¿se podría quedar con las ventanas abiertas cuando se fuera?, ¿cuándo podía tomar otro baño? Las palabras eran el único pretexto que encontraba para hacerla quitar la vista del libro. Era en vano, Isabel apenas hacía breves pausas para escucharlo, pero siempre reanudaba la lectura.

En el fondo el hombre sí tenía curiosidad de saber dónde estaba, pero ésta se atenuaba con lo bien atendido y cómodo que se sentía. Por más que lo rumiaba, no había llegado a ninguna conclusión. Sabía que no era un asilo o un hospital, una prisión o una casa. Con el tedio de las visitas comenzó a insistir, pero ella no le respondía. No sabía bien qué hacer. Estaba desesperado por regresar a las conversaciones de antes, amenizar las visitas, interesarla en sus relatos y, sobre todo, no desperdiciar ese preciado tiempo junto a ella cabeceando de sueño.

Para la siguiente lectura estaba decidido a encontrar una manera de no dejarla leer. Al verla llegar, estudió sus movimientos, ella dejó la charola en la mesa como siempre y él tomaría su mano preguntándole:

—Disculpe mi insistencia, ¿dónde estoy? —Isabel miraría incrédula la mano agarrando la suya—. Dígame, por favor.

Ella levantó los párpados. Sus miradas se quedaron amarradas con un hilo invisible, tenso e inmóvil. Los segundos pasaron: uno, dos, tres, cuatro, cinco. Se encontraba hermosa, con gesto que parecía de preocupación y súplica. Esteban sintió cómo litros de sangre se le acumulaban debajo del ombligo. Él imaginaba que había sido el tono de ruego más no el roce lo que empujaría a Isabel a responder:

—Es el convento de las hermanas recoletas de Santa Mónica, en la Ciudad de Puebla de los Ángeles.

Desconcertado la soltó de inmediato, como si la mano de ella le quemara los dedos. Las palabras que acababa de escuchar lo hacían perderse entre las cobijas. Esteban, absorto, no veía a Isabel sentarse y abrir la biblia, no la escucharía comenzar con otro libro, no se percataría de que los alimentos se enfriaban. En su cabeza las preguntas lo afligían. ¿Un convento?, ¿era una monja?, ¿una novicia? Y él, ¿cómo había entrado?, ¿por qué lo atendían?, ¿estaba encerrado?, ¿lo iban a denunciar? En sus cavilaciones jamás se le había ocurrido que ese fuera un monasterio de mujeres. Rápido caía en la cuenta del por qué no podía salir del cuarto, del silencio por las noches, la reserva de la joven, las campanadas que se escuchaban tan cerca, de la sombra detrás del biombo que veía moverse entre el hueco que dejaban las bisagras. Pero ella, ¿quién era? No le interesaba si sabían la verdad sobre él, de sus andanzas por la sierra y su lazo con la lucha; de su reniego por la corona y el tiempo de fugitivo. Lo único que importaba era descifrar si ella estaba consagrada a Dios o él tenía una oportunidad. Esteban llevaba noches soñando con ese rostro teñido de ocre, con las manos alargadas y los ojos de arena. Se despertaba sudado por el calor de su propio cuerpo. Bajo la almohada Isabel se transformaba en alguna de las pocas mujeres a las que había poseído. Aparecían ambos desnudos, libres, unidos bajo los lienzos de ese lecho. Por las mañanas, ella llegaba a torturarlo con su inusual recato, y esos platillos con el toque exacto de picante y sal que exaltaban su paladar y sus sentidos. Al final del día, la anhelaba tanto que despertaba con el deseo aplacado pero lleno de frustración.

Las fantasías se nutrían de los pocos detalles que podía apropiarse: un dedo rascando detrás de un oído, la muñeca descubierta al alargar el brazo, los dientes mordiendo uno de los labios, la diminuta pelusa atorada en el uniforme a la altura de los senos, la visión de su cuerpo balanceándose de espaldas para salir de la habitación. El no poder ver nada más que sus manos, su cara y su cuello, hacían que Esteban la quisiera más que a cualquier otra mujer que hubiera conocido. Imaginar los secretos bajo las vestimentas era el mejor combustible para el apetito. La implicación de que ella perteneciera a un convento hizo que la sangre se le enfriara tanto como la de una iguana. Sin mirar siquiera los alimentos le preguntó:

—¿Es usted monja?

—No.

—¿Novicia?

—No

Fue lo único que él necesitó para respirar con alivio y poder disfrutar la comida. Más aún cuando creyó mirar que ella esbozaba una ligera, ligerísima sonrisa al reabrir el libro y continuar leyendo. Y sí, Esteban estaba seguro que se había ruborizado también. Él le agradeció con una vasta sonrisa, aquellos eran los dos mejores regalos que le pudiera dar. Ella levantaría la vista de las páginas para ojearlo de nuevo y, al notar el gesto de alegría, le dieron ganas de sonreír con más desenvoltura. Así lo hizo, desviando la mirada y dejándose sonrojar. En ese instante y bajo la vigilada reserva, se dijeron todo sin decirse nada. Él retomaría seguridad para pretenderla y ella se animaría a obedecer sus propios impulsos.

Isabel, intentando no perder el hilo de la lectura, perpetuaba en su mente los dedos ajenos sobre su mano, las yemas marcando su piel. Como si le hubiera caído un tabique encima, el pecho se le comprimía hasta quedarse sin aire. Por un rato él no dijo nada, sólo escuchó las lecturas, detrás del biombo parecía no haber nadie, un pájaro chirrió desde algún árbol del patio. Ella continuaría leyendo mientras caía en la cuenta: la madre vigilante era ciega en esa habitación, podía eludir la custodia si no cometía errores al hablar. Sólo Dios podía juzgarla con la vista y era Él quien le había puesto a aquel hombre en su camino.

A partir de ese encuentro, entre los dos inventaron una intimidad construida con gestos, ademanes y mudas expresiones. Él se embelesaba con los ojos tímidos y los delicados movimientos de ella. Ella se iba enamorando de las miradas atrevidas y la evidente frescura de él. Los días que limpiaba el cuarto o al levantarse a abrir la ventana, Isabel se sentía examinada más allá de los pliegues del uniforme. El azoramiento pronto se convirtió en una efervescencia debajo de la ropa; él notaba el modesto desembarazo y en cada oportunidad le hacía una petición para verla moverse de un lado al otro.

Un día Esteban no pudo más, tenía que tocarla de nuevo. Al final de la comida, cuando ella se estiró para alcanzar los trastes, él la detuvo para imprimirle un beso en el dorso de la mano. Isabel miraría el movimiento sin oponer resistencia. Era como si estuviera en un sueño donde unos labios la rozaban consumiendo los restos de tranquilidad y unos ojos se aferraban a los suyos sujetándole el alma.

La vida no era la misma; ambos le habían dado una probada a una caricia delicada y exquisita, a un cariño que debilita la cordura, aviva escalofríos y evoca el calor de los rayos del sol. Dejaron atrás el antojo de las charlas atizados por el placer de ignorar la custodia. Las palpitaciones comenzaban al escuchar la llave girar para abrir la puerta, continuaban al encontrarse y se extendían hasta el final de las comidas. El silencioso coqueteo se iba fortaleciendo aun cuando no se veían. Isabel, al salir del cuarto, se sentía viva. En su celda a solas recreaba los minutos junto a Esteban, los gestos que sobresaltaban el corazón, los ademanes que le robaban el aliento. Al recordarlos su piel se encrespaba y su vientre no encontraba serenidad. Con placer se daba cuenta que nadie podía despojarla de aquel gusto, porque era uno que no se podía guardar en el baúl y sobre el que nunca escribiría. Esteban, por su lado, en cada visita iba ganando nuevas imágenes para sostener sus ensueños. Isabel dándole la espalda para recorrer las cortinas, Isabel cargando la cubeta de agua, Isabel fregando el piso, Isabel mirándolo desde la silla. La silueta apenas visible de los senos bajo la tela oscura lo perturbaba, al igual que los antebrazos desnudos al arremangarse el uniforme para asear.

En una ocasión, al estar recogiendo la charola un ligero mechón de cabello se resbaló del chongo. Esteban no lo pensó ni un segundo para acercar la mano y tomarlo entre sus dedos. Con gran lentitud fue a acomodarlo detrás de la oreja de la joven. Ella se quedó muy quieta. Él rozó su lunar en la sien y se detuvo en la mejilla para acariciarla. Cerrando los ojos, Isabel ladearía la cabeza. La palma de él quedaría acurrucada entre su rostro y el hombro. Esteban tragó saliva. No la dejaría de contemplar hasta verla abrir los ojos, reanudar su quehacer y despedirse de él con una sonrisa.

Era cierto que la joven había encontrado una manera de ignorar a la madre custodia, pero no de volver a entablar una conversación. Una vez más se sentía incapaz de escribir su destino, frustrada por tener que seguir instrucciones. Pero Isabel no imaginaba que tenía a su lado un cómplice que haría todo para encontrar un tiempo a solas con ella. Enloquecido por su mera presencia, Esteban resolvería probar esos labios y tocar ese cabello, aunque fuera expulsado de aquel paraíso, maldito por los dioses y condenado a vivir en la soledad. Con su espíritu insurrecto y su falta de prejuicios, el hombre tomaría cualquier riesgo, intentaría cualquier cosa para incitarla a entrar por la ventana hacia una mayor libertad.

Isabel sacó el comal y lo limpió con un trapo antes de ponerlo en la hornilla. Para hacer tiempo se entretuvo mirando la escultura de San Pascual Bailón sobre un estante. El santo iba vestido con hábito de monje, entre los brazos su mandolina lo acompañaba mientras él entonaba una canción. Su gesto le recordaba al de Clara cuando cantaba: la boca abierta en una mueca distinta a cualquiera que hiciera al hablar, el ceño entre fruncido y melancólico junto con una mirada que contempla más allá de donde uno se encuentra. La escultura le gustaba, casi podía escuchar la voz del santo animándola con su música. Con agrado recordó una plegaria: «Pascualito muy querido, mi Santo Pascual Bailón, yo te ofrezco este guisito y tú pones la sazón». Metió un dedo en su boca mojando la yema con la lengua. Con un movimiento rápido tocaría el comal por menos de un segundo, la saliva siseó, estaba listo. De un chiquihuite saldrían los chiles largos, negros y secos, con las semillas sueltas convirtiéndolos en sonajas. Isabel los colocó en la lumbre, con delicadeza, uno junto al otro.

El aroma del chile pasilla entró por su nariz para atizarla y, en un rato más, hacerla estornudar. Le encantaba ese olor, entre dulce y picante, entre terroso y húmedo, que destapaba oídos y enardecía el espíritu. Giró los chiles para asarlos bien por cada lado; mientras lo hacía le dieron unas súbitas ganas de sonreír, aunque se mordió los labios para contenerse. Había pasado tanto que a veces creía que no era cierto, que esa parte de su vida se la habían contado y no le pertenecía. Por eso, cuando recordaba a Esteban y la aspereza de su mejilla quería cantar de júbilo. No, no era un amor ajeno, era de ella y de nadie más. De ella con él, el hombre, creado a imagen y semejanza, con autoridad sobre los peces del mar, sobre las aves del cielo, los animales del campo, las fieras salvajes y los reptiles que se arrastran por el suelo... y con privilegios sobre su corazón.

La joven tomaría varios limones de una canasta mientras sor Magdalena fileteaba el pescado. Sin quitarle el ojo a los chiles puso agua a calentar. Regresaría a voltearlos y, para darles tiempo a tostarse, comenzó a pelar los dientes de ajo. La labor de las dos mujeres se complementaba, Isabel volvía a manejarse en la cocina como antaño y su maestra la miraba con agrado, era evidente que la llegada del forastero había causado un cambio en ella, pero no sabía hasta qué punto había alterado su cotidianidad. La joven continuó sus quehaceres al tiempo que dominaba el ánimo y rememoraba los días desde que Esteban apareciera asomado por la ventana del cuarto de labores.

Era la hora de la misa, Isabel se encontraba sentada junto al confesionario de la planta baja mientras, como era habitual, las demás religiosas seguían el oficio desde el coro. De pronto alguien dijo su nombre. Tardó en darse cuenta de que aquel llamado no venía de su cabeza, sino del patio. Al alzar la mirada vio a Esteban asomado, con la mano elevada en un saludo y una gran sonrisa en los labios.

—¿Qué está haciendo? —le dijo acercándose con prisa.

—¡Míreme, pude levantarme! —respondió él alzando los brazos y mirándose las piernas.

—No debe abrir las ventanas. Recuéstese.

—Ah, hace buen día… —dijo Esteban recorriendo el claustro con los ojos.

—Recuéstese que lo van a ver.

—Pero si no hay nadie.

—Estamos en misa.

—¿Qué hace usted ahí sentada? ¿No va a asistir? —Isabel lo miró sin saber qué responder y por primera vez se alegró de que le prohibieran a ella entrar al coro—. Por qué no mejor platica conmigo. Se le veía aburrida.

La joven se acercó un poco más, en silencio con una mano siguiendo la pared. Él se mantuvo recargado del marco de la ventana. Se acomodaron con el rostro hacia el patio. No hablaron por varios minutos. Más tarde hicieron un par de comentarios de lo agradable del clima y del árbol de nanches cerca de la fuente. Guardaron de nuevo silencio porque a ninguno se le ocurría qué decirse. Ahora que al fin estaban solos, los nervios enmudecían las palabras guardadas para esa ocasión. Cuando Isabel supuso que faltaba poco para que la misa terminara y para que las religiosas salieran hacia el claustro, le dijo a Esteban que tenía que retirarse. Cerraron la ventana y se miraron a través del cristal, sonriéndose con una calidez más allá de la complicidad, entendiendo que en ese instante firmaban un pacto que sólo a ellos les atañía.

En la misa de la noche Esteban se asomó y ella iría hacia la ventana sin decir nada. Se acomodaron del mismo modo que en la mañana. Isabel hubiera querido tener la biblia en la mano para deshacerse del inquietante silencio. Por fortuna a él se le ocurrió alabar la sopa de tortilla servida durante la comida, y esa observación, tan simple, sería lo que se necesitaba para articular una frase. El encuentro se hizo corto, manteniéndose uno adentro y la otra afuera, contenidos por algo más que la pared. Porque a pesar de las esporádicas caricias durante las visitas custodiadas, a solas se contentaron con descubrirse por el oído. Esteban no tardó en retomar las conversaciones iniciales sobre su vida y sus andares. Se animaba al ver el interés de Isabel en sus pláticas, aunque ella apenas hablara. La joven se contentaba con escucharlo, dejándose sumergir en ese bagaje pintoresco y lleno de pormenores que le ayudaban a imaginar el mundo. Verse a través de la ventana se fue convirtiendo en una necesidad. La joven contaba el repique de las campanas para que diera la hora de la misa; esperaba ansiosa que sus hermanas se introdujeran al coro y, al ver la puerta cerrada, escaparse a escuchar las historias que la hacían soñar.

En sus demás quehaceres Isabel no dejaba de pensar en Esteban. Una tarde se acercaría a releer la biblia y en las primeras hojas repasó cómo Dios, luego de juntar las aguas debajo de los cielos y aparecer el suelo seco, llamó al suelo *tierra* y al depósito de aguas *mares*. Y cómo llenó las aguas de seres vivientes. Ahora podía imaginar a esas creaturas del mar, unos llenos de picos y otros en forma de estrella, peces de distintos colores y tamaños, y piedras que parecen esponjas. La joven se encontraría preguntándo sobre la textura de la arena, el olor del mar, si el agua era tibia. Al fin Esteban lograba provocar en Isabel la suficiente curiosidad para animarse a conversar con él.

Una mañana, la joven llenaría uno de los silencios con una pregunta, él se mostró gratamente sorprendido al escucharla. La respuesta fue breve y Esteban esperó una segunda pregunta. Ella la hizo, más elaborada. A partir de entonces, los soliloquios se convirtieron en diálogos donde ella indagaba y él explicaba.

Se veían en privado mañana y noche a la hora de la ceremonia eucarística. Las charlas iban de un lado al otro. A veces podían quedarse en las minucias del día; otras se tornaban muy personales. Ambos iban abriéndose, sintiendo la confianza para revelar desde los pormenores de sus vidas hasta los secretos mejor guardados. Durante las visitas con la charola de los alimentos ambos se hicieron expertos en el teatro de decir lo que debían, aparentar distancia entre ellos e interés en la palabra sagrada, pero concediéndose el placer de rozarse la mano, la mejilla o el antebrazo.

Un día Isabel se atrevería a tocar en la ventana a la mitad de la mañana, a la hora de la liturgia. Esteban se asomó, sorprendido de verla esperándolo del otro lado del vidrio, la joven tenía más arrojo del que aparentaba. Mientras él abría ella le mostró una pequeña flor.

–Son las últimas del otoño –le dijo en cuanto hubo abierto el cristal; Esteban miró a Isabel y al retoño: su color era de un violeta intenso, de cinco pétalos unidos que formaban una pequeña campana, y con líneas moradas partiéndolos por el centro trazando una estrella–. Se cierran durante las noches, la hermana Laura solía decirme que no debía hacer ruido para no despertarlas. Tómela, se la traje, es para usted.

Él no respondió, pero su mundo cambiaba. Con la flor en la mano se daría cuenta cuán vulnerable era, tanto como aquella frágil campanilla. Y, aún cuando el sentimiento era suave y placentero, tuvo miedo, se sabía con el valor para batirse con quien fuera por esa mujer con ojos de almendra, pero jamás se había sentido tan indefenso. Él no podía hacer nada, ella lo que quisiera para decidir su fortuna, porque más allá de sus delirantes fantasías, lo que más anhelaba Esteban era ver contenta a Isabel y ser él la razón de su felicidad. Había algo en ella que gritaba protección y él estaba dispuesto a resguardarla ante todo y frente a todos. Aunque quizá fuera él quien necesitaba protegerse.

En esa ocasión habló casi solo ella sobre esa y otras flores, los árboles de la huerta, las hierbas de olor, hasta que el tiempo se agotara. Antes de cerrar la ventana a él le dio por decir: «Gracias». Ella lo miró por unos segundos. Esteban supo que por ese amor podría sufrir.

La joven le rozó el dorso de la mano a modo de despedida y con eso, sólo con eso, nada importó. ¿Cómo alcanzar la gloria si no es a través del sufrimiento?

Isabel resplandecía después de sus encuentros. Era maravilloso el sentimiento de libertad al poder expresarse a sus anchas, de seguridad al ser escuchada, de confianza por tener un cómplice. Al igual que cuando lo hiciese con Clara, el romper las reglas y encontrar un espacio reservado le daba vigor, más aún cuando lo hacía por él, quien la estremecía con solo mirarla. De ese modo, reencontró la soltura para departir, pero con mayor intimidad. En pausas y con paciencia, la joven se encontraría hablando de su hermana Laura y sintiéndose contenta al hacerlo. Dijo las razones por las que había entrado y mencionó los sueños que tenía de su madre. Recordaría a Clara con especial tristeza, sin puntualizar las causas de su muerte se atrevería a contar sobre su amistad. Describiría la rutina en el convento, a sor Magdalena y su talento en la cocina.

La joven se oía un poco asombrada de hacer de su vida un cuento digno de relatarse, en especial porque Esteban mostraba interés. Él se mantenía fascinado de que una mujer como Isabel, quien prácticamente no conocía el exterior, pudiera ser como era: hermosa y grácil, elocuente y articulada, culta y trabajadora. No le dijo que le parecía injusto que la tuvieran encerrada, que su destino hubiera sido decretado por los errores de otros, porque la joven ni siquiera recordaba haber visto los volcanes que sitiaban la ciudad. Por eso Esteban describiría sus aventuras utilizando una enorme gama de colores. Rápido cayó en la cuenta de que Isabel no se cansaba de las imágenes trazadas con sus palabras; como si contara con pinceles, lápices y papel, fue haciendo para ella retratos de cada miembro de su familia, paisajes de su tierra natal, bocetos de la tienda de su padre, apuntes de sus emociones. De entrevista en entrevista esbozaría el camino que lo dejó en Valladolid, el respeto a su primo varios años mayor que él y cada una de las ciudades que conocía. Isabel lo escuchaba absorta, concibiendo en su mente las tonalidades formadas con los pigmentos de la voz de Esteban.

En una ocasión él mencionaría un baile que organizaron en la hacienda y ella con prontitud indagaría sobre los vestidos que portaban las damas. Para fascinación de la joven, Esteban describió de lo que se acordaba con el mayor número de pinceladas posible. Más adelante ella preguntaría acerca de los bailes y él con rapidez la animó:

—Pues sáltese la ventana y le enseño cómo —Isabel se rio; era una risa que danzaba y, al oírla, algo brilló dentro de Esteban—. ¡Ándele! —insistiría.

Antes de que ella pudiera responder, él acercó una silla a la ventana y en unos segundos estaba fuera del cuarto. Hizo una mueca de dolor al poner los pies en el piso, pero antes de que Isabel pudiera reaccionar Esteban atrapó sus dedos. Cuando estuvieron uno frente al otro, él la acercaría hacia su cuerpo mientras tarareaba una melodía muy alegre. Con la otra mano la tomó de la cintura y la comenzaría a menear de un lado hacia el otro, recordando un son que muchas veces había escuchado —en Veracruz, en la tienda de su padre— a los trabajadores mulatos cantar. No era la música de la fiesta, sino la primera canción que se le ocurrió. Isabel se reiría de la melodía, del movimiento, de estarse rodeada por los brazos de él, de nervios, de dicha, y Esteban continuaría cantando para perpetuar ese momento, para que la bellísima cara frente a él no perdiera el encanto.

El baile y la risa fueron cesando hasta quedar los dos quietos y mirándose. Él ladeó la cabeza para aproximarse a sus labios, ella levantaría el cuello para dejarlos dispuestos. Se besaron despacio, sin prisa, saboreado cada roce. Él estiró la lengua para colarse a una boca que prometía sublimes condimentos, ella la dejaría entrar ofreciéndole un deleite aún mayor que su mejor platillo. Terminaron cerrando los ojos porque era imposible resistir algo más que no fuese la sensación de sus labios adheridos. El sol seguía su curso, las nubes se deslizaban por un cielo impávido, el cenzontle cantaba, las campanillas se mantenían abiertas... y ellos dos detenidos hacían una boca, una lengua, probando otros dientes, otro paladar. Isabel fue más allá del escalofrío hasta encontrar una intranquila paz en su pecho. El cúmulo de emociones hostigándola crecía, pero a ella le dejó de importar, le agradaba. Se quedaría correspondiendo a ese hombre, porque eso deseaba y porque eso le daba más paz que cualquier sermón, que cientos de liturgias, que una bendición. Esteban se sentiría seguro, resguardado, completo. Por esa mujer daría su sangre y su cuerpo, regalaría sus pertenencias y su voluntad, traicionaría sus ideales con tal de convencerla de escaparse juntos, de cuidarla y amarla para siempre, de llevarla a donde las flores nacen de la espuma del mar y las estaciones se confunden en una sola.

El tiempo se consumió con un beso y Esteban tuvo que regresar al cuarto. Se despidieron con una flamante ternura, sintiendo cómo el amor sacaba raíces dentro de cada uno.

Los encuentros a solas se convirtieron en momentos para hacer de sus besos un arte. Como si fuera una danza, el hombre la guiaba e Isabel se dejaba llevar. A través de la ventana perfeccionaron sus movimientos hasta entenderse con minúsculas señales y que sus lenguas bailaran al mismo compás. Las manos de él se mantenían sin cruzar la línea invisible del cuello, y ella de vez en cuando se atrevía a acariciar aquel rostro de santo.

Esa mañana, trabajando, Isabel se agasajaba con sus recuerdos, hasta que los olores la regresaron a la cocina. Advirtió que sor Magdalena exprimía los limones sobre los filetes del pescado blanco y el olor del cítrico haría que su boca salivara. Ella ya había puesto a remojar los chiles en agua tibia y ahora los desmenuzaba con la mano. Las uñas se le veían oscuras al igual que la yema de los dedos. El día anterior se había hecho una diminuta rajada en el borde del índice y con el picante le comenzó a arder. No hizo caso del dolor, continuaría con su tarea hasta dejarlos listos. Tomó los dientes de ajo pelados y el chile para llevarlos al molcajete. Con la mano izquierda detenía el mortero de piedra porosa, mientras que la derecha hacía presión con el tejolote. Cuando los ajos comenzaron a sacar su jugo Isabel fue vertiendo el agua con el chile desmenuzado. Las semillas sobresalían en la salsa oscura y de pronto el sisear la manteca al recibir los filetes de pescado la distrajo, sor Magdalena había comenzado a freírlos. La cocina al fin emanaba los olores por los que había sido creada y la joven se agasajó de antemano con el platillo que Esteban iría a probar.

En efecto el guiso quedaría en su punto. Lo sirvieron con arroz blanco y en el plato se unía la salsa con el grano para formar un eclipse. Isabel caminó de prisa hasta el cuarto de labores para que no se enfriara y al ver comer a Esteban, ella trataría de adivinar su impresión. Él no habló, tan sólo masticaba con parsimonia saboreando cada bocado. Ella se mantuvo leyendo sin dejarle de prestar atención a sus gestos. Al terminar de comer, Esteban esperó a que hiciera una pausa para decirle:

—Disculpe Isabel, quisiera decirle que este es el mejor guiso que jamás haya probado. Muchas gracias —ella le dedicó una sonrisa antes de continuar la lectura.

Cuando se hubo comido el postre y bebido el agua, ella dejó la biblia en la mesa para recoger los platos. Al inclinarse Esteban se acercó a su oído para susurrarle:

—Pero no tan sabroso como sus labios —ella sintió que sus rodillas temblaban.

Esa tarde se volvieron a encontrar a la hora de la misa. Con los últimos rayos de sol Esteban abriría la ventana del cuarto. De inmediato notó que el cabello de la joven estaba húmedo. Ella le explicó que venía de darse un baño, lo preparaban en un cuarto en el claustro de profesas. La idea de que la joven hubiera estado desnuda a unos cuantos pasos de él y hacía sólo unos momentos, hizo que a Esteban le ardieran las entrañas. Quería indagar los detalles: una tina, el agua, hierbas, el jabón, el cabello, su cuerpo, su cuerpo, su cuerpo… Ella continuaría hablando sin percatarse de lo que sus palabras habían producido en el hombre y, como si nada, mencionó que el cuarto era llamado «la habitación de los placeres». Cuando terminó la frase vería a Esteban acercársele para regalarle un beso, pero aquel era distinto a cualquier otro, tierno e intenso a la vez, como si a través de los labios el hombre le dijera algo.

El filo de la ventana enmarcaría sus caricias. Él se animó a besarla en la mejilla y en el lunar en la sien. En un arrebato de ternura Esteban deslizó una mano hacia el húmedo cabello tirando la horquilla sin querer. Los mechones resbalaron por los hombros y la espalda hasta más allá de la cadera como una hermosa cascada de obsidiana. Él hubiera querido incitarla a saltarse hacia el interior del cuarto y descubrir los secretos de su cuerpo. Hubiera deseado derretir la cama con caricias, haciendo suya a Isabel ese día y para siempre. Hubiera querido tantas cosas…, pero no ahí, no así, no esa tarde. Él encontraría la manera de sacarla, de aventarse por la corriente de su cabello y perderse en el ámbar de sus ojos, de llevarla a Veracruz a conocer el mar, de ser felices juntos.

No se dijeron nada, les bastó con la ternura de sus besos. Sus labios imprimían promesas mudas de amor sin condiciones. El tiempo se detuvo e Isabel hubiera pasado por alto el término de la misa si no hubiera sido por el sonido de un intenso golpe. No sabían de dónde provenía el ruido, pero de inmediato se dijeron adiós. Cerraron la ventana viéndose a través de ella. Él la miró alejarse, decidido a dar un paso más en la siguiente visita, hacerle una propuesta, convencerla de escaparse de ahí. Ella se sentó a escuchar el final de la misa arreglándose el cabello, sintiéndose nerviosa por el sentimiento burbujeante en la piel y haberse olvidado de la hora.

Pero el día continuó como de costumbre e Isabel dio gracias a Dios porque no habían sido descubiertos.

Con el deseo avivado por la intensidad de sus caricias, esa noche, por separado, consagrarían sus cuerpos el uno al otro. Esteban concebiría los escenarios más sugestivos hasta estallar de placer. Isabel, un piso más arriba, trataría de distraerse porque en cuanto cerraba los ojos el rostro, la piel, los labios, la lengua de él ocupaba sus visiones. El estremecimiento no era pasajero, se había aferrado a su sangre para recordarle la sensación de hervor en la entrepierna. ¿Cómo conciliar el sueño si ella no dejaba de escaldar aún estando lejos del brasero? Trató de pensar en otras cosas sin lograr nada. Pasaban los minutos que suponía eran horas. Derrotada por la vigilia, cerraría los ojos dejándose llevar por su imaginación, recordando e inventando hasta sentir que sus senos crecían, su vientre se fundía y su pecho gritaba. Siguiendo un impetuoso instinto su mano se colaría por debajo del uniforme, a través de la enagua, por un lado de las bragas, hasta encontrar el origen de su desvelo.

Esteban e Isabel lograrían dormir sosegados, pero anhelantes del siguiente encuentro. Para su disgusto, la joven despertó manchada por la incomodidad del mes. En la enfermería jamás se le habían hecho los días tan largos, interminables. Pensaba en quién y cómo atendería al hombre mientras se purificaba. Al quinto día por fin pudo regresar a sus labores. A la hora de la prima recorrió los pasillos con ánimo, feliz. En cuanto las religiosas se metieron al coro Isabel bajaría las escaleras casi con prisa por la impaciencia. Tocó en el cristal de la ventana. Nadie vino a abrirle. Volvió a tocar. Nada. Se fue a sentar junto al confesionario, los minutos pasaron lento, muy lento. Al terminar la misa caminaría incierta hacia la cocina, no quería aceptar lo obvio.

Tuvo que escucharlo de sor Magdalena para creerlo: «Dejaron ir al hombre hace dos días, la madre enfermera dijo…». Isabel no pudo seguir escuchando. Unos brazos se abren y cae hacia un vacío interminable. No, esta vez no iba a despertar, no podía despertar, porque aquella pesadilla no era un sueño.

Las nubes llegan. Son negras, cargadas de tristeza en forma de gotas de agua. Una, dos, tres... cincuenta... cien. Se acumulan detrás de los ojos, en el cogote, dentro del corazón. Resiste. Traga saliva. La garganta está cerrada. Duele. Duele mucho. Muerde un labio. Sangre en la lengua. El pecho arde. Una punzada en el estómago. Aprieta los puños. Más fuerte. Descansa una mano en el estante. Las piernas se sienten débiles. Se sostiene. No parpadea. Las lágrimas brotan, no las puede contener. Escurre una, otra, cántaros. Logra pasar el trago de saliva. El malestar no se va. Se detiene con la otra mano. Respira agitadamente. Cierra los ojos, abre la boca, quiere gritar. Tiene que gritar... Tiene que gritar. Sor Magdalena logra poner la mano sobre los labios de Isabel antes de que salga un sonido agudo desde los pulmones. La joven escucha unas palabras como si vinieran desde muy lejos:

—Respira. Vamos afuera.

Al sentir el brazo de la madre cocinera empujando el suyo Isabel se deja llevar. La guían sin agarrarla. Se tropieza con el escalón para salir al patio, el que se sabe de memoria. Su hermana la atrapa y continúa.

Las lágrimas bañan sus mejillas, humedecen la baldosa, nutren la tierra. Sor Magdalena se detiene y la tira de la mano para obligarla a hincarse. Le habla, una hoja de papel cae en sus rodillas. Oye la voz como en un eco.

—Tómala Isabel, es para ti. Cuando termines de leerla no puedes guardarla.

Las palabras comienzan a acomodarse. La joven les da la vuelta intentando encontrar sentido. Parpadea, se talla los ojos, comienza a enfocar hasta advertir la carta frente a ella. La toma con manos temblorosas. La va desdoblando de abajo para arriba, de derecha a izquierda. Al leer la primera línea sabe de inmediato de quién es.

—Pero... —dice mirando a su querida sor Magdalena.

—No hagas preguntas, mi niña.

El nudo en la garganta fue creciendo y regresó también el dolor en el pecho. Había dejado de caer, Isabel estaba sostenida de ese pedazo de papel dirigido a ella y de la bondad de la madre cocinera. Las lágrimas le obstruyeron un «gracias» y sólo miró a su hermana encaminarse hacia el claustro detrás del vidrio empañado de sus ojos.

—No se te olvide cortar el cilantro para la salsa antes de regresar a la cocina —le dijo sor Magdalena volviendo la cabeza, Isabel asintió limpiándose los ojos para poder leer.

«Isabel, mi amor», comenzaba la carta y con esas tres palabras su mundo se enmendaba. Esteban le hablaba con una ternura que no le conocía, diciéndole las frases dulces que callaban detrás de los besos. Le prometió pensar en ella todos los días, escribirle cada mes, no olvidarla nunca. Antes de su nombre puso doce letras que hicieron que las lágrimas escurrieran de felicidad y no de desconsuelo: «Volveré por ti». Isabel la leyó y la releyó; era la primera carta que recibía y la más hermosa que pudo haber imaginado. «Esteban, mi amor», repetía en su cabeza. Besó la carta y fue a buscar dónde esconderla. Caminando por el vergel encontró una abertura entre dos tabiques, detrás de las petunias. La dobló hasta dejarla del tamaño de su palma y la introdujo lo más hondo que pudo. A simple vista no se notaba. Regresaría a cortar el cilantro para la salsa antes de volver.

Isabel no se imaginaba la zozobra en la que había dejado a Esteban por su ausencia. Al día siguiente de su última visita, él regresaría a la cama confundido por no verla a la hora de la misa. Cuando no llegó con el desayuno, supuso que los habían descubierto. La preocupación de que la hubieran castigado hizo que preguntara por ella. Desesperado de no obtener respuesta y al no encontrarla ni esa noche ni la siguiente mañana, se atrevió a levantarse y abrir la ventana a la mitad de la tarde. Lo debieron haber visto porque momentos después la hermana enfermera revisaba sus piernas concluyendo que estaba recuperado.

Le concedieron una noche más para descansar y salir en la madrugada, igual que como había entrado. En la última comida antes de dormir, Esteban ni siquiera volteó a ver a la mujer con velo que le llevaba los alimentos. Sentía un hueco de impotencia en el pecho. Tomó el plato de comida con desgana, advirtiendo un pedazo de papel en la charola. Al subir los ojos, la religiosa le hizo una señal de silencio y el hombre guardó el mensaje detrás de su almohada.

Horas más tarde, Esteban despertaría con un atuendo de ropa acomodado a los pies de la cama. El pantalón y la camisa lo habían hecho las religiosas y, aunque eran un poco grandes, le servían. Le regresaban las sandalias, el morral con las mismas monedas con las que había entrado, el vestido y el rebozo limpios para que se encubriera de nuevo. Esperaría un rato hasta que dos hermanas llegaran por él. Antes de cruzar el biombo le cubrieron la cabeza para obstruirle la vista. El hombre escuchó a varias personas a su alrededor guiándolo hasta la puerta. Pudo adivinar el sonido del pestillo abriéndose y al final el rechinar de las bisagras. El escalón para salir del recinto le dio la despedida y la solidez de la madera atrancando el monasterio se aseguraba de que ésta fuera para siempre. Esteban se quitó el rebozo de la cara, sintiéndose tan solo como la calle a esa hora de la madrugada. Más adelante se deshizo de las vestimentas de mujer y de entre el pantalón sacó el papel que le dieron en su última cena. Dudoso dio vueltas hasta que la ciudad comenzó a despertar y le pudieron dar señales de la dirección prendida de su mano. Caminaría hacia allá con la esperanza de encontrarse con Isabel.

Se recargó en la pared a unos pasos de la casa, a esperar; no quiso llamar a la puerta. Sonaron las campanadas convocando a misa. El sol alumbraba los edificios y el aire frío anunciaba la llegada del invierno. Una india salió del portón que él vigilaba. El campanario volvió a clamar y la mujer se cubrió la cabeza mientras cerraba la puerta. Esteban la vería contando unas monedas, al pasar justo frente a él tiró dos. Ambos se agacharon a recogerlas:

—¿Joven Esteban? —dijo la india en cuclillas, él levantó la cabeza de inmediato— Venga.

Dieron la vuelta a la manzana para regresar al mismo portón. Mirando hacia cada lado la mujer abrió la puerta y le dio el paso al joven para poder cerrar con llave, luego lo fue guiando hasta la cocina. Saliendo de ésta había un pequeño patio y al fondo una covacha oscura donde se amontonaban cosas viejas. Entraron. La india estuvo hurgando unos segundos detrás de unos muebles, de donde sacó un pantalón de paño negro, una camisa de bretaña, una casaca oscura, una taleguilla, medias de algodón y un par de botas muy usadas. Los entregó al joven y sin decir nada saldría de aquel cuarto. En unos instantes regresaba con una charola. En ésta había acomodado una vasija con agua, una barra de jabón, una navaja, y unas tijeras. La mujer jaló un banco de madera. Después de sacudirlo con la mano le hizo una seña a Esteban para que se sentara. Lo afeitaría y le cortaría el cabello.

—Vístase —, dijo al terminar y volvió a salir del cuarto. Esteban siguió las instrucciones, no se atrevía a contradecir a la persona que parecía ayudarlo. Además, no le quedaba otra alternativa más que confiar en ella. La india volvería a aparecer minutos más tarde con un itacate de comida, papel y tinta. Entregándoselos al joven dijo:

—Puede escribir unas palabras antes de partir —al ver la cara de perplejidad del hombre agregó —se la llevo a la niña Isabel, si usted gusta.

Mientras tomaba la pluma Esteban agradeció en silencio a la religiosa que le entregó el papel la noche anterior y a esa mujer frente a él. Cuando hubo terminado de escribir, le dio la carta a la india quien la desapareció tras el escote. Era hora de irse. Salieron juntos, ella cubriéndose el cabello, él convertido en otra persona. Al deshacerse de la ropa, la barba y la melena, el joven no parecía un forajido sino un criollo cualquiera dirigiéndose a la misa del domingo, seguido de su servidumbre. Caminaron varias cuadras hacia el este hasta encontrarse con un chaval montado en un caballo. Al verlos acercarse, el jovencito se bajó, entregando las riendas del animal a la mujer, quien se las dio de inmediato a Esteban. Éste le ofreció las pocas monedas que tenía en el morral, pero fueron rechazadas.

—Algún día regresaré a pagarle su ayuda —le dijo—. Dígame, ¿cuál es su nombre?

—Yolotzin —respondió la india.

A diferencia de los enamorados, sor Magdalena de la Santísima Trinidad sí había anticipado que la separación fuera a ser repentina y sin aviso. Cuando fue notando la creciente emoción de la joven con la presencia del hombre, sintió temor. Él no permanecería en el convento para siempre, ¿qué iba a ser de Isabel cuando lo sacaran? Era verdad que ella misma había pedido para que enviaran un regalo que animara a la joven, la ayudara a regresar a ser lo que era, pero uno que perdurara y no una ilusión causando mayor infelicidad. La madre cocinera no estaba dispuesta a ver a su niña tirarse en la desolación por segunda vez. Tampoco quería esconder los cuchillos para evitar otra desgracia como la de Clara. No. En esa ocasión no podía acatar las disposiciones del consejo con la cabeza agachada. El amor por la joven rompía con su ciega obediencia.

Asiéndose del ejemplo de Laura, sor Magdalena sacó el valor para advertir a Yolotzin de los últimos acontecimientos del recinto y pedirle que estuviera al pendiente de un hombre, con pinta de forajido y de nombre Esteban, que se presentaría en la casa donde había crecido.

La india estaba segura de que no le iba a costar ningún trabajo distinguir a la persona que le describía Magdalena.

Hacía un mes que en la ciudad se hablaba de la batalla que perdieron los insurgentes cerca de Acatlán. Unos cuantos heridos habían llegado a la ciudad y el ejército realista los había hallado a casi todos, llevándolos a corte. La mujer no tuvo la menor duda de que el hombre dentro del convento era uno de ellos, pero no dijo nada.

Yolotzin, como muchos otros de su clase, era una cautelosa seguidora de la causa que había empezado hacía varios años en la ciudad de Dolores. De boca a oído, las noticias transitaban y el pueblo iba enterándose de los nombres de los revolucionarios, sus discursos y peticiones, sus triunfos y derrotas. Cuando el generalísimo José María Morelos (quien había alcanzado proporciones de leyenda) había sido detenido y fusilado, la esperanza de lograr la independencia se debilitó. Pero gracias al valor de uno de sus colaboradores más allegados, la lucha había logrado continuar. Aquel era un caudillo venido del sur, con nombre de vencedor y apellido beligerante, y célebre por su destreza militar: Vicente Guerrero llegó para darle un nuevo aliento a la insurgencia y restituir la esperanza de un país independiente. Yolotzin estaba segura de que el forajido era uno de sus hombres y, solo por esa razón, le daría mucho más de lo que sor Magdalena le había pedido. Esteban saldría de la ciudad sin ser notado. Cabalgando día y noche llegaría a territorio seguro. Con la fortaleza restaurada y el recuerdo de Isabel guardado en el morral, pronto se perdería en las salvajes sierras del suroeste del país para apoyar las estrategias de ataque del caudillo insurgente. Como lo había prometido, le escribiría a Isabel cada mes, enviando las cartas a Yolotzin. Jamás las firmaba, prefería gastar la tinta en describir el atardecer desde lo alto de una montaña, los árboles y plantas a su alrededor, la calidez del sol de invierno, la suavidad de las piedras enmohecidas de un río y el tono plateado del pelo de su caballo bajo el resplandor de la luna. Sobre los andurriales que recorría nunca era claro, tan sólo anotaba detalles ambiguos de sus andanzas.

Al terminar de escribir, Esteban sentía que de algún modo traicionaba la confianza de Isabel. Estando custodiados no quiso decirle sobre sus pasos por miedo a que lo fueran a entregar. Cuando se encontraron a solas, le pareció que la joven estaba tan retirada del mundo secular que temas de coronas tomadas por los franceses, defensa de la religión, justicia e igualdad, sólo alterarían la serenidad de sus charlas. Ella lo inspiraba a compartir sus recuerdos más amenos, dejando a un lado el deseo de venganza que lo impulsó a comprar un rifle y unirse a los rebeldes. Por eso prefirió presentarse como quien siempre había sido a pesar de sus años luchando: un joven venido de una ciudad frente al mar, con gusto por el pescado y agua de sal en las venas. Para entonces no podía relatarle a Isabel, y menos por carta, los episodios que lo habían llevado hasta ella. No tenía caso hacer un recuento de la relación con su primo varios años mayor que él, aquel que estudiaba Derecho Civil en el Colegio de San Nicolás y quien le había enseñado mucho más que teología, filosofía y moral. Aquel que lo había aleccionado con las ideas liberales de una nación independiente. Del primo que abandonó estudios y familia para seguir la imagen de la Virgen de Guadalupe hasta su muerte; el causante de que llegaran, meses después, a matar al tío Benito y saquear la hacienda; y que, años más tarde, Esteban regresara a Veracruz buscando la manera de unirse a los liberales.

Isabel sospechó desde un principio que el joven era rebelde, era la única explicación para haberlo dejado en la puerta del convento, pero insurgente o no, era un hombre enviado por el cielo. No podía ser malo.

Más adelante, al recibir su correspondencia, lo último que a ella le importaba era cuánto más o cuánto menos le escribía, el simple hecho de saber que estaba vivo y comprobar que no la había olvidado era suficiente. Cuando la joven tocaba la hoja de papel, la allanaba una mezcla de excitación y angustia. ¿La seguiría queriendo? ¿Continuaría con la promesa de regresar? Pero al leer las tres palabras de inicio: «Isabel, mi amor», su pecho palpitaba, los nervios se transformaban en emoción y daba gracias porque Esteban estaba bien, porque la pensaba y la extrañaba, porque sólo encontraba calma con su recuerdo.

La joven guardaba cada carta en el escondite de la huerta, las releía y luego se acercaba a la cocina para verlas arder bajo alguna cazuela. Únicamente cuando estaban hechas ceniza su ansiedad se esfumaba. Mientras la llama arrugaba la nota, haciéndola torcerse hasta desaparecer, Isabel repetía las frases que había leído hasta memorizarlas. Palabras que la devoraban, al igual que el fuego al papel. Por las noches, acostada en la cama, imaginaba que el hombre, su hombre, le recitaba en el oído aquello que él le había escrito, y de inmediato regresaban el recuerdo de los besos, el escalofrío en la espalda, la inquietud en el vientre. La piel se encendía, los sentidos se avivaban. El simple roce de sus propios dedos la hacía desfallecer y, con paciencia, le otorgaban el remedio para poder descansar.

Los días, el trabajo, el estudio, su vida entera la dedicaba a Esteban, su amor, su camino, su única razón para seguir. Continuó guisando con más compromiso. De ayudar pasaría a trabajar a la par de sor Magdalena, hasta tomar el mando de la cocina.

El convento se agasajaba con las novedades que salían de las hornillas y la penitencia a través de los alimentos se convertía en una verdadera tortura. La madre cocinera respiraba con alivio al ver a Isabel tomando su lugar. Aunque los años habían sido clementes con su cuerpo, la edad menguaba su energía. Ya era hora de hacerse a un lado y tan sólo revisar los detalles, quién mejor que la joven para hacerse cargo.

Isabel, moviéndose de aquí para allá con el mandil ajustado, resplandecía. Sus oídos se sazonaban con el cantar de los pájaros, sus ojos se maceraban en el color de las flores, su nariz se indigestaba con el perfume de las hierbas, su paladar se inspiraba con el recuerdo de la boca de Estaban y sus manos se saciaban con la intensidad de su propia piel. Pasaron los meses, él manteniéndose ileso para cumplir su promesa, ella viviendo sostenida de la ilusión de su retorno. Se fue el invierno y brotó la primavera. Más tarde llegaría el verano a expurgar al recinto con la lluvia. Los días se iban entre comida y oración. Hasta una mañana en que le pidieron a Isabel presentarse en la oficina de la priora.

La joven subió las escaleras y caminó los corredores pensando en que no había revisado con sor Magdalena la lista de provisiones. Haciendo cuentas todavía tenían una semana para entregarla. Distraída saludó a la reverenda madre Catalina. La prelada, sentada en su escritorio, comenzaría a enfatizar el buen trabajo de Isabel en la cocina. Hizo referencia a lo esencial que era agradar al Altísimo con los quehaceres cotidianos y la importancia de encontrar la senda que Dios había elegido para cada una. Sin rodeos le anunció que, dado que contaba con la edad necesaria, tras haber mostrado una ejemplar dedicación los últimos meses y porque Dios había escuchado sus plegarias, esperaban para la siguiente semana su carta de postulación para el noviciado. Si todo marchaba en orden y, con la gracia del Espíritu Santo, en menos de tres meses celebrarían su toma de hábito. Isabel escondió la inquietud detrás de un levísimo movimiento de cabeza. Se apresuraría a llegar a la cocina para poder decírselo a sor Magdalena detrás de un mueble en el cuarto de la despensa. «¿Por qué ahora? ¿Por qué justo ahora?». Las palabras que desde niña había deseado escuchar, que había creído que le regalarían la dicha más grande, la inundaban del desconsuelo más hondo. La madre cocinera no supo qué responder, no sabía cómo hacerlo. La joven la tomaría de las manos para implorarle que la dejara enviar una carta a Esteban, tenía que venir por ella, debía venir por ella, porque su regreso era el último y único modo en que se podría salvar.

Isabel estaba frente al fogón, con la cara enrojecida y una cuchara en la mano. Tenía la costumbre de colgarse un trapo en el hombro derecho para limpiar y sostener las cosas calientes sin quemarse. De cuando en cuando se acercaba a revisar el recetario, más por precaución, que por no saberse las recetas de memoria. Sus movimientos eran ágiles, sacaba ventaja de su estatura y sus largas extremidades. Dos hermanas legas la asistían desde la mesa pelando, picando, batiendo, o se acercaban al metate para moler o machacar en el molcajete. En un instante la joven alzó la mirada hacia la madre cocinera, regalándole una sonrisa tan franca que ésta se sintió abrumada por el profundo sentimiento de cariño. Isabel regresó a su quehacer y a sor Magdalena le vino un recuerdo antiguo, de cuando era pequeña y su padre le había regalado una muñeca. Sería para ella uno de los obsequios más preciados y la cuidaría como a una hija imaginaria. La sentaba en una de las sillas de la cocina para darle de comer, la hincaba a rezar, y antes de dormir la envolvía en una pequeña sábana para tararearle las mismas canciones que Yolotzin le cantaba. A esa edad Magdalena pensaba que al crecer tendría una familia, viviría en una casa como la suya. A los catorce años su padre le anunció que debía seguir el mismo camino de recogimiento que sus hermanas, la ilusión de tener hijos se quedó olvidada en algún armario como su infancia y su muñeca.

Dentro del convento, la vida de templanza resultaría enriquecedora, plena; y el trabajo en la cocina lo convertiría en su camino para alcanzar el ascetismo. Los años pasaron y la religiosa no anhelaba nada más que sentarse junto al hijo de Dios a la hora de su muerte. Pero una mañana la Virgen le llevaría un regalo inesperado y sin previo aviso Sor Magdalena desenterró el sentimiento provocado por su muñeca tantos años antes. El amor maternal resurgiría, aunque para su edad y por la blandura del cariño querría a Isabel más como a una nieta que a una hija. Además, el haberse comunicado con un lenguaje distinto les brindaría la oportunidad de crear una complicidad reservada entre ellas.

Ahora, tantos años después, el sentimiento había crecido, se había transformado, iría madurando. Sor Magdalena deseaba ver feliz a Isabel y estaba dispuesta a hacer lo necesario para lograrlo, así fuera convirtiéndose en su alcahuete, intercediendo por ella, arriesgando sus más de cuarenta años de profesa. De pequeña a la joven la alegraba un dulce, un dedo de azúcar, la semilla recién cocida del chayote, encontrar una catarina, esta vez era la posibilidad de unirse con su amor. Porque aquella sonrisa no era arbitraria, sino a causa de la carta escondida detrás de uno de los cajones de cubiertos. Sin mucho esfuerzo le otorgaría a Isabel el *sí* para responderle a Esteban.

Aún con el consentimiento dado Sor Magdalena estaba nerviosa. Hasta ese entonces sólo había hecho salir pequeños pedazos de papel, no sabía si sería capaz de esconder un envoltorio más grande. Con el estómago anudado quiso tranquilizarse confiando en sus plegarias y en los problemas de visión que la edad causaba en su hermana tornera. Respiró intentando recuperar la calma. Su ansiedad se fundaba en otro asunto, en la segunda carta que ella había escrito sin que nadie se lo pidiera.

El día anterior había meditado sobre la forma de relatar de forma secreta la historia de amor entre Isabel y Esteban. La carta terminó siendo sobre dos jóvenes de buenas intenciones, separados por las circunstancias y encontrando dificultades para unirse por la reticencia del padre. Aunque los nombres eran otros y en la narración parecía que era de una familia de la ciudad, sor Magdalena estaba segura de que Laura entendería el mensaje oculto en sus palabras. Cuando la priora del convento de Oaxaca leyera la carta, no encontraría nada delatando la verdadera intención de solicitarle a una hermana profesa que intercediera por los enamorados; pero si la madre Catalina la leía le sería muy fácil entender el propósito de ésta. Por eso decidió enviarla desde afuera sin importarle el riesgo, debía intentarlo.

Sor Magdalena se había decidido a escribirla porque no creía que fuera tan fácil que Yolotzin le hiciera llegar la carta de Isabel a Esteban. ¿Cómo iba a saber dónde se encontraba? Y, aunque así fuera, ¿sería él capaz de regresar por la joven con tanta premura? Y si regresaba, ¿cómo dejarían salir a Isabel del recinto? El consejo no iba a pasar por alto las disposiciones del padre de la joven, si él quería que se convirtiera en novicia no había nada qué hacer. Sor Magdalena tuvo dolores de cabeza tratando de encontrar una manera de conseguir más tiempo para los jóvenes y no se le ocurrió otra más que escribirle a la hermana Laura. Confiaba en que ella sabría cómo proceder.

La mañana se fue entre rezos y guisados, se tomaron los alimentos y por la tarde llegó la hora de llenar los chiquihuites. La madre cocinera sudaba de las manos y sentía un malestar en el estómago. A pesar de eso su determinación no mermó. Con cuidado colocaría las dos cartas dobladas a la mitad bajo la servilleta y los melindres. A simple vista no se notaban. Metió el pequeño cesto a una canasta junto con los demás itacates, una hermana vino por ellos. Minutos más tarde la misma religiosa regresaría a la cocina, sor Magdalena estaba segura que la habían descubierto. Cuando escuchó que le decían que ya era la hora para la liturgia, respiraría aliviada. «Sí, gracias», dijo levantándose de la silla. Al caminar sólo pensaba en que las cartas habían logrado traspasar los muros del recinto. Su parte estaba hecha, no podía dar marcha atrás, ahora era la providencia quien decidiría el destino de Isabel.

Pasaron dos meses en donde no se supo nada de nadie. Durante las mañanas la joven cocinaba, por las tardes se preparaba con sor Francisca y las noches las dedicaba a llorar por el silencio de Esteban, convencida de que no volvería. El brillo de su rostro se iba consumiendo y una intensa desgana se apoderaba de su trabajo. Parecía que la senda de Isabel estaba escrita en piedra y no le quedaba más que aceptarlo. Las dos mujeres seguían rezando sin perder la fe, aunque ésta se iba diluyendo con cada día que pasaba.

Un sábado le fueron a decir a Isabel que la madre Catalina quería verla en su oficina. Se quitó el mandil mientras pensaba con curiosidad sobre la razón de la entrevista. La joven subiría contando los escalones, como lo hacía desde que Laura le había enseñado los números sin tratar de adivinar para qué la llamaban: «Uno, dos... once, doce, trece»; el Cristo en el descanso: «*Sanctus-Deus, Sanctus-Fortis, Sanctus- Inmortalis, Miserere-Nobis*»; sube trece más. Entró a la oficina de la priora con las manos en la espalda y la mirada baja. «¿Me llamó, madre?». Sin mucho preámbulo la priora Catalina le dijo que el camino hacia la perfección no era para cualquiera. Sólo las jóvenes virtuosas eran bendecidas con la gracia de portar el anillo de esposa celestial. La prelada resaltó con vehemencia las grandes bondades de una vida de retiro, en contraste con los lujos del mundo seglar que, por fortuna, la joven apenas conocía. Siendo aquella su casa desde siempre, tras haber recibido la desinteresada y generosa educación de las religiosas, y al haber mostrado aptitudes en la profesión, Isabel era una importante candidata para el noviciado. Sin embargo, a partir de su postulación habían notado cierto desinterés de la joven en el estudio. Por tanto, era necesario que le dijera si anhelaba pertenecer a esa comunidad religiosa. La joven la escuchó sin dejarse de mirar las manos. Las palabras entraban a sus oídos mientras los ojos se perdían en el lunar sobresaliendo bajo el pulgar. En silencio recordaba cuánto había implorado a Dios, a la Virgen, al Espíritu Santo, a San Agustín y cada uno de los santos para tener tiempo y esperar a Esteban. Pero ahí parada, escuchando a la madre Catalina, un dejo de duda la atravesó. ¿Qué era lo que deseaba en realidad? Era cierto que su sueño siempre había sido el camino de la virtud y conocer al hombre haría que la ilusión de su infancia comenzara a desvanecerse, pero ahora se percataba que no había desaparecido por completo.

—No lo sé —dijo la joven con vergüenza—. ¿Dígame, qué debo hacer, madre?

La priora se quedó mirando el cuadro de la Virgen con el niño Jesús en su regazo por unos minutos. Recordó el día de la llegada de Isabel al recinto, con su vestido blanco y la cruz de oro en el pecho. Nunca le gustó la idea de esconderla, pero no había tenido elección. Ahora se encontraba de nuevo en una posición que no le gustaba, porque el permiso para dejar a la joven entrar al noviciado era quizás aun más excepcional como su admisión al convento. Isabel no contaba con dos requisitos fundamentales: ser hija legítima y de sangre pura. El padre había prometido pagar una cuantiosa dote y otorgar una donación compuesta por una propiedad y tres terrenos a fin de blanquear a su hija, pero no era sencillo pasar por alto su ilegitimidad. El señor no discutió el requisito, tan sólo se mantuvo pagando mes a mes la manutención de su hija. Un día envió sin aviso a su secretario con un sobre sellado. Adentro la madre Catalina encontró un acta que certificaba que Isabel era hija de familia bautizada en el Reino de Guatemala. Era evidente para la priora que ese papel le había costado bastante dinero al señor, mas no borraba el hecho de que la joven era mestiza. Pero al sacerdote de la iglesia y a la comunidad religiosa en general no pareció importarles de dónde provenía el certificado, era más importante deshacerse con discreción de la niña educanda escondida entre las recoletas. Nadie consideraba la opción de sacarla del convento y admitirla con velo era menos problemático que adoptarla sin él.

La madre Catalina ahora percibía dudas en la decisión de la joven. Una cosa era acatar las órdenes de mantener a una niña escondida y otra muy distinta dejar profesar a Isabel sin que ésta estuviera segura de ello. Dio un largo suspiro, cambió su postura para encarar la ventana:

—Isabel, sólo Dios la puede ayudar. Debe retirarse por unos días, orar, limpiar el alma y el espíritu, encontrar el camino que debe seguir. Debe darme una respuesta.

Ese día, por la tarde, Isabel recibiría de manos de sor Magdalena una carta de Esteban. La zozobra de que le diera malas noticias hizo que se tardara en abrirla. La guardó en el hueco de la barda hasta la mañana siguiente. «Isabel, mi amor», fueron las primeras palabras que notaron sus ojos al desdoblarla. Le pedía disculpas por no haberle escrito el mes anterior y le mandaba de regalo una pequeña figurita de barro, la había hecho en la montaña con la mente puesta en ella. Su angulosa caligrafía le iría diciendo cómo la moldeó pensando en la suavidad y el color de su piel, en las líneas de su cuerpo, en los recodos no conocidos. Le confesaba que por las noches aspiraba el olor de la montaña pensando en su esencia; el perfume de los árboles le hacía recordar el aroma de su cabello. «Isabel, mi amor, espérame, no me olvides. Volveré para hacerte mi mujer. Para irnos juntos hasta donde termina la tierra y comienza el mar», terminaba la carta. La joven la abrazó con los ojos cerrados. Al abrirlos se quedaría observando la figura formada por las manos de él, sus dedos acariciando la tierra cocida. La rozó repitiendo el nombre de Esteban. Antes de regresar a sus labores enterraría la figura detrás del fresno, donde hacía esquina la barda y donde había puesto una varita enclavada.

Caminando hacia los edificios Isabel repasó una palabra apostada en la carta y un miedo penetrante hizo que su piel se erizara: «Irnos...» ¿Sería capaz de marcharse? Pasando por el claustro de profesas levantó el rostro hacia las nubes, los azulejos la rodeaban mostrándole el sendero hacia la salvación. ¿Podría dejar ese que había sido su hogar? ¿Sabría ser ella una joven de la vida mundana? ¿Tendría la voluntad de convertirse en la mujer de alguien? ¿Encontraría el arrojo de salir del jardín sagrado para conocer las vanidades de lo terrenal? ¿Era suficiente el amor de Esteban para renunciar al camino de la vida eterna? Isabel, siendo Isabel, una niña educada para el camino de la perfección, ¿lograría ser como una jacaranda, cambiando conforme las estaciones de una vida distinta? La madre Catalina tenía razón, debía encontrar sus propias respuestas.

El retiro comenzó en la madrugada. Durante varias jornadas permaneció en su celda dejando afuera las angustias, los cansancios y los miedos; buscando purificarse y hablar con Jesús. Estaba preparada para que el amor del Santísimo tomara posesión de su cuerpo. Se hincaba humilde para llenarse de silencio y poder atender la palabra sagrada: «Dios mío, escucha mi oración, no te cierres a mi súplica. Respóndeme, me agitan mis ansiedades. Lo único que deseo es cumplir Tu voluntad. ¿Qué debo hacer? Me pongo en tus manos. Muéstrame el camino». Rezaría por horas repensando en el amor de Esteban, las palabras de Laura, los sueños y recuerdos de su madre, la historia de sus padres, el cariño de Clara, sus deseos y temores. Escucharía a Cristo con el oído de su espíritu, llorando y sonriendo por sus palabras, creyendo siempre en él. Pediría perdón por sus pecados para recibir Su misericordia, haría penitencia para sanar, y caería en el abismo más oscuro para resurgir de entre las tinieblas.

Días más tarde la joven cruzó la puerta de madera de su habitación limpia, distinta, con una decisión atesorada en el pecho. El Señor le había hablado y ella seguiría su dictado con obediencia. Se presentó en la oficina de la priora con la conciencia descansada y el rostro fresco. La reverenda madre Catalina la escucharía con paciencia. Al terminar guardó silencio por unos instantes antes de responderle que se llevaría sus palabras para hablarlo con el consejo. Mirando hacia uno de los cajones del escritorio le dijo que pronto le darían una resolución. Isabel saldría de la oficina sosegada, deteniéndose en el barandal a contemplar el patio. Una mariposa revoloteaba entre las flores. Cerró los ojos disfrutando del calor del sol en las manos y en el rostro para sentir la presencia de Dios en el claustro. Cuando los abrió, la mariposa estaba inmóvil, igual que ella, sobre una violeta blanca a la mitad del jardín.

Al abrir las cortinas el sol entraba al cuarto de labores sin pedir permiso. Encharcaba la habitación con las siluetas de las ventanas y hacía brillar la loseta. Las paredes absorbían la claridad ofreciendo la luz perfecta para realizar las manualidades. En una mesa, cerca de la entrada, tres recoletas iban confeccionando hermosas flores de seda, el trabajo requería distintas herramientas que se acomodaban en el centro. Más allá, dispuestas en sillas y bancas dándole la espalda a las paredes, el resto de las hermanas bordaban o cosían ropa para las imágenes del coro. El aire delicado del invierno, junto con la agradable luminosidad, formaban una tarde primorosa.

Isabel ocupaba la cuarta silla de la mesa e intentaba que la tela le hiciera caso porque quería recrear el botón de una rosa apenas abriéndose. La ventana quedaba detrás de ella y el esplendor de los rayos iba calentando su cuerpo plácidamente. Aquel día estaba muy concentrada en su tarea, por lo que apenas ponía atención a la plática. Las religiosas conversaban de distintas cosas, desde las enseñanzas del evangelio, hasta los coros que se iban a entonar los próximos días. La joven no supo en qué momento una cosa llevaría a la otra, pero de pronto escuchó algo sobre el ejército realista. Entre varias fueron aportando información, coincidiendo en que pocas semanas antes habían logrado una gran victoria sobre los insurgentes cerca de un pueblo del sur llamado Juchitán.

Isabel cambió su interés de la flor a la charla, para enterarse de que el rumor era que Vicente Guerrero estaba muerto. Parecía, dijo una de ellas, que el país al fin volvería a estar libre de revoltosos alzados en armas. La joven continuó su trabajo, intentando con una y otra herramienta sin lograr que la seda tomara la forma que ella quería. Frustrada, hizo un par de pruebas para arreglar lo que había hecho, hasta que alguien indicó que era hora de retirarse a rezar.

Más tarde, sentada en el pasillo mientras sus hermanas oraban en el coro, Isabel apenas atendía a las primeras palabras de la liturgia. Se distrajo con la hilera de corazones tallados en el respaldo de la banca de madera. Un dedo seguiría la forma de uno y otro, hasta que la joven se quedó con la vista fija hacia la pared. Una súbita urgencia la molestaba. Volvió los ojos hacia su dedo: eran dos hileras de corazones con un libro y un báculo en el centro. ¿Qué importaba dejar a sus hermanas en el coro y saltarse el oficio una vez más?

En segundos iba escaleras abajo hacia el patio de novicias, cruzando por la fuente y el árbol de nanches, hasta llegar de regreso al cuarto de labores. Jadeante se detuvo frente a la ventana, acercó los dedos rozando el cristal al igual que hiciera con la madera de la banca. Se recargó en la pared con la mirada perdida y las manos en la espalda. El muro iba perdiendo el calor del día igual que ella. Subió el rostro. La luna apenas sobresalía en un cielo sin anochecer. Dos estrellas la acompañaban. Isabel se mordió un labio, ¿qué hacía ella ahí parada con las manos y la nariz cada vez más frías? Esteban se hizo presente, así, sin más, y la joven frunció el ceño. «¿Dónde estás?». Había pasado tanto tiempo y no lograba ahuyentarlo de su mente. Era hora de pagarlo. Era hora de sufrir por haberse rendido ante ese amor. Por haber sido feliz. Miró hacia el refectorio y, como si se hubiese acordado de algo, salió corriendo junto a éste y la cocina, cruzando el claustro de profesas y la huerta hasta llegar al fresno del fondo. Con desesperación se puso a buscar detrás de unos arbustos un hueco en la pared entre los tabiques. Usando su dedo meñique sacó las últimas dos cartas dobladas, aquellas que no se había atrevido a quemar. Casi rompe el papel por la prisa de abrirlas. El polvo rojizo fue resbalando de los pliegues hasta que aparecieron las palabras: «Isabel, mi amor». Al final se despedía: «Espérame, volveré por ti». Hubiera sido bueno llorar, pero no tenía ganas, quería tirarse en la hierba y no levantarse hasta el día siguiente.

Hacía tres inviernos que el joven se había ido y la vida permanecía igual: él ausente, ella sin hábito, él vivo, ella esperando. Después de lo que había escuchado en el cuarto de labores las cosas cambiaban. Él, ¿seguiría vivo? Ella, ¿qué es lo que debía esperar? No encontraba de dónde asirse para no volver a caer.

Años antes, el verano en el que Isabel hiciera su retiro espiritual, había creído encontrar su camino. Al salir de la celda le fue a confesar sus dudas a la madre Catalina. La curiosidad por la vida detrás de los muros del monasterio era más fuerte que nunca. Quería postularse, pero necesitaba más tiempo para la preparación, no sólo un par de meses. Le rogaba que el consejo la considerara como si fuera una joven cualquiera, cuatro meses, al menos, era lo que se le otorgaba a las demás. Deseaba escuchar las lecciones con oídos nuevos, las oraciones repetirlas con una boca fresca, dejar que las enseñanzas reverberaran en su corazón purificado. Le dieron el sí y ella lo intentó, pero fueron tantos los obstáculos aplazándole el retiro permanente, que Esteban volvió a su pensamiento echando raíces cada día más profundas. La joven, en un inicio, creyó que su senda era la vida religiosa. Siempre anheló pertenecer a esa comunidad, era absurdo desecharlo por un hombre al que apenas conocía. En la soledad de su habitación fue repasando los encuentros con Esteban, pero era incapaz de imaginarlos fuera de ese escenario. ¿Cómo se atrevía a hacer un lado a sus queridas hermanas por alguien que quizá la olvidaría? Que probablemente la olvidaría. Le continuaba escribiendo, sí, pero era imposible que cumpliera su promesa. ¿Qué motivo tendría él para volver habiendo tantas otras mujeres en el mundo? No debía olvidar que ella, Isabel, había sido educada para alejarse de la tentación y encontrar la templanza. Le pidió entonces a sor Magdalena que no recibiera ninguna otra carta de Esteban, porque ella no podía ser distinta a lo que siempre había sido: una flor confinada entre esos muros.

Pero a los pocos meses de comenzar el postulantado la joven tuvo que interrumpir sus estudios. Primero fue sor Magdalena quien cayó enferma. Entre un resfriado, dolor de reumas y una caída bajando las escaleras pasaron meses en los que Isabel se tuvo que hacer cargo de los alimentos. Cuando la madre cocinera regresó a trabajar, sería la hermana sor Francisca quien enfermaría. Después de algunos meses de estar en cama, la maestra de novicias tendría la gracia de que el Señor la llevara a su gloria. Pasando las semanas de luto, sería la propia Isabel quien tendría un accidente. Una mañana sacó de las hornillas una cazuela con caldo que estrelló sin querer en el borde de una mesa tirándose el líquido hirviendo en su pierna y salpicando uno de sus brazos. Pasó semanas en cama, recuperándose lentamente con remedios de sábila y miel.

En todo ese tiempo, el recuerdo de Esteban siguió vivo; el hombre había marcado su alma, al igual que el caldo caliente su piel. Durante la estancia en la enfermería, Isabel pensó en él más que en nadie. Le preocupaba morir sin que se enterara y que algún día llegara a buscarla. La joven se dio cuenta de que por más que quisiera portar el hábito y el anillo deseaba mucho más al hombre terrenal que le regalaba palabras para recobrar el aliento y endulzar sus sueños. No importaba los muchos días y meses que habían pasado desde su partida, estaba dispuesta a esperarlo dentro o fuera del convento hasta que regresara por ella a llevarla más allá de esas paredes, hasta la tierra donde el sol resurge cada mañana desde el fondo del mar. Pero, ¿seguiría él pensando en ella? Cuando se repuso, se acercó a sor Magdalena preguntando si tenía noticias de Esteban. La madre cocinera le respondió más tarde con un bulto de cartas sin abrir. Isabel las fue leyendo durante las noches, agasajándose con nuevos paisajes e ingeniosas palabras de amor. El hombre en cada una de ellas se despedía con la misma frase: «Volveré por ti». Escondida en su lecho, la joven lloraría de felicidad porque no la había olvidado, porque la seguía eligiendo a ella, sin adornos ni ajuares.

Pero ahora... ¿Cómo volvería si estaba muerto? El momento había llegado de rendir cuentas por su ingenuidad y sus pecados, por la vanidad y la búsqueda de la felicidad fuera de esos confines. Cerrando los ojos se imaginó a Esteban tirado sobre la hierba y cubierto de sangre... Sacudió la cabeza. No, no, no, no... Isabel se negaba a pensar que estaba muerto. Él había prometido regresar y así lo haría. No podía romper su promesa. No. No podía dejarla con la esperanza rota, no ahora. No. No después de tantos años y de que la providencia dispuso que ella siguiera ahí para él. No. Su amor sería más fuerte que cualquier ejército. No iba a llorar porque no estaba de luto, estaba sólo cansada de vivir al borde del naufragio. Respiró hondo. Los malos augurios se fueron espabilando con cada aliento. Comenzaría a decirse que todo seguían como antes y en unas semanas recibiría una carta confirmando que Esteban estaba bien, escondido o recuperándose, pero vivo. Sí, vivo y pensando en ella. Vivo y escribiendo con su inconfundible caligrafía. No escondería las cartas al final del huerto, las iría a quemar enseguida porque no serían las últimas que iba a recibir. Volvió a respirar profundo. Ella iba a seguir esperándolo porque él iba a regresar a salvarla.

Los días pasaron, la joven rezaba por Esteban en la puerta del coro, durante las misas, en su celda. El invierno se despidió, las flores brotaron, los pétalos cayeron al piso. El verano llegaría a atiborrar el patio de verde y ella sin recibir correspondencia. Las jornadas se fueron sucedieron, mermando la confianza de Isabel. El desconsuelo bebía de su fe. La vida continuaba y sor Magdalena gozaba de buena salud. Las tardes de estudio reiniciaron para la joven y la priora comenzaba a redactar la carta a su padre pidiéndole las aportaciones correspondientes para organizar la ceremonia de ingreso como novicia de su hija.

Isabel despertaba mañana tras mañana con apatía y resignación. Cuán inocente había sido al creer que a ella le regalarían la indulgencia de un amor de carne y hueso. No, las pasiones se pagan con dolor; las pasiones deben ser interrumpidas para evitar el pecado. Eso debía haber aprendido de las historias de su madre y de Laura. Ella no era dueña de su destino. Su vida estaba más allá de su voluntad. ¿Para qué se castigaba con necedades? Debía regresar a los estudios con más ahínco, con humildad y conforme a lo dispuesto y limpiar los errores cometidos.

La hermana maestra de novicias vería con asentimiento la conducta de la joven. La priora y el consejo también notaron en Isabel un crecimiento espiritual. Había dejado atrás los restos de inmadurez, las subidas y bajadas en su estado de ánimo, la miraban más comprometida con la norma. Obedecía con docilidad y su conducta jamás había sido tan modesta. De igual forma, frente al fogón se manejaba con mayor recato, sus platillos ya no desplegaban una gama de caprichosos sazones exaltando el paladar, sino que se asentaron en la constancia y en la perfección.

Las festividades del nacimiento de Jesús pasaron dando la bienvenida a un nuevo año de ese turbulento siglo. El convento esperaba que la joven terminara sus estudios para enviar la carta al padre y comenzar los preparativos. La postulante se había transformado en un ejemplo de virtud y en poco tiempo al fin se ataviaría de blanco, se cubriría el cabello, entraría al coro para amenizar las misas, se encaminaría hacia la muerte en vida. Cumpliendo así, su mayor anhelo desde que tenía memoria.

Una mañana, Isabel bajó las escaleras hacia la cocina. Iba distraída pensando en los platillos de la jornada. En la entrada se lavó las manos, era la primera en llegar. Sobre uno de los bancos estaba su mandil, no recordaba haberlo dejado ahí la noche anterior. Al tomarlo, se asomó entre los pliegues un pedazo de papel. Sin cavilarlo y sin considerar que alguien podía verla abrió la nota. Las tres palabras la golpearon como una ráfaga de viento helado: «Isabel, mi amor». Al terminar de leerla corrió hacia el lavadero a volver el estómago. En ese instante una hermana iba entrando a la cocina. A tiempo la joven logró guardar el mensaje bajo su ropa y limpiar con el agua sus nervios.

Isabel hizo los quehaceres de la mañana disimulando una terrible ansiedad. Tomaba el cuchillo, la cuchara, la sal, pero su mente estaba en las palabras de Esteban: seguía vivo y con la promesa de volver por ella. La joven de nuevo se encontraba suspendida en esa estación de incertidumbre, de indecisión. ¿Cómo enterar a Esteban de la premura de su regreso? Tenía que volver pronto para encontrarla célibe aún. ¿Por qué cuando ella deseaba dedicarse a Jesús le mandaban impedimentos para que realizara su promesa? ¿Pero cuando se decidía por el joven las resoluciones se interponían entre ellos? ¿Qué debía hacer? ¿Qué querían de ella? ¿Qué mensaje no lograba descifrar? Se sentía sofocada, con las ganas de llorar anudadas al ombligo. La colmaba el deseo de dormirse y no hacer caso de nada, de esconderse en un rincón donde nadie la fuera a encontrar.

Pasaron algunas semanas y la joven terminó su preparación. La priora entonces enviaría la carta para que el padre diera el visto bueno. El papel con el sello encerado salió por el torno hacia las manos del mensajero. De ahí llegaría hasta la puerta de la casa del señor para ser recibida por el secretario. Unos días más tarde el secretario le entregó al mensajero la respuesta que llegaría a manos de la priora vía la madre tornera. La carta fue leída por el consejo reunido a puerta cerrada en el cuarto junto a la biblioteca. Al día siguiente la joven fue llamada por la reverenda madre Catalina.

Isabel entró a la oficina de la priora con la vista puesta en la baldosa. Quiso levantar los ojos conforme escuchó que, por causas ajenas al convento, su toma de hábito sería pospuesta. Se contuvo y al salir de la entrevista se acercó a la baranda.

Miró el patio sin reconocerlo, su ofuscación nublaba más allá de su vista. Con lentitud andaría hasta el brasero, quedándose luego inmóvil frente a las hornillas. Sor Magdalena se le acercó a preguntarle si se sentía bien. Ella le dijo que la ceremonia se posponía. La madre cocinera no dijo nada, sólo envió un agradecimiento al cielo y otro al sur del país.

Pocos días después, Isabel recibió otra carta de Esteban. Corrió a la huerta y con gran apremio fue desdoblando el papel. La letra del hombre se notaba distinta, como si la manuscrita reflejara el júbilo de las noticias que le quería dar: por fin la revolución había terminado. Le explicaba que su líder, Vicente Guerrero, y el general Agustín de Iturbide se habían dado un abrazo de paz concertando la separación de la Nueva España. Nacía una bandera unificando los ideales del pueblo: independencia, religión, unión. Se acercaba el momento de cumplir la promesa de irla a buscar. Al final del mensaje Esteban dejaba a un lado el alborozo para preguntarle con una caligrafía impecable: «¿Me habrás esperado, Isabel? A mi regreso, ¿podré reclamar tu amor y sacarte del monasterio que ha sido tu casa?». La joven se conmovería con estas líneas, la preocupación de volverse a ver no era únicamente de ella. Ahora que estaban tan cerca de lograrlo, caía en la cuenta de que él también vacilaba sobre la posibilidad de reunirse. La carta mostraba la ansiedad de la incertidumbre, mientras que a ella la dejaba llena de esperanza.

Isabel se fue a dormir guardando en sus entrañas el desasosiego de lo que estaba por venir. El cielo le sonreía, quizá sí era cómplice de su amor y pronto gratificaría su larga espera, pero no lograba sentirse tranquila. Aún si no la llamaban para hacer sus votos, si Esteban llegaba hasta ella, ¿cómo saldría del recinto? ¿El consejo le permitiría irse con él? Acarició con la mirada el muro blanco de su celda, las vigas del techo, por primera vez desde que había ingresado se le ocurrió que esas paredes no la contenían sino la aprisionaban.

Las semanas transcurrieron mientras Isabel esperaba noticias de él. La madre Catalina no la mandaba llamar y ella se mantenía ocupada en la cocina. La incertidumbre se asentaría en lo cotidiano provocándole insomnios y malestares en la panza. La rutina organizaba la vida de las religiosas, los acontecimientos del país condimentaban las conversaciones durante las tardes de trabajo en el cuarto de labores. Las noticias de la situación política irían hilvanándose al igual que los vestidos para las imágenes de Jesús. De puntada en puntada las religiosas comentaban sobre la aparición del insurgente Guerrero y la tenacidad del militar realista Iturbide. Entre cartas, comentarios del párroco, rumores entrando por el locutorio y suposiciones personales, las religiosas iban representando a estos dos caudillos estrechando las manos y los brazos en el intento de darle al pueblo la paz que necesitaba luego de once años de lucha. Deliberaban respecto de las tres garantías establecidas en el poblado de Iguala. La joven se imaginaba a Esteban en su caballo con cara triunfante en un paisaje verde, con una casaca roja resaltando bajo un cielo blanco.

Poco después Isabel recibió otro mensaje de Esteban. Pronto el Ejército Trigarante llegaría a la ciudad de Puebla de los Ángeles, el momento de reencontrarse se acercaba. En la nota el hombre le pedía que contestara a sus preguntas, le rogaba que lo llenara de felicidad con un sí. «No me tortures con tus silencios. Necesito una respuesta». La joven buscó estar a solas con sor Magdalena para pedirle que la dejara contestar a esa última carta, pero antes la volvieron a llamar a la oficina de la priora.

Esa vez la reverenda madre le pidió a Isabel que se sentara. Desde la otra silla le dijo un nombre que la joven había escuchado de boca de su hermana Laura días antes de que a ésta la enviaran al convento de Oaxaca: era el nombre y los apellidos de su padre. La priora le contó que él aún vivía pero que había caído enfermo. Aunque mermado de salud, se había mantenido estable hasta hacía unos meses en que había empeorado. En la última carta recibida por Sor Catalina, el señor le decía que festejaba la noticia sobre el término del postulantado de su hija. Él dispondría de lo necesario para que la ceremonia de toma de hábito se realizara, pero estando tan enfermo, no sabía si sería capaz de asistir a la iglesia para tan magno evento. Solicitaba encarecidamente al convento que le concedieran un día, sólo un día de gozar de la compañía de su hija y darle la bendición.

Al salir de la oficina de la priora Isabel estaba temblando, casi corre hacia la cocina buscando a Sor Magdalena. No estaba. La fue a encontrar en el dispensario. La joven tuvo que hacer un enorme esfuerzo para no decir nada frente a la madre procuradora. Cuando logró estar a solas con la cocinera, Isabel se acercaría a ella palpitante. Antes de que pudiera hablar, sor Magdalena la abordó con una noticia que la hizo temblar más.

En unas semanas llegaría el nuevo ejército a Puebla; con gran regocijo habían sido ellas, las recoletas de Santa Mónica, las elegidas para realizar un importantísimo encargo: crear uno de los platillos en el distinguido banquete en el Palacio Episcopal para agasajar a Don Agustín de Iturbide. El general realista les hacía el honor de festejar la independencia en su ciudad, debían atenderlo como el invitado más notable del siglo, tal y como lo había solicitado el obispo. El convite sería de tres tiempos, cada uno conformado de tres platos. Ellas debían preparar el último del tercer tiempo, eligiendo alguno que cerrara divinamente la presentación de guisos y sirviera de antesala a los postres. Les pedían que con sus años de experiencia y excelente paladar crearan un guiso que enalteciera al sacerdote encargado de la diócesis y halagara como se debía al festejado.

Isabel escuchaba sin creerlo, el acontecimiento sería un día antes de salir a conocer a su padre. El cielo le sonreía. «Esteban, mi amor, ¿estarás en el banquete? ¿Estarás tú probando de nuevo mi comida?». Sor Magdalena la sacó de sus pensamientos con la excitación de su voz. Necesitaba que la joven buscara en recetarios, revisara los ingredientes de la estación y orara con entusiasmo para que juntas compusieran un platillo magnífico. Éste debía ser delicado, fino, perfecto... Debía engrandecer al caudillo del Ejército Trigarante además de cautivarlo desde el paladar. El convento debía... guardó silencio por unos segundos sopesando las palabras, buscando las correctas, para agregar en forma solemne: crear un guiso que, al verlo y al probarlo, los comensales tuvieran la certeza de que aquella era una receta dictada por los mismos ángeles para celebrar la ocasión.

Los víveres se fueron acomodando en la despensa hasta que no cupieron, los demás los extendieron por la cocina. Isabel los observaba ansiosa y preocupada. Llevaba varias noches con dificultades para conciliar el sueño pensando en el gran día. ¿Sería capaz de demostrar su habilidad cuando llegara el momento? El platillo debía salir perfecto, no había espacio para una distracción o para cometer errores. La receta estaba elegida, los ingredientes suministrados, las religiosas dispuestas y el pueblo preparado para la celebración.

Desde el torno entraban las noticias de cómo el ayuntamiento planeaba un digno recibimiento al Ejército de las Tres Garantías. Sería un evento excelso, como nunca se había visto en la ciudad. En los balcones se colocaron banderas con el verde, el blanco y el rojo, los nuevos tonos de la nación. Las mujeres se mandaron a hacer vestidos de gala. Los indios limpiaban los instrumentos para animar con su música. Antes del banquete se realizaría una misa en la propia catedral. Los platillos debían estar listos a una hora determinada para que se recogieran y la vianda llegara aún tibia para servirse.

Esa tarde, en el tiempo de trabajo, Isabel había decidido ir a revisar los ingredientes porque sentía que la tarea le iba a ayudar a tranquilizarse. Se acercó a uno de los huacales y se puso en cuclillas; con las dos manos tomaría uno de los chiles, era grande, firme, brilloso, de un emocionante verde oscuro. Al olerlo era sencillo apreciar la calidez del aroma. A un lado, también en cajas, estaban las manzanas, los duraznos, las peras y los higos en su punto. Las granadas en cambio se acomodaban en una canasta, eran redondas y hermosas, con su rabo abierto en forma de boca. Era una de sus frutas favoritas y desde que tenía memoria la ponían a sacar los granos con la mano, entreteniéndose al ver sus dedos y el delantal salpicados de rojo por el jugo.

Más allá, junto a la escultura de San Pascual Bailón estaban los platones con las nueces peladas. A partir de que recibieran el abasto, las religiosas hacían turnos para congregarse en el refectorio a rezar mientras trozaban la cáscara dura con un martillo de madera para liberar la pulpa carnosa de la fina piel. Terminaban el trabajo con las uñas adoloridas y maltratadas, pero aliviadas con tanta oración. La joven también iría revisando la biznaga que, sin importar cuántos años llevaba en el convento, sor Magdalena seguía llamando *huitznáhuac*. Los trozos eran grandes y pesados, con manchas blanquizcas por el azúcar. Estaban más adelante las almendras, los piñones, la fruta cristalizada, los huevos. Hacía unas horas les habían llevado el queso de cabra y lo colocaría sobre la candiota de vino blanco, en el rincón más fresco de la despensa. A un lado de las nueces se encontraba el recetario. Isabel se acercó a darle una última leída antes de retirarse. Con la mano derecha tomó el separador y con la izquierda levantaría las hojas para abrirlo en donde pudo leer: «Chiles bañados en salsa de nuez». La letra era elegante y clara, no sabía desde hacía cuántos años la habían escrito. Pasó un dedo sobre la manuscrita, volviendo a leer el título e imaginando el guiso que iban a preparar.

Dos semanas antes sor Magdalena y ella habían estado revisando las recetas página por página. En algunas se detenían para comentar, pero aún sin elegir. Al llegar a los chiles las dos habían coincidido en que eran adecuados para el evento. Varios de los ingredientes eran de la temporada y estarían en su punto para principios de agosto; gozaba de las características correctas para ser servido en el tercer tiempo, al que se conocía como postrero, y, aún cuando el relleno y la salsa eran dulces, se compensaban con el picante del chile. Era una elección magnífica para terminar la degustación de guisos y dar paso a la sobremesa. Pero para un acontecimiento de tal envergadura debían presentarlo de un modo distinto y original, que pareciera haber sido concebido especialmente para el invitado, para la celebración.

Isabel llevaba semanas sin dejar de pensar en Esteban. Su imagen en un paisaje tricolor la hacía soñar despierta. Veía el verde, el blanco y el rojo por doquier: en un trozo de sandía, en la rosa antepuesta a la pared, en el jitomate junto al aguacate y la cebolla. De inmediato le brotaría la idea de plasmar la bandera en el guiso, con el fondo blanco de la salsa sería sencillo agregar dos ingredientes más para hacer las franjas verdes y rojas. La madre cocinera se quedó callada un momento cuando la joven se lo propuso.

—Granadas… —dijo Sor Magdalena pensativa.

—Y perejil —agregaría Isabel mirando el recetario.

La reverenda madre Catalina escuchó encantada el platillo que describía la experimentada encargada de la cocina. Los chiles en salsa de nuez eran considerados un platillo tradicional de la orden y de los más suculentos, pero jamás se le hubiera ocurrido concebir una presentación tan apropiada. Estaba segura de que el obispo se complacería con la selección. Aprobó con prontitud la lista de provisiones, ordenando que se hicieran los pedidos.

Isabel vería desfilar los días en el calendario hasta que llegara aquel previo al histórico acontecimiento. Percibía la creciente expectación en el aire, en los corredores, en las caras de las religiosas. Esa tarde, cerraba el recetario sabiendo de que no faltaba nada, ahora quedaba en sor Magdalena, en las religiosas asistiendo en la preparación y en ella, el cometido de cautivar a los comensales con el guiso.

Por la noche la joven entraría a su celda a buscar reposo aunque no sentía cansancio. Estaba avivada, alerta e impaciente. Para distraer su ánimo abrió el postigo de la ventana apenas unos centímetros. Era miércoles y la jornada venidera se asomaba detrás de las estrellas.

—Jueves, el día en que regresas —dijo para sí.

Cerró la puertecilla de madera quedando a oscuras. Sentándose en la cama con los ojos abiertos, sacaría de entre la enagua un pedazo de papel doblado. Lo fue desdoblando hasta distinguir con la yema de su dedo índice la textura de la tinta sobre el papel. Era la última carta de Esteban.

Antes de que Isabel lograra enviarle una respuesta al hombre, Sor Magdalena le entregó un mensaje más. Éste era íntimo, tierno. No mencionaba a los ideales, la independencia, o alguno de los caudillos; en cambio le confesaba el constante miedo a morir cuando estaba en la sierra. Su mayor angustia era no poder volver por ella. En los momentos difíciles evocaba la suavidad de su cabello largo como las ramas del sauce, el dulce sabor de su boca. Los años de lucha habrían valido la pena porque regresaría a reclamarla en un país libre, unido y católico. El sendero hacia la felicidad se mostraba despejado como el camino hacia la capital. Esteban le repetía la promesa de cuidarla, amarla y hacerla suya. Al final se aventuraba a pedirle que fuera su esposa.

Isabel se había estremecido al leer esa última línea. No puso la carta en el escondite al fondo de la huerta, ni encontró el valor para quemarla. Evitando correr algún riesgo la ocultaría entre la enagua y su piel. El papel doblado bajo la ropa era un recordatorio constante del ofrecimiento de Esteban. Esa noche lo sacaría para repasar las palabras con el dedo, leyendo sin poder ver. Una por una las había memorizado. Al terminar se quedó con seis letras reverberando en la penumbra: *Esposa.* Sin cerrar los ojos se imaginó ataviada de blanco, con flores en la cabeza y un cirio entre las manos. A su alrededor se encontraban la Virgen María, San Agustín, Santa Mónica y los ángeles. Jesús la miraba con amor desde las alturas, porque a su lado se hallaba Esteban. La ilusión de ser desposada por el hijo de Dios se había desvanecido ante el deseo de casarse con un hombre común. A pesar de la sencillez y humildad cultivada, aprendida por años, Isabel ya no negaba su antojo de vivir, de ser amada como mujer, de conocer aquello a lo que sus hermanas habían renunciado.

La joven pensó en su padre, en la enfermedad hostigándolo y su deseo de verla. Qué azar de la vida que fuera justo él, quien con tanta vehemencia la había querido tener aislada, ahora le otorgaba una oportunidad de salir. Como Isabel era indispensable en la cocina y la madre Catalina no quería ninguna distracción hasta que hubiera pasado el gran evento, la visita al señor se había concertado para el día después de la llegada del Ejército Trigarante. Se acordó que una sirvienta buscaría a la joven antes de que salieran los primeros rayos del sol. El secretario del padre las esperaría para llevarlas hasta donde él se encontraba. La priora le advirtió a Isabel que se mantendría custodiada en todo momento y que debía regresar al monasterio al caer la tarde. La joven sabía que era su única oportunidad para reencontrarse con Esteban, pero ¿cómo?, ¿dónde? ¿Debería hablar con su padre y pedirle que le diera su bendición para casarse con él? Ansiosa fue con sor Magdalena a solicitarle su consejo. Al terminar de escucharla la madre cocinera dijo:

—Reza y aguarda —a la joven la desconcertó la respuesta, pero no dijo una palabra.

Esa noche de miércoles la luna deambularía por la negrura del cielo hasta que los rayos del sol la ocultaron. Amanecía el día esperado en toda la ciudad. Saliendo de la liturgia, Isabel se deslizó hacia la cocina con la mente clara, animada de comenzar a trabajar. Sus manos limpias desdoblaron el delantal para ajustarlo a su espalda. Las religiosas que iban a asistir fueron llegando. Mientras, sor Magdalena vigilaba cada faena con minuciosidad.

Lo primero era preparar el manjar. Entre varias iban picando las frutas frescas y las cristalizadas, el acitrón, las almendras, los piñones. Isabel se destacaba por su destreza con el cuchillo. Partía los duraznos a la mitad para deshuesarlos y picarlos en pedazos finos. Sucedía lo mismo con las manzanas y las peras, les quitaba el centro casi de un solo movimiento. En una cazuela se echaban los ingredientes en trozos hasta formar una masa dulce y deliciosa.

A un lado, el brasero se cubría con varios comales sobre los que se asaban los chiles. El olor iba impregnando las narices al igual que las vestimentas. Con cuidado se iban volteando, mientras el pellejo se desprendía de algunos sitios formando burbujas. Isabel los giraba con una cautela que se hubiera podido confundir con cariño. Conforme estaban listos, los sacaban para envolverlos en un lienzo húmedo e irlos pelando. Los chiles terminaban despojados de su brillo, pero dispuestos para recibir el relleno.

El embutido se hacía con enorme cuidado para que el manjar fuera suficiente pero no demasiado que pudiera salirse o, peor aún, desparramarse. Mientras tanto los huevos se iban tronando para separar las yemas. Con pericia de la muñeca y fuerza del brazo las claras se batían hasta que levantaran a punto de turrón. Uno a uno, los chiles se enharinaban para entrar al batido y ser cubiertos por una capa precisa en su grosor. En seguida los acomodaban en la manteca hirviendo y, con esmero, los iban girando hasta dejarlos en su punto.

Al tiempo que salían los primeros chiles, el metate comenzaba la molienda del queso con la nuez y el vino, trabajando la mezcla hasta lograr una salsa cremosa, pero de suave consistencia. Sor Magdalena iba y venía revisando cada detalle de la preparación. Isabel sacaba los chiles capeados colocándolos en los platones. Cuando hubo terminado, entre las dos fueron cubriéndolos con la nogada y dándoles la decoración para que asemejaran la bandera de tres colores. Las demás religiosas se quedaron observando la última parte de esa hermosa y enriquecedora obra para la que habían sido elegidas. El platillo se veía impecable, magistral, digno para un invitado como el heroico general Don Agustín de Iturbide.

Isabel iría componiendo los últimos chiles pensando en Esteban. Sor Magdalena pudo advertir que trabajaba con una intensa devoción. La joven no estaba preparando un guiso más, sino que ofrecía su vida en él. En su mente era ella colocándose en el plato, con el picante de su piel y la dulzura de su cariño, rebozándose de voluntad para seguir a Esteban hasta la muerte. Cubierta de la blanca pureza de su cuerpo, se adornaba con el carmín de su afecto y se salpicaba con el verdor de su experiencia. «Esteban, mi amor, esta soy yo. Me postro aquí para ti. Llévame contigo. Llévame en la boca, en la sangre, en el corazón. Déjame permanecer en ti en forma de este humilde alimento. Acéptame como a este guiso preparado sólo para ti».

La hora indicada llegó y la vianda saldría por la puerta hacia la calle para ser acarreada al banquete. Las religiosas se congregaron en el refectorio de manera solemne para probar aquello que, sin sospecharlo, las haría ser recordadas por cientos de años. Isabel partió el chile viendo cómo la nogada se escurría hacia el manjar. Con la cuchara tomaría el bocado empapado de salsa y embellecido con la granada y el perejil. Lo sumergió en sus ojos y en su olfato, en sus oídos y en su boca. Aislaría su mente para sentir cómo las frutas se adherían al excitante sabor del chile mientras un delicioso gusto a nueces entraba hacia el paladar. La granada hizo música al caer entre sus dientes y un dejo de la fragancia del perejil cerró el bocado con inusitada pulcritud.

Al terminar, Isabel miraría el plato, embriagada, sintiendo una bendición en ella y frente a ella. Había puesto su cuerpo, su amor, su alma en esa comida. La certeza de haber complacido a los comensales la abrazó con tenacidad. Lo que era imposible concebir era que, esa tarde, quienes probaron el platillo decorado como la bandera tricolor de un país incipiente tendrían la fortuna de conocer los alcances del placer presentado en forma de alimento.

Quedaban sólo dos trastes sucios, un plato y un vaso colocados en el fregadero, los demás estaban limpios y secos. Isabel había terminado de acomodarlos en los estantes de la alacena. Lo haría con calma y minuciosidad, como un ritual pulido con la piedra de los años. El tiempo le había mostrado un método certero para no desperdiciar un segundo en movimientos en falso, pasos inútiles, vacilaciones. No se le veía abrir una puerta incorrecta o teniendo que quitar los platos pequeños para meter uno grande debajo, o poner una cuchara en el lugar de los cuchillos.

El plato y el vaso sucios parecían entonces una extraña distracción junto a su pericia. Dispuestos como estaban, uno junto al otro con restos de comida y bebida cual adornos en aquella cocina limpia, se colmaban de una importancia inesperada para dos trastes relegados a la hora de fregar. Resaltaban como la granada y el perejil que había esparcido en la salsa blanca unas horas antes. Y así como sobresalían, su deliberado abandono evocaba la tristeza de una niña sola en el patio de un convento.

Isabel se detuvo en el resquicio de la puerta de la despensa. Se quitó el delantal. Con una taciturna parsimonia recogería sus dos olvidos para llevarlos a una mesa y sentarse frente a ellos. Se quedó mirándolos largo rato ensimismada. En sus ojos se le formarían dos cristales redondos. Mordió con fuerza uno de sus labios, los parpadeos lograron fundir las lágrimas a punto de salir. Se le notaba cansada y la nostalgia de algo perdido llegó desde afuera. Sin esfuerzo evocaría la tibieza de los brazos de su madre, el camino de tierra con piedras.

Cada vez que la recordaba le llegaba un detalle nuevo y aquel día le pareció tener casi la imagen completa… Era muy temprano, hacía frío, la mujer de cabellos largos la llevó de la mano hasta el edificio de bardas altas donde la puerta de madera tenía grietas que dibujaban ramas de árboles sin hojas. Tocaron tres veces y por una pequeña rendija hablaron desde adentro. Ella, en cuclillas, se entretuvo viendo una hilera de hormigas que marchaban hacia la hierba. La mujer se acercó a abrazarla hasta que le dolieron las costillas y al separarse le colgó la cruz de oro en el pecho. Le dijo al oído palabras dulces, palabras fugaces en un lenguaje que el tiempo y las religiosas la habían obligado a olvidar. Le marcó un beso en la frente, animándola a desaparecer detrás de la madera enramada de grietas.

Isabel no recordaba la cara de su madre, los días junto a ella, el sonido de su risa, el beso de despedida, lo único que la inclemencia de los años no había sido capaz de robarle era el vago aroma a maíz y a humedad que aquella mujer de piel morena y manos ásperas dejara tatuado en su memoria. Quizá por eso se había acercado a la huerta, quizá por eso atesoraba los días de lluvia, quizá por eso tenía la costumbre de acercarse a la tierra y, con los ojos cerrados, aspirar profundo para que la fragancia llegara a sus entrañas haciéndola sentir menos sola.

Un pichón quiso pararse en el borde de la ventana. El aleteo del pájaro espabilaba en un segundo los recuerdos y la situaba de nuevo frente a los trastes en la cocina recién alzada. Qué fácil era escaparse de ahí, salir volando de ese momento como un ave. Isabel siempre se elevaba para ir al pasado y de regreso, jamás a parajes desconocidos, ¿cómo hacerlo si parecía que nunca había estado fuera de ese recinto? Se quedó con la mirada fija a través de la ventana. Intentaría imaginarse con un vestido de encaje, como aquellos que le describió

Esteban años atrás. No pudo. La imagen se desvanecía por ser algo ajeno, impalpable, huidizo. Por momentos se mostraba tan segura de irse, fugarse, pero ahora que el momento se acercaba, la aprensión se iba haciendo cada vez más pesada. Ese sitio era su mundo, su única idea de hogar. ¿Qué haría lejos del patio atestado de mosaicos?, ¿de aquella cocina?, ¿de sor Magdalena? Lejos de los árboles que la vieron crecer. ¿Sería capaz de sobrevivir? ¿El amor le sería suficiente para resistirlo? Quizá esos muros no la aprisionaban, sino la protegían de su propia ingenuidad. Aunque cuando la allanaba el recuerdo de la mirada de Esteban sentía una dicha plena, distinta a cualquier otra, como si se comiera todos los frutos de la higuera en una sola sentada pero sin empalagarse. Con él y por él su corazón brillaba con una intensidad inusual. Él, con sus palabras y sus caricias, con su amor y sus promesas, la hacía tomar un valor que la sorprendía. Quizás aquel no era su lugar en el mundo y debía salir a buscarlo. Quizás ese hombre era su destino y el que hubiera llegado al convento era una señal de que pertenecían juntos… Quizá.

Como en un ensueño acercó el vaso hacia ella y con la punta del dedo índice tocó el borde dibujando un círculo perfecto. Al plato en cambio lo giraría de un lado para el otro hasta encontrar la posición correcta. La salsa cremosa se esparcía por la superficie de madera, el rabo del chile descansaba junto con unas hojas de perejil hechas a un lado, un par de semillas de granada habían quedado desperdigadas. En esa posición podía ver la sombra de un elefante de trompa larga, de esos que conocía por la biblia y Laura alguna tarde le dibujó. Miró de nuevo el plato: verde, blanco, rojo. ¿Lo habría entendido Esteban o su imaginación lo llevaría a otro lugar? ¿Cuáles eran los parajes a los que él escapaba cuando se sentía solo? ¿Cuál era su mundo? ¿Habría suficiente espacio para ella? Tres colores elegidos con deliberación y deseos de adular. ¿Supo ver más allá de los colores de la bandera? ¿Se habría dado cuenta de que Isabel se ofrecía en éste con cuerpo y alma? Volvió a ver el plato: perejil, salsa, granada.

El viento se colaba refrescándole el rostro. Estaba al borde de un acantilado, con otra vida rugiendo bajo sus pies. Se pensó fuera de esa cocina, de ese recinto, de ese mundo, con el cabello suelto, con un hombre a su lado. Quizás era mejor dar un paso atrás, recatarse y ser humilde ante aquella profundidad desconocida. Pero, ¿cómo saber lo que había allá abajo si no se tiraba? ¿Era más fácil retirarse o saltar sin importar las consecuencias? ¿Dejarse caer la ayudaría a liberarse o sería su maldición? Sentía vértigo. Al fondo del precipicio ¿sería devorada por lo mundano o recibida por los brazos de Esteban? ¿Sería una vida más placentera, más llena o conocería el verdadero sufrimiento? «Vivir para morir», las palabras de Laura hacían eco en su cabeza.

Dos cristales le volvieron a llenar los ojos. No pudo hacer nada para retenerlos; un par de esferas rodaron y se escurrieron por sus mejillas dejando unas líneas de agua con sal. Ése fue el inicio de una cascada de llanto cohibido por muchos años. Como de niña dejada por su madre en un sitio lleno de mujeres silenciosas. Como de joven enfrentada con la muerte y la culpa antes de tiempo. Como de postulante atrapada en una historia de amor como muchas otras. Como de mujer que protege sus deseos detrás de un escudo de cazuela de barro y una espada de cuchara de madera. Lloró sin importarle que sus sollozos espantaran al ave posada en la ventana. Sin notar que el elefante con un ojo rojo se empapaba perdiendo la forma. Lloró rompiendo el silencio y la humildad, porque su llanto dejaba el recato a un lado y fluía casi con orgullo. Olvidando la timidez las lágrimas salían a borbotones. La insolente expresión de tristeza se escapaba cuando ella la intentaba guardar, y por más que los suspiros lo acorralaban el llanto saltaba hacia ese despeñadero lleno de incertidumbre. La joven divisó a lo lejos una vaga preocupación por la hora en que terminaba la misa. Si la vieran le hubiera sido imposible justificar aquel arrebato de angustia. No era capaz siquiera de poder hablar. La presión que la abatía era tan grande que no lograba controlar aquellos jadeos y sollozos que la aliviaban, que dejaban que su cuerpo respirara. Los minutos pasaron, cuando hubo drenado las zozobras y sus pulmones quedaran como uva pasa, Isabel se llenó de calma. El llanto cesaba y el arcoíris después de la lluvia se comenzaba a formar. «Mañana por la mañana», pensó. Mañana por la mañana era el momento en que su vida se definía. ¿Sería capaz de tirarse o se quedaría mirando desde el acantilado?

Se limpió la cara con la mano, se arregló el uniforme sacudiendo la falda y se asomó por la ventana. El pájaro posado en un árbol levantaba el vuelo. El paisaje se le aclaraba para mostrarle una afirmación más allá de la cocina, de los árboles, del patio decorado con mosaicos y la puerta dibujada de grietas, más allá de las nubes pasajeras. El camino se le trazaba y, al fin, sabía con certeza lo que deseaba. «Gracias señor», dijo en voz baja, muy baja, tan baja que apenas los trastes la lograron escuchar.

Una mujer de piel morena acunaba a Isabel, la mecía acurrucada en su pecho, le acariciaba el cabello. En tono suave y melodioso comenzaría a entonar la canción de siempre. Isabel se sintió feliz, resguardada. Al subir la vista el rostro de su madre aparecería con deslumbrante claridad. Estiró el brazo para tocarla. Antes de sentir el calor de aquella piel, su mente la sacó del sueño para encontrarse con la mano estirada tratando de alcanzar algo perdido bajo la penumbra. La noche era oscura. No necesitó cerrar los ojos para poder volver a ver la cara de su madre. Le hubiera gustado continuar evocándola mientras dormía; seguir vagando en esa realidad que parecía de otra época, casi de otra vida. Se sentó en la cama, tenía sed y algo de frío.

Al levantarse para ver por la ventana se acurrucó con los brazos. La luna formaba una delgada uña blanca, una sonrisa en la mitad del cielo. Se quedó unos minutos contemplando el brillo de las estrellas, no se le antojaba volver a recostarse. ¿Cuánto faltaría para que fueran por ella?, ¿horas?, ¿minutos? Se dio la vuelta para acercarse a la mesa. Al prender la vela, la llama fue desgarrando la negrura de las paredes con determinación. La luz hizo que sus ojos de ámbar se volvieran transparentes, descubriendo los secretos atrapados con el paso de los años.

Con parsimonia se hincó frente a la imagen de Cristo. La loseta estaba fría. Dividió su frente con las dos manos y dio un largo suspiro antes de comenzar. «Dios te salve, María, llena eres de gracia, el Señor es contigo. Bendita eres entre todas las mujeres y bendito es el fruto de tu vientre, Jesús». Sus palabras cayeron al piso perdiéndose bajo las sombras. «Santa María, Madre de Dios, ruega por nosotros pecadores ahora y en la hora de nuestra muerte. Amén». Las plegarias continuaron hasta que la luna desapareció. Isabel se fue persignando con devoción. «En el nombre del Padre, del Hijo y del Espíritu Santo. Amén». Besó sus dedos en cruz y abrió los ojos.

Caminando de rodillas se fue acercando al baúl. Hincada frente a él lo descubrió con cuidado, el olor a madera húmeda hizo que le cosquilleara el alma. Sosteniendo la vela se asomó. En el fondo pudo distinguir un bulto envuelto en tela de manta. Lo sacó colocándolo en sus piernas. Con exquisita minuciosidad lo fue desenvolviendo hasta que un rebozo apareció frente a ella. Había sido tejido con hilos de algodón negros y blancos hacía más de veinte años. Los flecos estaban despeinados por el uso, pero la prenda aún no perdía su encanto. Isabel se lo acercó a la nariz desentrañando su aroma. Era el mismo olor impregnado en el baúl, pero ella quiso creer que todavía conservaba el de su madre. Lo extendió sobre la cama, alisándolo con las manos para atenuar los dobleces.

En la tela donde estaba guardado, la joven fue acomodando lo poco que se quería llevar: la última carta de Esteban, la figurita de barro, una flor de campanilla seca, la pequeña imagen de la Virgen bordada por Clara, un pedazo de cazuela rota años atrás. De Laura se llevaba su recuerdo, sus enseñanzas y su cariño incrustados en el alma como reliquias del ayer. Las tomó para depositarlas junto a las otras reminiscencias en forma de objetos. Al final hizo con la tela un discreto paquete que más tarde ajustaría bajo la ropa muy cerca del corazón.

Tomándose más tiempo que el de costumbre se aseó el cuerpo, se cepilló el cabello, se cambió el uniforme. Al final cubrió su cabeza con el rebozo a modo de velo. Hasta que estuvo lista sacaría las cartas: eran de una sola hoja, dobladas a la mitad con el nombre del destinatario encima. La primera la dejó dentro del baúl. Antes de cerrarlo leyó un nombre: «Reverenda Madre Catalina del Sagrado Corazón de Jesús». La otra la guardó en la manga del uniforme y, sentada en los tablones de la cama, esperaría a que fuera la hora de partir.

Se avecinaban los primeros rayos del sol cuando Isabel bajó las escaleras siguiendo a la priora y a otras dos hermanas del consejo de religiosas. Aún faltaba para el oficio. En la cocina sor Magdalena la estaba esperando con una pequeña canasta de melindres que el convento enviaba como regalo a su padre. Al tomarla Isabel deslizó la otra carta detrás del platón de frutas. La madre cocinera no hizo ningún gesto que advirtiera que había notado el pedazo de papel dirigido a ella.

—Que Dios la bendiga —fue lo único que sor Magdalena logró articular sin delatar su tristeza.

—Gracias, Mazatzin —respondería Isabel con un nudo en la garganta y aguantándose las ganas de abrazarla.

La joven no quiso mirar por las ventanas hacia el interior de la cocina al pasar enfrente a ésta. Caminó agachada siguiendo a las religiosas, con la vista perdida en los hábitos ondulándose al andar. Antes de salir hacia la portería se detuvo para apreciar la fuente y el hermoso patio que comenzaba a resplandecer. Tomó esa imagen para guardarla con sus demás recuerdos bajo la ropa. Al volverse hacia la puerta la madre portera tenía el velo puesto y la llave en el candado para correr el pestillo. La priora la bendijo e hizo una seña para que abrieran el portón. Dos pasos más tarde Isabel atravesaba los muros que desde hacía dieciséis años la habían contenido, pisando la calle de una ciudad que apenas comenzaba a despertar. A un lado de la puerta se encontraba una anciana de sangre india esperándola. La saludó con un movimiento de cabeza y juntas caminaron por la banqueta hacia el este. Pasaron frente a la iglesia del recinto e Isabel tuvo que hacer un esfuerzo para no detenerse a observarla. Volteó sin dejar de caminar, viendo que las puertas todavía no se abrían. Arriba, en el edificio se apreciaba el corazón flechado, la mitra, el libro, el báculo y el templo con dos columnas.

Bajó la cabeza, se persignó y sus piernas comenzaron a temblar. Continuarían una detrás de la otra por varias cuadras más, girando hacia la derecha y la izquierda hasta que Isabel no pudiera seguir construyendo la ruta en su cabeza. La india caminaba con prisa y ella debía seguirla aguantando la tentación de mirar hacia los lados. La anciana alentó el paso en un pequeño parque frente a una iglesia hasta detenerse. Había gente congregada fuera del templo y el campanario retocaba ajeno al hecho de que algunos gallos continuaban dormidos.

De pronto un hombre apareció frente a ellas dando los buenos días. Se presentó como el secretario del padre de Isabel. La joven retuvo el nombre, pero los apellidos se deslizaron entre la agitación y los nervios. Era alto, apuesto, de cabello y bigote entrecano, y vestía de modo elegante. Isabel se entretuvo observando su vestimenta para no tener que encararlo. El hombre la miraba escudriñando su cara como si quisiera averiguar si en verdad era la hija ilegítima, buscando en esas facciones sobre piel morena algún vestigio que le recordara al señor. Entonces le dijo que Isabel había estado en el pensamiento del señor desde que la dejaran a cargo de las religiosas. Año con año había procurado por ella. Uno de sus últimos deseos había sido volver a verla, pero por desgracia no iba a poder cumplirlo, había muerto hacía sólo unos cuantos días. Le había dejado a ella, su hija, dos cosas antes de pasar a mejor vida.

Mientras el hombre buscaba en sus bolsillos, la joven trataba de encontrar sentido a lo que acababa de escuchar. ¿Por qué le habían permitido salir? ¿El convento no estaba enterado de la muerte de su padre?

El secretario le entregó una bolsa de terciopelo a Isabel, adentro había monedas de oro. Era una herencia pequeña, pero le ayudaría a Isabel en su porvenir. La joven miraba el dinero sobre su mano. Aquel hombre continuaría su discurso explicándole que, estando muy enfermo, el padre había recibido una carta enterándolo del amor entre ella y un joven de nombre Esteban. Él mismo se cercioraría de que las intenciones del muchacho fueran honorables. En sus últimas semanas, el señor había tenido largos ratos para reparar en lo que había sido su vida. No quería que su hija repitiera la desdicha que él había vivido con la señora Citlalli. Dejaba en manos de Isabel la decisión del camino que quisiera tomar, podía elegir casarse con el joven Esteban o regresar para siempre al convento. Isabel escuchaba sin creer aquellas palabras. Aquel hombre en un instante y con tanta facilidad la rescataba de un destino decidido por alguien más. De un momento a otro le concedía la tranquilidad de poder disponer de su vida y, esa mañana de viernes de verano, la joven sabía muy bien lo que anhelaba. El hombre asintió al escuchar la respuesta:

—Señorita Isabel, aquí Yolotzin la llevará hasta donde se encuentra el señor Esteban. Él la esta esperando. Su padre ha dejado una carta y una propiedad como donación al convento. Yo me haré cargo de que las reciban.

—Gracias —respondió Isabel estremecida—. Mi padre, ¿murió en paz?

—Sí.

—¿Estuvo con él?

—Sí.

Se quedaron unos momentos en silencio, de repente el secretario metió una mano a su bolsillo y, con cierta indecisión, le entregaría un pequeño envoltorio a la joven. Isabel lo tomó con cuidado. Al deslizar el contenido hacia la palma de su mano, un par de aretes en forma de gota resplandecieron con los rayos del sol. La joven los miró desconcertada.

—¿Eran de mi madre?

—No, eran de Laura… Su hermana Laura.

—Pero…

—Quiere que usted los tenga. Los envía desde Oaxaca.

—¿Cómo…?

—No ha dejado de velar por su bienestar.

—Usted… ¿la conoce?

—Antes de que decidiera morir en vida.

—Gracias, señor Fernando —dijo Isabel sintiendo una cálida melancolía en el pecho.

El secretario escuchó su nombre sin distraerse, tenía la mirada perdida dentro de las perlas incrustadas en los zarcillos. Como espabilando un espejismo parpadeó y se aclaró la garganta. Viendo hacia más allá de los edificios, le deseó buena suerte a la joven. Le entregaría una hoja de papel con una dirección, instándole a escribirle si necesitaba algo. Se dio la media vuelta para mezclarse con la gente irrumpiendo en las calles y desapareció detrás de la iglesia.

Isabel se quedó admirando el par de aretes, eran bellos y discretos, como Laura. Con ayuda de Yolotzin prensaría sus orejas desnudas, ataviándolas. Comenzó a caminar sintiendo un vacío en el estómago, como si cayera por un despeñadero. La empapó la certeza de que sería capaz de sobrevivir. No iba sola, traía a Laura, a sor Magdalena, a Clara y a su madre dentro de ella, en ella, acompañándola para avivar su sazón y su sangre, para reanimar su voluntad y su aliento, para ayudarla a escribir su destino.

Manteniéndose con paso firme, Isabel se encaminó hacia el oeste. Al avanzar fue irguiendo su cuerpo, dejaba de mirar al piso para distinguir en el cielo la ruta que cada jornada recorría el sol. Era un nuevo amanecer, un nuevo día, una nueva vida. La joven se imaginó convertida en jacaranda, pero no como el árbol sujetado por raíces, sino como uno de los hermosos retoños color púrpura. Con un soplo de viento Isabel saldría volando hacia lo desconocido. Se dejaría llevar por la placidez del viaje, dispuesta a descubrir esa y otras tierras, a recorrer kilómetros y montañas, para llegar a las aguas donde pudiera sumergirse y encontrar la felicidad.

Epílogo

El secretario del padre de Isabel caminó hasta su oficina ensimismado. Al llegar cerró la puerta con llave y sacó de un cajón las dos cartas de Laura. El señor Fernando las volvería a leer acariciando la manuscrita impresa en el papel. Cerró los ojos en el intento de evocar esa mano, ese cuerpo, ese rostro a través de las letras inscritas en la hoja. ¿Quién iba a suponer que la vida le ofrecería una oportunidad de hacer algo por ella? Pensó en las casualidades, tantas veces enigmáticas, pero sin importar cuán azarosas pudieran parecer también eran inevitables.

Luego de dejar la hacienda del padre de Laura, Fernando había viajado de un lado al otro hasta regresar a la ciudad. El destino lo llevaría a conseguir trabajo como secretario de un señor de alcurnia, con quien trabajaría hasta ganar su confianza, manejar sus asuntos y enterarse de su mayor secreto. Muchos años antes, aún siendo un hombre joven, el señor había tenido una pasión ilícita con una india que lo hizo perder la cordura con su aroma y su cuerpo. El afán de venganza de su esposa lo empujaría a separarse de la india, perdiéndola para siempre. De aquel amor había nacido una niña mestiza, que esconderían en un convento para que nunca fuera encontrada. Habiendo tantos monasterios para mujeres en la ciudad, ¿cómo explicar que estuviera en el mismo del que Fernando había salido con el remordimiento atado de su consciencia? Cada año que escribía el nombre del recinto con la donación para Isabel, la boca le sabía a amargo.

Hasta que un día, por azares de la vida o merced de la providencia, llegó una carta dirigida al señor de la casa y firmada por ella, Laura: la religiosa que él había conocido años atrás sin hábito y sin anillo; la mujer a quien había amado con desenfreno y que lo haría pedazos con su determinación. El secretario se enteraría entonces de que Laura había sido transferida a otro recinto y del enorme cariño que tenía por la hija del señor. Esa primera carta hizo que Fernando la añorara más que nunca. ¿Por qué la dejó ir? ¿Cómo había sido capaz de herirla tanto para empujarla a elegir el camino de templanza? Habiendo sido felices, ¿en qué momento se dejó llevar por los celos y la soberbia? La historia de él y la del señor de la casa no eran tan distintas, ¿acaso no había sido aquel orillado a encerrar a Isabel también por los celos y la soberbia de su esposa?

El secretario decidió ocultarle esa y la siguiente carta al padre de la niña. En sus años trabajando para él, en repetidas ocasiones lo escucharía decir que no quería que su hija saliera del monasterio, la ansiedad, con el tiempo, se había convertido en una obsesión. La esposa ya no se preocupaba por la niña bastarda porque la creía muerta, pero él continuaba temiendo un peligro inexistente.

Fernando decidiría tomar el asunto en sus manos. No le fue difícil desenmarañar los hilos de comunicación clandestina del convento y notar a la india que se recargaba cada semana en uno de los muros del recinto para hablar por una rendija sin nadie a su alrededor. Tampoco le costaría trabajo persuadirla para que aquella mujer le contara acerca de la joven escondida y el insurgente, la madre cocinera y la profesa exiliada en el sur.

Fernando se mantuvo al tanto de los mensajes del joven enamorado y, cuando el momento llegó, mandaría una carta para ganar tiempo y que pudiera volver por su amada. La enfermedad fue alejando al padre de Isabel de la realidad, incapacitándolo para enterarse de la historia de su hija.

Esa mañana, Fernando dobló las dos cartas de Laura para guardarlas en la bolsa del saco. Al escurrir los dedos y sentir el vacío dejado por los aretes en forma de gota se percató de su propia soledad. El par de sarcillos se irían de sus manos del mismo modo que sucediera con Laura. Se recargó en el respaldo de la silla cerrando los ojos, como si hubiera sido ayer, pudo desenterrar de su memoria la tarde soleada donde una pareja se descubría bajo un huizache en flor. Desde lo alto de la colina aquel amor alumbraría los caminos y los prados, las iglesias y los campanarios de ese valle protegido por volcanes, desencadenando una aventura que, tantos años después, al fin encontraba redención.

Ciudad de México, diciembre de 2011.

Agradecimientos

A los lectores de la primera edición. Ha sido un placer escuchar comentarios, impresiones y responder preguntas. Son ustedes quienes le han dado vida a esta historia y por lo que es posible esta segunda edición.

Al Museo de Arte Religioso de Puebla, por abrirme sus puertas en el momento más difícil de restauración. A la arquitecta Claudia Reyes Flores, quien mostró gran entusiasmo desde un inicio en este proyecto. A la arquitecta Carolina Torres, por su amable disposición para responder llamadas, correos, escanear libros y enseñarme con gran paciencia el Exconvento de Santa Mónica.

Al arqueólogo Eduardo Merlo, por responder con gran detalle a mis múltiples preguntas acerca de los chiles en nogada y su historia.

A las personas que han investigado y escrito sobre la vida conventual en México. En especial los libros y artículos de Josefina Muriel, Alma Montiel, Asunción Lavrin y Pilar Gonzalbo Aizpuru. La información específica de las recoletas de Santa Mónica se la debo a los libros escritos por José Medel y Melitón Salazar Monroy. Al Instituto de Investigaciones Históricas de la UNAM, su fantástica página de internet me permitió consultar una gran variedad de artículos del tema desde la comodidad de mi hogar.

A Rosalva Loreto López, su libro *Los conventos femeninos y el mundo urbano de la Puebla de los Ángeles del siglo XVIII* fue fundamental para la realización de este proyecto. No solo eso, cuando la contacté, aún sin conocerme, tuvo la cordialidad de revisar el texto con el ojo de una gran experta en historia conventual femenina en México, hacerme comentarios puntuales e invitarme a Puebla de los Ángeles a comer un delicioso pollo con mole. En ese entonces no imaginé que este libro fuera la semilla de nuestra amistad.

A los músicos que me acompañaron durante mis muchas horas frente a la computadora: Carlita Morrison, Julieta Venegas, Eli Guerra, Café Tacuba, Danger Mouse y Daniele Luppi con su extraordinario *Rome*, y en especial a Anni B. Sweet con *Start Restart Undo*.

A mi querido amigo Juanjo, por invitarme a preparar junto con su encantadora mamá, la señora María Luisa, la receta de familia de los chiles en nogada y por inspirarme para varios de los platillos descritos en este libro.

A quienes leyeron, releyeron e hicieron comentarios a mis distintas versiones, fueron de suma importancia y gran aliento. Ustedes saben quienes son.

A Marte, por abrirme la primera puerta, confiar en mi trabajo y considerar nuevas ideas.

A Yadira, has sido otra de las afortunadas sorpresas que me ha traído este libro. La primera portada siempre guardará un lugar muy especial.

A mi madre, por tu inmenso amor y por creer en mí.

A mi padre, por siempre ser tú.

A mi hermano, porque a pesar de la distancia siempre te sientes cerca.

A Maya y Andrés, mis hermosas alegrías cotidianas.

A Damián, mi pareja, mi mejor amigo, mi hogar.

Acerca de

Ha sido emocionante mirar de cerca la complicidad creada entre ilustradora y autora durante la concepción estilística de la segunda edición de *Luz en el claustro*. El proceso artístico de Yadira Martínez, minucioso y delicado, para el diseño gráfico del libro fue nutrido por elementos de la obra y por apreciaciones de la propia autora.

Desde un inicio se precisó que una de las imágenes sobresalientes de la novela son las flores, que aluden a las características efímeras como la belleza y la pureza, pero también a la capacidad de crear, transformarse y madurar.

Yadira sugirió utilizar la flor del chile poblano (elegante, hermosa, poco conocida) como sutil alusión al platillo principal. La ilustración de la portada se basa en una que modeló ella misma, con la cual jugó hasta encontrar la composición adecuada, mientras fue perdiendo pétalos y filamentos. La blancura de ésta, junto con el verdor de las hojas y el rojo del título son un guiño a la bandera tricolor y a la decoración de los chiles en nogada.

La idea de utilizar caligrafía hecha a mano para el título y los apartados en el interior surgió con el propósito de hacer la experiencia de lectura más íntima y citando a la correspondencia que gira entorno a los personajes. Los maravillosos dibujos del índice se inspiran en los recetarios de la época, destacando los utensilios e ingredientes mencionados en la historia. Las viñetas en los capítulos son hojas de la planta poblana.

Nos pareció imprescindible precisar el profundo trabajo para generar un ambiente visual específico a la composición narrativa, logrando de esta edición un objeto muy personal y detallista.

Diana Coronado

Nació en la Ciudad de México en 1976, creció en Cuernavaca y ha tenido la oportunidad de vivir en Boulder y Boston (EUA), Tokio (Japón), Viena (Austria) y Hong Kong. Sus libros incluyen novelas para jóvenes y adultos, cuentos ilustrados y cuentos con temas científicos, algunos de los cuales han sido seleccionados para coedición por la Secretaría de Cultura y el Consejo Nacional para la Cultura y las Artes. Sus obras se han presentado en la Feria Internacional del Libro Infantil y Juvenil de la Ciudad de México, en el Museo de Arte Religioso de Puebla, y en el Instituto Cervantes de Viena. Ha participado en la Hong Kong Book Fair y colaborado en la revista de las Asociación de Mujeres de Habla Hispana de Hong Kong.

Actualmente radica en México con su esposo, su hija y su hijo, su lugar y personas favoritas en el mundo entero, colabora en la realización de guiones de cine y escribe su siguiente novela.

Nació en la Ciudad de México en 1981. Es licenciada en Diseño de la Comunicación Gráfica por la Universidad Autónoma Metropolitana. Asociada y miembro fundador de la Asociación Mexicana de Ilustradores, AMDI.

Sus ilustraciones han sido seleccionadas por el Catálogo de Ilustraciones Infantiles y Juveniles de CONACULTA (2011), en el XXIV Concurso de Cartel «Invitemos a Leer» (CONACULTA, 2012), en el Salón de Ilustración IMAGENPALABRA (Colombia, 2013), en la primera Convocatoria Internacional de Ilustraciones (España, 2013), en el Congreso Internacional de Ilustración Fig. 04. (Colombia, 2014), y en el MINIPRINT Paraná (Argentina, 2014), entre otros. En 2016 fue galardonada el primer lugar en el XXVI Catálogo de Ilustradores de Publicaciones Infantiles y Juveniles en la Feria Internacional del Libro Infantil y Juvenil, FILIJ.

Glosario

Alcahuete: Persona que encubre o facilita amores ilícitos.

Aguamanil: Palangana o pila donde se lavan las manos.

Anafre: Hornillo de leña o carbón, por lo general es portátil. Proviene del árabe y tambíén se le conoce como anafe.

Biznaga o huitznáhuac: Cactácea que crece en las zonas áridas de México y su pulpa se utiliza para preparar la fruta cristalizada conocida como acitrón.

Bretaña: Tela de lino que provenía de Bretaña y dependiendo de la calidad podía ser superfina, fina, entrefina u ordinaria.

Candiota: Contenedor para vino o licor que puede ser de barro o de madera parecido a un barril.

Casaca: Prenda ceñida al cuerpo, generalmente de uniforme, con mangas hasta la muñeca y faldones hasta medio muslo.

Celosía: Enrejado que se coloca en los vanos, como ventanas o balcones, para que desde el interior se pueda ver sin ser visto.

Chiquihuite: Cesto o canasto sin asas comúnmente tejido con palma, mimbre o carrizo.

Cíngulo: Cinta de seda o lino, normalmente con una borla en cada extremo, que utilizan religiosos (sacerdotes o monjas) para ceñirse el alba o el hábito.

Cratícula: Ventana pequeña utilizada para darle comunión a las monjas.

Dote: Conjunto de bienes o dinero que una mujer aporta al matrimonio o al ser admitida como profesa en un monasterio u orden religiosa.

Enagua: Prenda interior femenina que suele asemejar a una falda. También puede cubrir el torso y sostenerse con tirantes.

Facistol: Atril grande donde se colocan los libros de música para cantar en la iglesia, suele tener cuatro caras cuando sirve para un coro.

Forlón: Coche antiguo de cuatro asientos, con puertas y sin estribos que es jalado por caballos.

Hábito: Vestido o traje que utilizan los religiosos o religiosas según su orden.

Hebdomadaria: Persona que se destina cada semana para oficiar en el coro o en el altar.

Hornacina: Hueco en la masa de un muro en forma de arco que se utiliza para colocar imágenes religiosas, objetos decorativos o altares.

Huacal o guacal: Cesta formada por varillas de madera que se utiliza para el transporte de objetos o alimentos.

Maravedí: Moneda antigua española. También se conoce como real.

Metate: Piedra sobre el cual se muelen el maíz u otros granos y que es utilizada en México.

Molcajete: Mortero grande de piedra o barro cocido, de tres pies, y se usa para preparar salsas.

Osario: Lugar destinado para reunir los huesos que se sacan de las sepulturas a fin de volver a enterrar en ellas.

Priora: Superiora o prelada de un convento.

Refectorio: Habitación destinada para reunirse a comer.

Retablo: Estructura decorada que cubre el muro situado detrás del altar.

Seglar o secular: De la vida, estado o costumbre del mundo no religioso o clerical.

Talavera: Cerámica tradicional de la región de Puebla, hecha a mano, elaborada con barro, recubierta con esmalte vidriado blanco y decorada con colores metálicos.

Taleguilla: Calzón que antiguamente formaba parte del traje, actualmente sólo lo utilizan los toreros.

Tecomate: Vasija o cuenco hecho con un tipo de calabaza de corteza dura.

Tejolote: Cilindro de piedra o mano del molcajete.

Tenate: Canasta de palma comúnmente con tapadera.

Tlacuache: Zarigüeya, mamífero marsupial de las Américas. Su nombre proviene del náhuatl, *tlacuatzin*.

Tompeate: Pequeña cesta de palma que se utilizaba especialmente para guardar barras de chocolate.

Vihuela: Instrumento de cuerda parecido a la guitarra que puede ser tocado con arco.

Xoconostle: Fruto de una planta de la familia de las cactáceas de piel suave, comestible y sabor ácido.

Zotehuela: Patio trasero de una casa que comúnmente se utiliza para lavar o tender.

Otros libros de Diana Coronado:

Novelas

Viaje a la naturaleza
Risas, reflexiones y animales endémicos a la mitad de la selva de Borneo.
Un fascinante relato autobiográfico que cautivará a jóvenes y adultos por las
descripciones mágicas y detalles naturalistas.

El beso
«Top Ten novelas inspiradas en el arte», revista Leer+.
Enrique inicia este diario antes de subirse al avión que lo lleva a pasar
el mejor verano en Europa, con la mejor chica del mundo.

Infantiles

Mi dinosaurio favorito
Mi pequeño hermano está chiflado por los dinosaurios, tanto que dice que
se ha convertido en uno... No lo puedo creer, ahí viene: ¡el Hermanosaurio!

Música de ranas, Haiku para niños
Un hermoso libro donde grandes y pequeños podrán descubrir
lo divertido y fácil que es hacer música con las palabras.
Coautora: Monserrat Loyde.

Emilia y el mar
Un cuento ilustrado que narra, al ritmo de las olas,
las emociones y sentimientos de Emilia la primera vez que conoce el mar.

Ciencia para niños y jóvenes

La revelación de los reinos
El príncipe de la burbuja debe salir de su reino imaginado,
entender los reinos biológicos y encontrar la cura para su hermana.

¡Eureka!, lo encontré
Acompaña a Mariana a develar el misterio de los cuerpos que flotan
y la historia del viejo filósofo griego que gritó «¡Eureka!» en la tina.
Coautora: Julia Tagüeña.

Luz en el claustro, de Diana Coronado,
se imprime bajo demanda y está disponible en versión digital.
Buscamos reducir nuestra huella en el medio ambiente.